Rotraud Falke-Held

Imogen

Rotraud Falke-Held

Imogen

mit einem Titelbild von Evelin Grewe

BoD – Books on Demand

Idee und Text: Rotraud Falke-Held
Herstellung und Verlag: BoD – Books on Demand, Norderstedt
Titelbild: Evelin Grewe
© 2017   Rotraud Falke-Held

ISBN: 978-3-7448-7257-7

Besuchen Sie die Autorin im Internet:
www.rotraud-falke-held.de

Inhaltsverzeichnis:

Vorwort		Seite	7
Kapitel 1	Schlechte Nachrichten	Seite	8
Kapitel 2	Ankunft auf Gut Bergen	Seite	19
Kapitel 3	Geburtstagsmorgen	Seite	36
Kapitel 4	Ein Fest auf Gut Bergen	Seite	49
Kapitel 5	Der Ausritt	Seite	79
Kapitel 6	Auf dem Krankenlager	Seite	105
Kapitel 7	Oliver Thiele	Seite	124
Kapitel 8	Besuch bei Sarah	Seite	144
Kapitel 9	Das verbotene Zimmer	Seite	178
Kapitel 10	Imogens Geheimnis	Seite	205
Kapitel 11	Letzte Enthüllungen	Seite	237
Kapitel 12	Wieder zu Hause	Seite	274
Nachwort		Seite	278

Personen:

Damaris von Seyrich	junge Adlige
Helene von Seyrich	Damaris' Mutter
Lenard von Seyrich	Damaris' Vater
Clemens von Bergen	Damaris' Verlobter
Greta	Damaris' Zofe und Freundin
Sophia von Bergen	Clemens' Mutter
Arnold von Bergen	Clemens' Vater
Arnim von Bergen	Clemens' Bruder
Veronika von Bergen	Arnims Frau
Simon von Bergen	Arnims + Veronikas kleiner Sohn
Susanne	Clemens' Schwester (tritt nicht auf)
Hanna	Angestellte der Familie von Bergen
Joana + Roland Lindau	Freunde der Familie von Bergen
Sarah Lindau	Tochter von Joana + Roland
Oliver Thiele	Anwalt und Freund der Fam. Bergen

Vorwort
Die Familiengeschichte

Schon wenn man die schmale Straße entlangfuhr, noch bevor man das kleine Dorf Hohenfeld sehen konnte, kam das Schloss in Sicht. Nicht übermäßig groß, aber prunkvoll thronte es über dem kleinen Ort.

Vor vielen hundert Jahren war das kleine Dörfchen zu Füßen des Schlosses entstanden. Die Vorfahren der jungen Damaris von Seyrich hatten es erbaut. Damals hatten die Grafen von Hohenfeld über ihre Ländereien und ihre Untertanen geherrscht. Nach der Überlieferung waren die Bauern sehr zufrieden mit ihren Herren und zogen gerne in den Schutz des Schlosses.

Aber schon seit fast einhundertfünfzig Jahren lebten keine Grafen von Hohenfeld mehr auf dem Schloss.

Im Jahre 1692 heiratete der letzte Graf von Hohenfeld die siebzehnjährige Katharina. Doch die Ehe stand unter keinem guten Stern. Katharina gebar erst drei Jahre später einen Sohn, der nur wenige Wochen überlebte.

1699 wurde ihr zweites Kind geboren, ein kleines Mädchen, das den Namen Damaris bekam.

Einige Jahre später, nachdem ein weiterer Sohn gestorben war, fand der Graf sich schließlich damit ab, dass er keinen männlichen Erben haben würde. Er verheiratete seine Tochter Damaris im Jahr 1718, kurz nach ihrem 18. Geburtstag, mit Valentin von Seyrich.

Seither lebte und herrschte die Familie von Scyrich auf Schloss Hohenfeld und über das Dorf.

Kapitel 1:
Schlechte Nachrichten
17. April 1868

Damaris - nicht nur der ungewöhnliche Name verband die junge Frau mit ihrer Ahnin. Heute, im Jahre 1868, war auch sie die letzte ihrer Familie. Schon als kleines Mädchen stand sie oft vor dem Bild ihrer Ahnin. Aus irgendeinem Grund fühlte sie sich immer sehr zu ihr hingezogen.

Vielleicht lag es nur an dem Namen - Damaris von Seyrich. Oder daran, dass auch sie selbst die einzige Tochter war, die letzte, die den alten Familiennamen trug.

Sie wusste es nicht. Es war einfach so.

Neben all den Ahnenbildern war „Damaris die Erste" diejenige, zu der sie sich schon als kleines Mädchen hingezogen fühlte. Alles an ihr fand sie so wunderschön.

Das Gemälde, das ihr am liebsten war und vor dem sie auch jetzt wieder stand, zeigte die erste Damaris im Jahre 1725. Es war kurz nach Neujahr und einen Monat nach der Geburt ihres Sohnes Leonhard. Es war das Gesicht einer jungen Frau, einer glücklichen Mutter, die ihre Mädchenjahre bereits hinter sich gelassen hatte. Ihr blondes Haar war hochgesteckt, sie trug ein hellgrünes Kleid mit weitem Reifrock und rosafarbener Kontusche darüber, wie es zu der Zeit Mode gewesen war. Ihre blauen Augen leuchteten. Ihre Augenbrauen waren schmal und hell, fast unsichtbar. Ihr Teint war hell und makellos.

Sie war auf diesem Bild erst fünfundzwanzig Jahre alt und bereits seit sieben Jahren verheiratet und zweifache Mutter.

Damaris von Seyrich verglich sich mit ihrer Ahnin. Zwei adelige Frauen auf Schloss Hohenfeld. Beide die letzten ihrer Familie.

Die Mode war natürlich ganz anders. Die Röcke der heutigen Zeit waren nicht mehr kreisrund wie der Reifrock von 1725. Das Allerneuste waren die Tournüre und Kleider mit langen Schleppen. Doch immerhin hatte ihr Popelinekleid fast die gleiche Farbe wie das ihrer Ahnin – zartgrün.

Mehr äußerliche Ähnlichkeit gab es zwischen den Frauen nicht. Damaris die Erste wirkte sanfter, zarter, sogar friedlicher. Aber vermutlich auch weniger selbstbewusst.

Die junge Damaris war von der Statur her ebenso klein und zart, aber man sah ihr schon an, dass sie eine kämpferische Natur war. Ihre grünen Augen blitzten unter etwas zu dichten Augenbrauen. Und ihre dunklen Haare fielen offen über die Schultern.

Sie störte sich nicht an alte Schicklichkeiten. Sie war zu einer selbstbewussten jungen Dame erzogen worden, vielleicht gerade, weil sie selbst einmal über das Schloss und Dorf herrschen würde. Eigentlich würde es wohl ihr Ehemann tun, aber ihre Eltern hatten sie gut vorbereitet, ohne selbst allzu sehr auf althergebrachte Gewohnheiten zu achten.

Ja, sie war fröhlich und frei aufgewachsen und zu einer starken jungen Frau geworden.

Sie war froh, in einer Zeit zu leben, in der die Frauen ein ganz neues Selbstbewusstsein entdeckten. In Berlin gab es sogar einen „Verein zur Förderung der Erwerbstätigkeit für das weibliche Geschlecht."

Mit dem völlig anderen Frauenbild von vor einhundertfünfzig Jahren hätte Damaris sich wohl nicht arrangieren können.

Na ja, man konnte es nicht genau wissen. Wenn sie damals gelebt hätte, dann wäre sie ja auch ganz anders erzogen worden. Aber ob sie glücklich damit geworden wäre?

Waren nicht manche Charaktere dennoch frei und rebellisch und nur mit Strenge unterdrückt worden?

Wäre das nicht so, wären die Frauen heute sicher nicht dabei, ihre Selbständigkeit zu entdecken.

Es war schon seltsam, in einem Haus zu leben, in dem zuvor schon so viele Generationen gelebt hatten. Sie hatten geliebt und gelitten. Sie hatten Kinder geboren, die in der Wiege geschlafen hatten, in der auch Damaris selbst als Baby geschlafen hatte. Und sie waren hier gestorben. Wie viele Menschenschicksale barg dieses alte Gemäuer?

Damaris dachte oft darüber nach.

In einer Woche würde sie ihren 25. Geburtstag feiern. Dann war sie ebenso alt wie ihre Ahnin auf dem Bild. Aber sie war noch nicht verheiratet. Ihre Eltern ließen sie selbst ihre Entscheidung treffen. Alles, was sie wollten, war, dass ihre einzige Tochter glücklich wurde. Helene und Lenard von Seyrich hatten aus Liebe geheiratet und eine solche Liebe wünschten sie auch ihrer Tochter.

Ob die erste Damaris in ihrer arrangierten Ehe glücklich geworden war?

In ihrer Fantasie hatte Damaris sich als Kind immer vorgestellt, dass ihre Ahnin – kaum, dass sie ihren Bräutigam Valentin gesehen hatte, in unbändiger Liebe zu ihm entflammt war. Es war wie in den alten Dichtergeschichten. Er war der Prinz, von dem sie immer geträumt hatte.

Heute war ihr klar, dass es wahrscheinlicher war, dass sie sich geängstigt hatte, dass sie die Hochzeit und erst recht die Hochzeitsnacht gefürchtet hatte. Vielleicht hatte sie sogar das Leben mit ihm verabscheut. Aber wer wusste das schon so genau? Vielleicht hatten sie mit der Zeit gelernt, sich zu lieben. Über so etwas hatten die vergangenen Generationen keine Aufzeichnungen hinterlassen. Vermutlich hatte es keine Bedeutung gehabt.

Oh ja, sie beschäftigte sich viel mit ihrer Ahnin.

Besonders in der letzten Zeit. Denn sie hatte einen Heiratsantrag bekommen und ihn angenommen. Sie schwebte im siebten Himmel. Und auch ihre Eltern waren glücklich.

Ihr Auserwählter war Clemens von Bergen, dessen Landgut nur etwa dreißig Kilometer von Schloss Hohenfeld entfernt war.

Damaris' Mutter Helene war selig. Auf diese Weise würde sie ihre Tochter weiterhin oft sehen können.

Natürlich könnte Damaris mit ihrem Ehemann auch sofort auf das Schloss ziehen und hier leben, aber im Moment wollte er sein Gut nicht verlassen, obwohl er einen älteren Bruder hatte, der es verwaltete. Aber seine Familie hatte riesige Ländereien, die sie bearbeiten mussten und Clemens hatte seine Aufgaben.

Helene würde ihre Tochter sehr vermissen. Sie war schließlich ihr einziges Kind.

*****

Damaris verlor sich ein wenig in Träumereien.

Clemens war ein gut aussehender Mann. Elegant, sehr gepflegt, mit dichten schwarzen Haaren. Er war natürlich größer als sie – was nicht besonders schwierig war bei ihrer eigenen kleinen Gestalt - hatte eine gute Figur und eine tadellose Haltung. Damaris kicherte leise vor sich hin. Bei ihrem ersten Zusammentreffen hatte sie geglaubt, er entstamme altem Adel, weil er so elegant gewirkt hatte. Eigentlich sogar eleganter als ihr Vater.

Es war auf einem Wohltätigkeitsball in der Stadt in der Mitte zwischen ihren beiden Wohnorten gewesen. Clemens hatte dort seine Familie vertreten. Er hatte Damaris zum Tanzen aufgefordert und sie waren sich sofort sympathisch gewesen. Es schien ihr, dass er durch ihr Aussehen angezogen worden war, obwohl er kein Wort dazu sagte. Doch er starrte sie unentwegt an. Aber warum sollte das auch nicht der erste Anlass sein, dass er sie ansprach?

Danach hatten sie sich immer wieder getroffen. In der Stadt auf halbem Wege oder auf Hohenfeld. Er hatte sie zum Essen eingeladen oder ins Theater. Er war höflich und zuvorkommend. Er machte ihr Geschenke – nicht die üblichen, Schmuck oder Pralinen – nein, er ließ sich wirklich etwas einfallen. Einmal schenkte er ihr einen Bildband über die Gegend in der er lebte. „Hier kannst du schon einmal sehen, wie schön unsere Gegend ist und was es dort alles zu entdecken gibt", hatte er gesagt. Er schenkte ihr einen Lyrikband von Heinrich Heine oder „Die Reise zum Mittelpunkt der Erde" von Jules Verne. Ein Buch, das Damaris verschlang, als wäre sie ausgehungert nach diesen Fantasien.

Sie freute sich, dass er so aufmerksam war und erkannte, was sie liebte. Dass er versuchte, ihr Wesen wirklich zu erkennen. Sie war keine oberflächliche Frau, die nur an Glitzer interessiert war. Sie liebte Bücher und die Reisen durch die Fantasie. Und Jules Verne war für sie vollkommen neu.

Ein wenig streng kam Clemens ihr manchmal vor, wenn er ihre Zofe Greta rügte, weil sie nicht ordentlich genug frisiert war. Allerdings war Greta wirklich manchmal etwas zu unordentlich. Damaris und ihre Eltern sagten nur nichts, weil sie einfach daran gewöhnt waren und für sie Greta fast zur Familie gehörte. Doch auf Außenstehende musste es befremdlich wirken.

Nein, Clemens benahm sich tadellos, er wirkte selbstsicher und stark. Und er war ausgesprochen aufmerksam ihr gegenüber. Er war ohne Zweifel verliebt in sie. Und sie verliebte sich Hals über Kopf in ihn.

Es gab nur eine Sache, die Damaris etwas merkwürdig fand. Er hatte sie bisher noch niemals auf das Gut eingeladen, dass doch schon bald ihre Heimat werden sollte. Sicher, sie kannte seine Eltern, die auch schon auf Schloss Hohenfeld zu Besuch gewesen waren, aber sie selbst war noch nie auf Gut Bergen gewesen.

Sie hatte ihn schon damit aufgezogen, dass er sicher ein Geheimnis hüte, dem sie nicht auf die Spur kommen sollte. Aber er hatte diese kleinen Neckereien missverstanden und ihr böse vorgeworfen, dass sie ihm nicht vertraute. Zum Glück konnte sie ihn davon überzeugen, dass sie nur scherzte.

Und bevor sie ernsthaft misstrauisch werden konnte, überraschte er sie mit einem großen Fest, dass er an ihrem 25. Geburtstag – am 24. April - auf Gut Bergen veranstalten und bei dem er sie seinen Freunden und Nachbarn offiziell vorstellen wollte.

Zu diesem Fest würde sie schon in wenigen Tagen mit ihren Eltern reisen.

*****

Eine Hand berührte sie sacht an der Schulter.

Sie fuhr erschrocken herum. Sie war so sehr in Gedanken versunken gewesen, dass sie überhaupt keine Schritte gehört hatte.

Jetzt blickte sie in das Gesicht ihrer Zofe.

„Oh Greta!", rief sie und drückte ihre Hand auf die Herzgegend.

„Du hast mich erschreckt."

„Entschuldigung. Aber ihre Mutter schickt mich. Sie möchten bitte sofort in die Bibliothek kommen."

Damaris zog überrascht die Augenbraue hoch.

„Nanu, was gibt es so Wichtiges?"

„Ich weiß es nicht." Greta zuckte mit den Schultern.

„Ja, ich gehe sofort."

Greta drehte sich ohne weiteres Wort um und ging davon. Sie knickste nicht, wie es in vornehmen Häusern üblich war und Damaris erwartete das auch nicht. Greta war für sie viel mehr als eine Zofe. Sie war ihre Vertraute, eine Spielgefährtin aus Kindertagen. Wie oft hatten die beiden ausgelassen und fröhlich im Garten herumgetollt.

Greta war nur ein Jahr älter als Damaris und war bereits im Schloss geboren worden. Ihre Mutter war nicht verheiratet, aber Damaris' Eltern hatten ihr ein Zuhause und eine Stellung geboten. Sie hatte bis zu ihrem Tod vor drei Jahren auf dem Schloss gelebt. Die beiden Mädchen – Damaris und Greta - waren fast wie Schwestern aufgewachsen. Greta hatte sogar am Schulunterricht teilgenommen.

Greta war ihre Zofe geworden, gerade weil Damaris ihr vertraute und sie in ihrer Nähe behalten wollte. In Wahrheit blieb sie ihre Freundin.

Damaris lächelte vor sich hin. Sie hatte eine glückliche Kindheit und Jugend erlebt. Sie hatte viele fröhliche Erinnerungen, an die sie zurückdenken konnte. Nur eine Erinnerung schien verschüttet zu sein. Verborgen hinter einer Wand des Vergessens. Oft kam es ihr so vor, als hätten damals – in frühester Kindheit – nicht zwei, sondern drei Mädchen im Garten gespielt. Greta, sie selbst und... Ja, wer? Wer war dieses dritte Mädchen? Sie hatte ihre Eltern danach gefragt, aber die hatten diese Erinnerung nur belächelte. „Wir hatten oft Besuch", erklärten sie. „Sicher erinnerst du dich an Kinder, die mitgekommen waren und natürlich auch mit euch gespielt haben."

Aber nein, irgendwie passte das nicht. Aber Damaris wusste ja selbst nicht, warum es nicht passte. Sie wusste auch nicht wirklich, was nicht passte.

Da war nur dieses Gefühl.

Vielleicht hatten die Eltern doch recht. Oder dieses dritte Mädchen war nur eine Einbildung. Eine Fantasiegestalt, wie sie Kinder oft haben.

Aber hin und wieder überfiel sie dieses Bild noch heute. So deutlich, als wäre es eine Erinnerung: Drei Kinder, die im Garten spielen. Sie sitzen vor der alten Schlossmauer im Gras und lachen, schwatzen und tollen herum.

Drei kleine Mädchen.

Ein altes Bild, das sie nie völlig losgelassen hatte.

Sie sprach nicht mehr davon. Sie versuchte, das Bild zu verdrängen.

Eine Fantasie oder dunkle Erinnerung über ein kleines Mädchen, das es niemals gegeben hatte.

*****

„Ihr wollt mich sprechen?", fragte Damaris, als sie die Bibliothek betrat. Der Raum war hoch und mit riesigen Bücherregalen eingerichtet. Und die Regale waren mit hunderten von Büchern bestückt, die die Generationen der vergangen Jahrhunderte erworben hatten.

Vor dem Kamin standen schwere Ohrensessel aus Leder. Darin saßen ihre Eltern und blickten ihr entgegen.

Die Mutter ließ einen Brief sinken, den sie gerade gelesen hatte und schaute ihre Tochter aus traurigen Augen an. Damaris war sofort klar, dass irgendetwas passiert sein musste.

„Setz dich, Kind", forderte Helene sie auf.

Damaris seufzte. Sie sagte noch immer Kind zu ihr. Hauptsächlich dann, wenn es etwas Wichtiges zu besprechen gab.

Sie setzte sich ihrer Mutter gegenüber in einen ledernen Sessel ohne hohe Rückenlehne. Als Mutter jedoch ihre Hände ergriff, fühlte sie das Unheil.

„Was ist denn los?", fragte sie verstört.

„Wir müssen dir etwas Trauriges mitteilen", begann Helene. Sie schluckte schwer. Es fiel ihr nicht leicht, darüber zu sprechen. Ihre Augen blickten ernst, als sie leise sagte: „Deiner Großmutter geht es sehr schlecht."

„Oh mein Gott, ist es sehr schlimm?", unterbrach Damaris sie erschrocken.

„Ja." Die Mutter nickte. „Wir haben vorhin diesen Brief erhalten. Er ist von meinem Bruder. Es ist sehr wahrscheinlich, dass Großmutter stirbt. Dein Vater und ich müssen nach Augsburg reisen. Vielleicht sehe ich sie zum letzten Mal."

Damaris nickte. „Ja natürlich."

Sie wusste, wie sehr ihre Mutter ihre eigene Mutter liebte. Und wie schwer es ihr oft gefallen war, sie aufgrund der großen Entfernung nicht so oft besuchen zu können. Unwillkürlich tauchte die Vorstellung in ihr auf, wie es sein würde, wenn ihre eigene Mutter im Sterben liegen würde. Sie merkte, dass dieser Gedanke ihre Vorstellungskraft überstieg. Ihre fröhlich, tatkräftige Mutter, die ihr immer soviel Geborgenheit gegeben hatte, sollte sterbenskrank auf ihrem Lager liegen? Unmöglich.

Eine Zukunft, in der es ihre Mutter überhaupt nicht mehr gab, konnte und wollte sich Damaris erst recht nicht vorstellen.

Tränen flossen ihre Wange herab. Weniger aus Trauer um ihre Großmutter, die sie im Leben nicht oft gesehen hatte, sondern um das plötzliche Bewusstsein, dass ihre Eltern ebenfalls nicht unsterblich waren.

„Das bedeutet, dass wir dich nicht nach Gut Bergen begleiten können", erklärte die Mutter.

„Ja natürlich. Das ist doch selbstverständlich."

Damaris war noch nicht ganz in die Realität zurückgekehrt.

„Aber du wirst natürlich trotzdem fahren", fuhr Helene fort.

Damaris schüttelte sich, um in die Wirklichkeit zurückzukehren.

„Aber nein!", widersprach sie heftig. „Ich fahre natürlich mit nach Augsburg."

„Nun sei doch nicht albern. Du kannst dort gar nichts ausrichten. Und du hast in deinem Leben wirklich nicht viel Kontakt zu deiner Großmutter gehabt. Wer weiß – es kann sein, dass wir einige Wochen bleiben. Wir wissen ja nicht genau, was uns dort erwartet." Helene brach ab. Natürlich wusste sie, was sie dort erwartete. Ihre Mutter auf ihrem Krankenlager. Vermutlich ein Abschied für immer.

„Nein nein, du fährst und genießt deinen Geburtstag", sagte sie tapfer zu ihrer Tochter.

Wie kann ich das, dachte Damaris, wenn ich weiß, dass meine Großmutter ihre letzten Tage verbringt. Auch wenn ich sie nicht oft gesehen habe. Und ich werde meine Eltern vermissen. An meinem fünfundzwanzigsten Geburtstag werden sie mir fehlen.

„Es ist allerdings nicht ganz schicklich, wenn eine junge Frau ganz alleine zu ihrem Bräutigam reist", protestierte sie schließlich schwach.

Der Vater begann zu lachen. Er hielt seine Pfeife in der Hand und lachte aus vollem Hals, so, als wäre die Situation nicht absolut traurig und verzweifelt. Dabei war er eigentlich ein sehr disziplinierter, kontrollierter Mensch, so wie seine Vorfahren. Damaris blickte ihn irritiert an.

„So viele Gedanken um Etikette hat unsere Tochter sich wahrlich noch nie gemacht. Was meinst du, Helene?"

„In der Tat", stimmte Mutter zu. „Ich habe schon oft gedacht, dass sie ruhig öfter darüber nachdenken könnte. Und nun…"

Der Vater zog tief den Rauch seiner Pfeife ein und betrachtete seine Tochter amüsiert. „Hast du etwa Angst, allein zu fahren?", fragte er.

„Angst?" Damaris sah ihn überrascht an. „Natürlich nicht. Clemens ist mein Verlobter."

„Das schon, aber es ist dein erster Besuch bei ihm zu Hause. Da kann man schon etwas nervös sein."

„Ach wo", widersprach die Mutter. „Es hat sich eben noch nicht ergeben. Und du wirst ja Greta dabei haben."

„Um dein Ansehen machen wir uns keine Sorgen. Wir vertrauen dir", ergänzte der Vater.

In die traurigen Augen der Mutter trat plötzlich ein anderer Ausdruck. Etwas geradezu Schelmisches, das sie wie ein junges Mädchen erscheinen ließ. Sie dachte an die Zeit, als ihr Ehemann Lenard um sie geworben hatte, wie sie sich zärtlich näher gekommen waren. Im Geheimen, beide Elternpaare durften das nicht einmal ahnen. Das alte Volkslied kam ihr in den Sinn: *Kein Feuer, keine Kohle kann brennen so heiß, als heimliche Liebe, von der niemand nichts weiß.*

Ach ja, schön war es damals gewesen.

„Außerdem heiratest du ja schon in fünf Wochen." Sie zwinkerte ihrer Tochter zu.

Damaris glaubte, ihren Ohren nicht trauen zu können. Sie betrachtete die beiden in den Ohrensesseln verblüfft. Sie sah ein Paar im fortgeschrittenen Alter, der Vater war inzwischen fünfzig und Mutter nur zwei Jahre jünger.

Die feinen Falten auf der Stirn ihres Vaters waren tiefer geworden, das dunkle Haar war von grauen Strähnen durchzogen und der Haaransatz war deutlich nach oben gerutscht. Aber seine grünen Augen waren lebhaft. Es waren die gleichen grünen Augen, die sie selbst hatte. Seine Mundwinkel zuckten in Erinnerungen an früher. In der einen Hand hielt er seine Pfeife, mit der anderen tastete er nach der Hand seiner Frau.

Helene war immer noch eine Schönheit. Es war nicht das hübsche Gesicht der Jugend, sondern das einer reifen Frau. Es war ein Gesicht, in das die Zeit erste Spuren hinterlassen hatte. Die blauen Augen lagen in vielen kleinen Fältchen, die Figur war etwas rundlicher geworden. Das hochgesteckte, blonde Haar wies noch keine grauen Spuren auf.

Zum ersten Mal begann Damaris an der Tugendhaftigkeit ihrer Eltern zu zweifeln. Wieso kamen Kinder niemals auf die Idee, dass ihre Eltern selbst einmal jung und verliebt gewesen waren?

Sie waren nicht immer nur *Damaris' Eltern* gewesen, sondern einfach *Lenard von Seyrich und Helene von Ebersfeld*.

Welche Erinnerungen verbarg der Vater wohl jetzt hinter seinem Grinsen?

Die Mutter war allerdings schon wieder ernst. Sie war in Gedanken zurückgekehrt zu ihrer eigenen Mutter in Augsburg.

„Also es bleibt dabei. Du fährst mit Greta nach Gut Bergen, nicht wahr?", fragte sie schließlich. „Immerhin hat Sophia sicher schon alles vorbereitet. Es wäre sehr undankbar, so kurz vorher abzusagen."

„Ja, es ist abgemacht", murmelte Damaris. Obwohl es ihr ziemlich gleichgültig war, was ihre zukünftige Schwiegermutter dachte.

Helene nickte ihr zu.

Damaris dachte daran, wie nahe Freud und Leid doch zusammen lagen. Während sie ihren Geburtstag und ihre Verlobung feierte, begleiteten ihre Eltern die Großmutter möglicherweise beim Sterben.

Kapitel 2:
Ankunft auf Gut Bergen
23. April

Sophia von Bergen rauschte durch das Haus. Alles sollte gut vorbereitet sein zur Ankunft ihrer zukünftigen Schwiegertochter. Sie trug ein Kleid mit ausladender Tournüre und einer ziemlich langen Schleppe.

„Du hast dich offenbar inzwischen mit meiner Hochzeit abgefunden, Mutter", meinte Clemens, der ihr gerade auf der Treppe entgegen kam.

„Abgefunden ist genau das richtige Wort", bemerkte sie von oben herab. „Ich kann ja offenbar nichts dagegen tun. Das bedeutet aber keineswegs, dass ich deine Entscheidung gutheiße.

„Mutter, du wirst doch freundlich zu ihr sein? Sie kommt hierher und will ihr zukünftiges Zuhause und ihre neue Familie kennen lernen. Du wirst sie herzlich aufnehmen, ja?"

„Ja, ja", herrschte Sophie ihren Sohn an. „Ich halte es nur für einen Fehler. Sie – sie – du weißt, was ich meine."

„Ja natürlich. Oh Mutter, du kannst es nicht einmal aussprechen."

„Da siehst du, was du mir zumutest. Und den nächsten Fehler machst du direkt hinterher, indem du die Lindaus einlädst. Aber dir ist ja mit Vernunft nicht beizukommen."

„Vernunft? Es ist doch eher unvernünftig, sie nicht einzuladen. Unsere Familien sind verbunden."

„Das ist es ja gerade!" Sophia hob in einer dramatischen Geste die Arme in die Höhe.

„Mutter, Damaris kennt all diese seltsamen Verbundenheiten doch nicht und unsere Geheimnisse."

Sophia reckte ihren Kopf noch ein wenig höher. „Nun gut, es ist wohl unvermeidlich. Aber du musst doch zugeben, dass sie durchaus etwas mehr Vornehmheit vertragen könnte. Sie ist – sie ist wie eine junge Wilde."

Clemens seufzte. „Da kann ich nicht widersprechen. Ein wenig mehr eleganter Schliff könnte ihr nicht schaden. Und dabei ist sie die Nachfahrin von Grafen. Aber – was soll ich machen – ich liebe sie."

„Das glaubst du vielleicht. In Wahrheit…"

„In Wahrheit wird sie meine Frau", schnitt Clemens ihr barsch das Wort ab. „Und deine Schwiegertochter. Ich erwarte nur, dass du nett zu ihr bist. So wie zu Veronika."

„Mein Sohn, ich bin kein Arbeiterweib. Ich weiß mich gut zu benehmen."

„Dann ist es ja gut."

Er neigte leicht seinen Kopf und ging weiter.

Und deshalb verstehst du es auch ausgezeichnet, jeden, der dir nicht gefällt, von oben herab zu behandeln. Ihm das Gefühl zu geben, unerwünscht zu sein in deinem Leben, dachte Clemens, als er die Treppe hinunter stieg.

Sophia schritt würdevoll weiter nach oben. Immer Haltung bewahren war ihre Devise. Egal, was das Leben ihr für Prüfungen auferlegte. Und diese Verlobte ihres Sohnes war ganz sicher eine Prüfung.

„Hanna!", schrie sie. „Hanna!"

„Ja, gnädige Frau?" Das Mädchen kam eilig aus einem der Zimmer und knickste. „Ist das Zimmer für Fräulein von Seyrich fertig?"

„Beinahe, gnädige Frau."

„Beeil dich. Es muss alles fertig sein, wenn sie eintrifft."

Joana und Roland Lindau packten ihre Sachen zusammen, die sie mitnehmen wollten nach Gut Bergen. Sie waren zu einem großen Fest eingeladen worden, das der junge Clemens für seine Braut ausrichtete. Sie hatte Geburtstag. Ganz jung war sie schon nicht mehr für eine Braut – fünfundzwanzig Jahre.

Joanas Gedanken gingen zurück zu der Zeit, als sie ihre eigene Hochzeit vorbereitet hatte und die ihrer ältesten Tochter. Sie seufzte. Es war eine schöne Zeit gewesen. Heute war nichts mehr so, wie es damals gewesen war. Aber die Zeit ließ sich nun einmal nicht zurückdrehen.

Roland legte seinen Arm um seine Frau.

„Nicht sentimental werden", mahnte er sanft.

„Und warum soll ich nicht? Es schadet doch nicht, ein bisschen zu träumen?"

„Doch, wenn man dadurch traurig wird, schon."

Sie klopfte auf seine Hand, die auf ihrer Schulter lag. „Ist schon gut. Ich mache mir nur ein wenig Sorgen – wir passen überhaupt nicht dorthin. Sie sind alle so elegant und vornehm."

„Ja, das schon. Und trotzdem sind die von Bergens unsere Freunde."

„Na ja, Freunde…", erwiderte sie skeptisch.

Roland wusste, worauf sie hinaus wollte. Aber er sage nichts. Diese Reise würde sicher eine angenehme Abwechslung sein.

„Wo ist eigentlich Sarah?"

Roland hob die Schultern. „Ich nehme an, sie ist in ihrem Zimmer und packt auch."

Ihre jüngere Tochter würde sie auf Gut Bergen begleiten. Sarah war eigentlich ein sehr ruhiges, zurückhaltendes Mädchen. Aber nun rannte sie schon seit Tagen ganz aufgeregt durch das Haus. Auf die Reise schien sie sich wirklich zu freuen. Joana seufzte noch einmal tief und machte sich dann wieder an die Arbeit.

*****

Sarah stand wirklich in ihrem Zimmer und packte. Aber sie war keineswegs so begeistert von der Reise wie ihre Eltern annahmen. Ihre Haare waren streng zurückgekämmt - wie immer. Mutter wollte nicht, dass sie sie anders trug. Dabei hatte sie so schöne

Haare. Manchmal, wenn sie alleine war, ließ sie sie lose über ihre Schultern fallen. Dann kam sie sich sehr ungehörig vor. Sie würde ihre Haare auch auf Bergen nicht anders als so streng frisiert tragen dürfen, obwohl alle anderen bestimmt aufwendige Frisuren haben würden.

Außerdem besaß sie nur triste Kleider, während alle anderen vermutlich in wunderschönen Abendroben mit langen Schleppen auftraten. Ach, Sarah liebte sie so sehr diese Kleider, bei denen sogar die Alltagskleider oft lange Schleppen hatten. Mutter fand das unpraktisch und das war es sicher auch – aber wunder-, wunderschön.

Obendrein wollte Mutter nicht, dass Sarah an dem Ball teilnahm. „Dazu bist du noch viel zu jung", hatte Joana gesagt.

Mutter vermied einfach alles, womit sie, Sarah, anderen auffallen könnte. Sie schien zu glauben, Gott wollte nicht, dass die Menschen Spaß am Leben hatten.

Was sollte also die ganze Reise, wenn sie ausgerechnet bei den schönsten Dingen sowieso nicht dabei sein durfte. Dann würde sie lieber alleine hier bleiben, als nach Bergen zu reisen. Sarah dachte an die Hochzeit ihrer älteren Schwester. Das war eine tolle Feier gewesen und sie hatte überall dabei sein dürfen, obwohl sie noch viel jünger war.

Missmutig legte sie ein dunkelblaues Kleid auf ihre Tasche.

Damaris saß neben Greta in der Kutsche und machte sich auf den Weg nach Gut Bergen. Fritz, der Kutscher, saß vorne auf dem Kutschbock und trieb die vier Pferde an.

Greta trug ein sauberes, graues Kleid und hatte sich ihr Häubchen adrett auf das frisch gewaschene und ordentlich frisierte Haar gesetzt.

Sie machte nicht immer einen so ordentlichen Eindruck. Ihr braunes Haar war etwas widerspenstig und sah dadurch manchmal wirr und ungekämmt aus. Einzelne Strähnen lösten sich aus ihrer Frisur und sie hielt es normalerweise nicht für nötig, sie zurückzustecken.

Ihr Häubchen saß meistens etwas schief und es störte sie nicht im Geringsten.

Aber heute hatte sie sich herausgeputzt. Sie wollte einen guten Eindruck machen, denn sie wollte ihre junge Herrin und Freundin nach der Hochzeit in deren neues Zuhause begleiten.

„Sie kennen dort doch niemanden", meinte sie. „In dem fremden Haus. Und wenn sie dann noch schwanger werden und es ihnen nicht gut geht. Und wenn dann das Kindchen kommt."

Damaris wusste diese Bemühungen zu schätzen. Und sie würde Greta auch gar nicht zurücklassen wollen. Ganz gleich, was ihre zukünftigen Schwiegereltern über sie dachten.

Aber sie musste doch lächeln über Gretas Einwand.

Denn das fremde Haus würde ja ihr Zuhause sein. Und die fremden Menschen würden ihre Familie sein.

Greta wusste, dass sie nicht zu sehr auf Damaris' künftige Familie schimpfen durfte. Aber sie konnte sich nicht vorstellen, dass ihre Freundin dort glücklich werden würde. Das eine Mal, als sie die Familie bei deren Besuch auf Hohenfeld kennen gelernt hatte, waren sie ihr nicht allzu sympathisch erschienen. Sie fand Sophia arrogant und blasiert, deren Ehemann Arnold streng und unnachgiebig und sie hielt Clemens für einen Snob, der sowieso nur darauf achtete, den Vorstellungen anderer zu entsprechen. Sie meinte, ihre selbstbewusste, unangepasste Freundin Damaris passe dort nicht hin.

Die beiden Frauen hatten sogar deswegen gestritten. Aber wenn Damaris ehrlich war, konnte sie schon verstehen, warum Greta so dachte. Der Zofe gegenüber verhielt sich ihre zukünftige Familie wirklich nicht sehr freundlich. Bei ihrem Besuch auf Hohenfeld, hatte Clemens sie sehr streng gerügt, weil ihre Frisur nicht ordentlich saß. Und dass, obwohl sie gerade kräftig im Garten gearbeitet hatte.

„Greta", hatte er sehr streng gesagt, „wenn du auf Gut Bergen leben willst, musst du mehr auf dein Äußeres achten. Sonst bleib gleich hier! Wir werden dir das nicht durchgehen lassen. Ich verstehe sowieso nicht... Na, schon gut."

Zugegeben – darüber hatte Damaris sich auch sehr geärgert, obwohl Clemens ihr gegenüber immer so freundlich und aufmerksam war. Sie fand, in dem Punkt ging er zu weit. Es stand ihm einfach nicht zu. Greta war ihre Zofe und er wusste, wie viel sie ihr bedeutete. Obendrein wollten sie ja als Ehepaar über kurz oder lang sowieso im Schloss Hohenfeld leben.

„Warum bin ich nur die einzige, die bemerkt, wie er wirklich ist", hatte Greta während ihres Streites schließlich ausgerufen und war in die Küche marschiert.

Damaris machte sich Sorgen. Wenn Greta auf Bergen weiter in dieser Art mit ihr oder anderen sprach, würde das böse Folgen haben. Möglicherweise würden Sophia und Arnold nicht zulassen, dass sie dort lebte.

Aber Greta war und blieb ihre Freundin. Sie waren nun einmal nicht mit dieser extremen Barriere der Standesunterschiede aufgewachsen.

Jetzt sah Greta zum Fenster hinaus, während die Kutsche durch das Dorf rumpelte. Damaris tat es ihr gleich und beobachte, wie Bäume und Felder an ihnen vorüber zogen.

Es war ein schöner Frühlingstag. Nur kleine weiße Schäfchenwolken standen am Himmel, die Sonne strahlte. Damaris nahm es als gutes Omen für ihr zukünftiges Leben.

Sie blickte an ihrem schlichten Reisekleid herab und lächelte vor sich hin.

„Sie freuen sich auf Clemens?", fragte Greta.

Damaris brauchte eine Weile, bevor sie die Äußerung bewusst wahrnahm. „Für dich Herr von Bergen, hörst du?", wies sie Greta lahm zurecht.

„Ja ja, wir sind doch hier unter uns."

„Trotzdem. Gewöhn dich lieber gleich dran."

Greta schaute demonstrativ wieder aus dem Fenster. Sie war beleidigt. Damaris lächelte und berührte sie sacht an der Schulter.

„Greta! Ist doch besser, wenn du dich etwas gut mit der Familie stellst."

„Ich bin ausschließlich für sie da. Ich arbeite nicht für jemand anderes", erwiderte sie trotzig.

„Natürlich."

Greta wollte wohl nicht näher auf das Thema eingehen. Sie fächelte demonstrativ mit einem Blatt Papier vor ihrem Gesicht herum. „Puh, ganz schön heiß, wenn die Sonne direkt hier herein scheint. Und dieser Staub."

Damaris runzelte die Stirn. Sie hatte nicht den Eindruck, dass es besonders staubte. Außerdem saßen sie in einer geschlossenen Kutsche. Typisch Greta, dachte sie. Wenn sie nicht über etwas sprechen will, dann will sie nicht.

„Und dieses elendige Geholper", stöhnte Greta weiter.

„Fliegen wäre wohl angenehmer. Aber wenn der liebe Gott gewollt hätte, dass wir fliegen, hätte er uns wohl Flügel gegeben. Denk an die Geschichte von Ikarus", frotzelte Damaris.

Greta schenkte ihr einen bitterbösen Blick.

Ihre junge Herrin lachte. „Es ist ja keine sehr lange Reise, Greta", tröstete sie.

„Mm", brummte die Zofe. Gleichzeitig legte sie den Kopf an die Scheibe und schloss die Augen.

Keine schlechte Idee, dachte Damaris und schloss ebenfalls die Augen.

*****

Mit einem Ruck hielt die Kutsche an. Damaris schlug die Augen auf, als Fritz vom Kutschbock sprang. Greta schlief tief und fest. Damaris beugte sich über sie und rüttelte sie sacht.

„Aufwachen! Wir sind da."

„Schon?", murmelte Greta verschlafen.

„Ja. Wenn man die ganze Zeit schläft, vergeht die Zeit wie im Flug, nicht wahr?", grinste Damaris.

„Mm. Na ja, kann nicht lang gewesen sein. Ist ja keine weite Fahrt", brummte Greta.

Sie fuhr mit den Fingern nervös über ihr schlichtes Kleid und zupfte unsichtbare Flusen ab. Sie betastete ihr Häubchen und strich sich das Haar glatt.

„Du siehst gut aus", beruhigte Damaris sie.

„Mmmm."

„Kannst du auch was anderes sagen?"

„Mmmm."

„Lächele wenigstens ein wenig."

Greta verzog den Mund. Aber wie ein Lächeln sah das nicht aus.

Dann flog schon die Tür der Kutsche auf und Clemens stand da.

Wie gut er aussah!

Groß und schlank. In eleganten Hosen, die seine muskulöse Figur zur Geltung brachten. Sein dunkles Haar war perfekt wie immer, seine braunen Augen waren ruhig und emotionslos. Sein Blick verriet keine Gemütsregung.

„Damaris, wie schön, dass du endlich hier bist!"

Er bot seiner Braut seine Hand an. Sie ergriff sie und stieg die zwei Stufen der Kutsche hinunter. Sie stieß mit ihrem Hut an den Rand der Kutsche, er verrutschte und flog wohl nur deshalb nicht davon, weil die Hutnadel ihn festhielt.

Clemens verdrehte missbilligend die Augen. Aber er sagte nichts. Nicht gleich bei der Ankunft. Damaris ärgerte sich über diesen Blick, der ungefähr sagte: Etwas mehr vornehmes Betragen wirst du wohl noch lernen müssen. Und dabei ist sie ein Nachfahre von Grafen.

Meine Güte, was war denn schon schlimmes passiert?

„Hoppla", murmelte Greta.

Damaris sah sich beeindruckt um. Sie stand zum ersten Mal vor dem Haus, das bald ihr Zuhause sein würde. Es war prächtig und groß. Die Fassade war weiß getüncht und wirkte freundlich und sehr einladend. Das breite Eingangsportal stand offen.

Clemens schloss seine Braut in die Arme und gab ihr einen leidenschaftslosen Kuss auf die Wange. Damaris war enttäuscht. Sie wünschte sich, stürmisch und leidenschaftlich von ihm geküsst zu werden. Sie schlang ihre Arme um seinen Hals und reckte ihr Gesicht zu ihm empor. Wieso war er nur so abweisend? Irrte sie sich oder entzog sich ihr Bräutigam ihr geradezu? Ein kalter Schauer lief über ihren Rücken. So hatte sie sich den Empfang allerdings nicht vorgestellt.

„Mein liebes Kind!", vernahm Damaris plötzlich eine kräftige Frauenstimme. Sie löste sich von Clemens und sah an ihm vorbei. Sophia von Bergen, Clemens' Mutter, kam mit ausgebreiteten Armen auf sie zu. Sicher war das der Grund für Clemens' Reserviertheit. Er hatte Recht. Sie hatte sich zu wenig unter Kontrolle. Es war doch klar, dass seine Mutter anwesend war.

Sie schwebte heran – perfekt wie immer.

Ein Auftritt wie der einer Schlossherrin.

Ein Häubchen steckte auf dem grauen, hochgesteckten Haar. Die lange Schleppe des weit ausgestellten blauen Kleides aus Alpaka – so wurde dieser chinesische Taft genannt - schleifte über den sauber gefegten Hof. Eine schmale Kette blinkte an ihrem Hals und passende Ohrringe baumelten an ihren Ohrläppchen.

Sie schloss die junge Frau in die Arme.

„Meine Tochter", sagte sie. „Wie war deine Reise?"

Der Empfang hätte nicht perfekter sein können. Aber er glich einer Inszenierung. Herzlich war er nicht.

„Sehr angenehm, danke. Es ist ja nicht weit", antwortete Damaris.

„Nein, das ist es wirklich nicht."

„Leider konnten meine Eltern mich nicht begleiten."

„Oh ja, ich weiß. Sie haben mir ja durch einen Boten einen Brief geschickt. Welche Tragödie so kurz vor euerer Hochzeit. Hast du schon etwas von ihnen gehört?"

„Nein. Aber sie sind auch erst vor zwei Tagen abgereist."

„Ach, wie dumm von mir. Es ist ja ganz unmöglich, dass du schon Nachricht erhalten hast."

Ihr Gesicht blieb unbeweglich. Ihre Gesten beschränkten sich darauf, Damaris' Hand aufmunternd zu tätscheln. Sie beherrschte sich vollkommen.

Ihr würde es sicher nicht passieren, mit dem Hut irgendwo hängen zu bleiben, dachte Damaris.

Plötzlich hakte Sophia sich bei ihr unter und zog sie mit sich zum Hauseingang. Damaris drehte sich verunsichert nach Fritz und Greta um.

„Oh keine Sorge", beruhigte Sophia sie. „Sobald deine Bediensteten die Koffer hereingebracht haben, bekommen sie in der Küche etwas zu essen. Und dem Mädchen wird man ihre Kammer zeigen.

Es missfiel Damaris, in welchem Ton Sophia über Greta und Fritz sprach. Deine Bediensteten! Das Mädchen! Sie hatten doch Namen.

Aber sie sagte nichts.

Sophia zog sie unerbittlich mit sich. Fort von Greta.

Und was war mit Clemens?

Damaris hoffte, er würde ihnen folgen. Sie würde sich dann weniger allein fühlen. Aber sie wusste es nicht.

*****

Sophia führte ihren jungen Gast in ein kleines Wohnzimmer, wo auf einem Tischchen schon Kaffee und Gebäck bereit stand.

Sie bot Damaris mit einer Geste Platz an.

„Bitte, greif zu. Möchtest du ein wenig Kaffee?"

„Ja. Gerne. Danke."

„Später zeige ich dir dein Zimmer. Du wirst dich etwas frisch machen wollen?"

„Oh ja. Danke."

Damaris lächelte sie pflichtschuldig an.

Was für ein seltsames, einsilbiges Gespräch.

Clemens gesellte sich zu ihnen. Er lächelte, aber er sagte nichts. Sophia saß aufrecht in ihrem geblümten Sessel und knabberte zaghaft an ihrem Plätzchen. Damaris traute sich überhaupt nicht, selbst zuzugreifen. Aus Angst, es an Grazie und Anmut ihrer zukünftigen Schwiegermutter nicht gleichtun zu können.

Sie nippte an ihrem Kaffee. Er war gut und stark.

„Mein Mann und ich waren vor Jahren einmal in England", berichtete Sophia. „In London. Dort bekommt man kaum einen guten Kaffee. Nur Tee, Tee und nochmals Tee. Darjeeling. Eine grässliche Sitte. Aber ich vermute, alles ist eben einfach Gewohnheit." Sie lachte geziert und etwas gekünstelt.

„Ja, vermutlich", murmelte Damaris und achtete sorgfältig darauf, von ihrem Gebäck abzubeißen ohne zu krümeln.

Als sie ihren Kaffee ausgetrunken hatte, fragte Sophia: „So, liebe Damaris, du fühlst dich sicher erschöpft und staubig. Was hältst du von einem heißen Bad?"

Der Gedanke an ein Bad belebte die junge Frau sofort, auch wenn sie sich nicht annähernd so erschöpft und staubig fühlte, wie Sophia offenbar annahm. Damaris schielte zu Clemens hinüber. Ob er sie wohl in ihr Zimmer begleiten würde?

„Ich werde dir dein Zimmer zeigen", plauderte Sophia weiter. „Und dann schicke ich dir eines der Mädchen, um dir beim Auspacken zu helfen und das Bad zu bereiten. In Ordnung?"

„Das wäre fein. Aber zum Auspacken hätte ich schon gerne Greta", erwiderte sie fest.

Irrte sie sich oder verschwand das einstudierte Lächeln für einen Moment von Sophias Gesicht und machte einem missbilligenden Zug Platz? Was konnte sie dagegen haben? Es war doch nur natürlich, dass sie nach ihrer eigenen Zofe fragte.

Doch sofort war das Lächeln wieder da und Damaris fragte sich, ob sie wohl doch übermüdet war und sich das nur eingebildet hatte.

„Aber natürlich. Wie dumm von mir. Natürlich möchtest du von deiner eigenen Zofe umsorgt werden."

Sie erhoben sich alle drei.

Sophia führte Damaris ohne ein weiteres Wort an Clemens vorbei, der sich formvollendet verbeugte. Doch er richtete nicht ein einziges persönliches Wort an seine Braut. Die Röcke der Frauen rauschten, als sie durch die schmale Zimmertür verschwanden.

Schweigend folgte Damaris Sophia die geschwungene Treppe in das obere Stockwerk hinauf und den Gang entlang. Vor einer der Türen blieb Sophia stehen, legte ihre zarte, gepflegte Hand auf den Knauf und ließ ihren Gast zuerst eintreten.

Das Zimmer gefiel Damaris auf Anhieb. Es war fast ganz in blau gehalten. Was für eine anheimelnde, beruhigende Atmosphäre es ausstrahlte.

Die Bettvorhänge um den Alkoven, die Vorhänge vor den Fenstern, die Seidentapeten an den Wänden – alles in verschiedenen Blautönen.

Eine Truhe für die Kleider stand dem Alkoven gegenüber. In der Ecke zwischen Fenster und Truhe befand sich ein Kamin und davor stand ein Badezuber. Damaris konnte sich noch gut daran erinnern, dass sie als Kind zum Baden in die Küche gehen musste. Inzwischen war es in Mode gekommen, einen Badezuber im Schlafzimmer zu haben. Was für eine wundervolle Errungenschaft.

„Gefällt es dir?", fragte Sophia.

„Oh ja. Es ist wunderschön."

„Das freut mich."

Damaris sah sich weiter im Zimmer um. Ihr Blick fiel auf den Spiegel, der sich direkt neben der Truhe befand. Sie sah darin zwei Frauen. Eine junge Frau und eine Frau fortgeschrittenen Alters. Die eine im schlichten Reisekleid, die Ältere vornehm gekleidet mit einer langen Schleppe.

Neben Sophia fühlte sie sich trotz ihrer Jugend unscheinbar. Und das lag nicht nur an der schlichten Kleidung. Diese Anmut und Eleganz würde sie wohl in hundert Jahren nicht erwerben.

Sophia könnte Lumpen tragen und sie würde noch immer diese Grazie, diese Eleganz und diesen Stolz ausstrahlen.

Damaris wurde bewusst, dass Sophia niemals wirklich etwas über sich mitgeteilt hatte. Sie war freundlich und liebenswürdig, aber sie tauschte doch nur Floskeln. Wer war die Frau wirklich? Woher stammte sie? Was fühlte sie? Was dachte sie? Und wo war Clemens, ihr Bräutigam, der sie kaum richtig begrüßt hatte?

„Ich schicke dir Hanna, damit sie dir das Badewasser bereitet", sagte Sophia.

„Ja, das ist nett. Danke."

„Wir sehen uns um sieben Uhr zum Abendessen."

Damit drehte sie sich um und ging zur Tür. Doch auf der Schwelle drehte sie sich noch einmal um. „Ach, am besten, ich schicke dir wieder Hanna, um dich abzuholen. Du warst ja noch nie hier und kannst gar nicht wissen, wo das Abendessen serviert wird. Bis dahin kannst du dich nach dem Bad noch ausruhen."

„Ja, danke."

Sophia verließ den Raum und schloss die Tür hinter sich. Damaris stand alleine vor dem Spiegel.

„Alles klar!", sagte sie zu ihrem Spiegelbild. „Es ist nicht erwünscht, dass ich vor dem Abendessen noch einmal unten erscheine. Ich darf mich ausruhen. Wie gut, dass ich ein Buch eingepackt habe. Außerdem bedanke ich mich viel zu oft. Ich bin schließlich ihr Gast und mehr als gastfreundlich waren sie bisher nicht. Man kann auch die Dankerei übertreiben."

Da klopfte es schon wieder an der Tür.

„Herein!", rief sie.

Und herein kam ein untersetztes junges Mädchen mit einem grauen Kleid, weißer, gestärkter Schürze und der unvermeidlichen Haube auf dem braunen Haar.

Sie knickste artig. „Guten Tag gnädiges Fräulein. Ich bin Hanna. Frau von Bergen schickt mich."

*****

Als Damaris pünktlich um sieben Uhr den Speisesaal betrat, saß die ganze Familie bereits beisammen. Außerdem waren noch drei weitere Gäste dort. Sie fühlte sich unbehaglich, weil sie so unerwartet so vielen fremden Menschen gegenüber treten musste.

Und diese fremde Frau da vorne an dem Tisch mit der strengen Hochfrisur und dem eisigen Blick, war sie nicht gerade sogar zusammen gezuckt, als sie den Raum betreten hatte?

Damaris war fast sicher, aber da es eigentlich keinen Grund dafür geben konnte, schob sie diesen Eindruck ihrer augenblicklichen Gereiztheit und Unsicherheit zu.

Aber irgendetwas war in dem Blick der Fremden, das sie erschaudern ließ.

Sie fühlte, dass ihr die Röte ins Gesicht stieg. Oh nein, nicht dass auch noch, dachte sie genervt. Sie stand noch immer an der Tür und fühlte sich völlig befangen, sie wusste nicht, wo sie sich hinsetzen sollte… Gleich würde Clemens aufspringen und ihr aus der Verlegenheit helfen, hoffte sie.

Stattdessen war es wieder Sophia, die auf sie zueilte.

„Liebes Kind. Du musst ja völlig überrascht sein. Mit so vielen Besuchern hast du sicher nicht gerechnet, nicht wahr? Nun, ich werde dich ihnen vorstellen."

Sie fasste ihre zukünftige Schwiegertochter am Arm und führte sie zum Tisch.

„Schau, meinen Mann kennst du ja schon."

Damaris nickte Arnold von Bergen freundlich zu.

„Und das ist Arnim, unser ältester Sohn mit seiner Frau Veronika und ihrem kleinen Sohn Simon."

Damaris nickte allen dreien zu. Sie waren ihr gänzlich unbekannt, aber Veronika hatte ein offenes, sympathisches Lächeln.

Sie hatte ihre hellblonden Haare zu Locken gedreht, die ihr zartes, herzförmiges Gesicht umrahmten. Sie war Damaris auf Anhieb sympathisch.

„Und das", - Sophia wies mit einer Geste auf die drei Menschen, die der gerade vorgestellten Familie gegenüber saßen – „sind gute Freunde von uns. Die Familie Lindau. Joana und Roland mit ihrer fünfzehnjährigen Tochter Sarah. So, nun kennst du alle. Komm, setz dich. Leider konnte unsere Tochter Susanne nicht zum Fest kommen. Sie ist schwanger und die Reise ist zu beschwerlich. Nun ja, du wirst sie ein anderes Mal kennen lernen."

Sie plauderte ohne Luft zu holen, während sie ihre zukünftige Schwiegertochter zu dem für sie vorgesehenen Platz dirigierte. Schließlich fand Damaris sich zwischen Clemens und Veronika wieder. Ihr gegenüber saß Sarah. Sie war ein unscheinbares junges Mädchen, etwas zu alt gekleidet, etwas zu streng frisiert.

Damaris musterte deren Eltern. Die Mutter war auf jeden Fall um die fünfzig. Es war die Frau, die bei ihrem Eintreten geradezu erschrocken zusammen gezuckt war.

Der Vater war sicher noch ein paar Jahre älter. Er wirkte wie ein gebrochener, frühzeitig gealterter, aber stolzer Mann. Merkwürdig - irgendwie passte eine so jugendliche Tochter nicht zu den beiden, obwohl das nur vom Alter her nicht so ungewöhnlich war. Ob sie weitere, erwachsene Kinder hatten, die sie nur nicht begleitet hatten? Sicher war Sarah nicht ihr erstes Kind.

Aber wieso war das Mädchen ein so trauriger Anblick? Sie war jung, das Leben lag vor ihr. Sie müsste sprühen vor Lebensfreude und vor Freude an dem Besuch und dem Fest, das sicherlich eine

Abwechslung in ihrem Alltag war. Doch sie saß da, als würde sie nichts davon interessieren.

Die Suppe wurde serviert und Damaris fiel plötzlich auf, wie hungrig sie war.

Die Tischgespräche drehten sich hauptsächlich um die Gründung des Neudeutschen Reiches, wie es nach dem Deutsch-Preußischen Krieg im vergangenen Jahr überall Thema Nummer eins war.

Veronika verwickelte ihre Tischnachbarin in ein Gespräch über die Erwerbstätigkeit der Frauen. „Dieser Verein in Berlin ist doch ein Schritt in die richtige Richtung", flüsterte sie. „Frauen sollten nicht von ihren Männern abhängig sein."

„Ganz meine Meinung", erwiderte Damaris laut.

„Psst", machte Veronika und legte den Finger auf den Mund.

Damaris sah sie fragend an.

„Ich glaube, diese Meinung dürfen wir hier nicht zu laut vertreten. Na ja, wir brauchen ja auch nicht arbeiten."

„Aber darum geht es nicht – ob man muss oder nicht. Um die Rechte geht es. Und da sind die Frauen über Jahrhunderte hinweg benachteiligt gewesen", antwortete Damaris jetzt auch leise.

„Du hast recht. Aber lass uns das Gespräch lieber ein anderes Mal weiter führen. Mutter beobachtet uns schon ganz skeptisch. Flüstern ist nicht sehr höflich."

Damaris schielte zu Sophia hinüber und fing in der Tat deren vorwurfsvollen Blick ein. Na ja, sie konnte nicht ganz umhin, ihr zuzustimmen. Flüstern war wirklich nicht sehr höflich. Sie kam sich ja fast schon wie eine Verschwörerin vor.

Veronika wechselte das Thema und verlagerte das Gespräch auf die neueste Mode und Frisuren.

Alles in allem wurde der Abend dank Veronika recht angenehm.

Es war dennoch nicht sehr spät, als Damaris sich auf ihr Zimmer zurückzog. Mit Clemens hatte sie noch immer kaum gesprochen.

Seltsam – aber irgendetwas in diesem Haus war so sonderbar – irgendetwas an dieser ganzen illustren Gesellschaft passte nicht.

Was war es nur, das sie beim Bild dieser Familie Lindau nicht losließ? Lag es nur an der jugendlichen Tochter?

Oder lag es daran, dass die ganze Familie nicht zu den etwas zu arroganten, etwas zu großspurigen von Bergen's passte?

Wieso war eine so schillernde Frau wie Sophia mit dieser unscheinbaren Familie befreundet?

Und warum wirkte Sarah so unglücklich? Ein junges Mädchen, zehn Jahre jünger als sie selbst.

Oder sah sie Gespenster?

„Ja, das wird es sein", erklärte sie ihrem Spiegelbild. „Es war einfach zuviel Aufregung in der letzten Zeit. Erst der Heiratsantrag, dann die Krankheit von Großmutter. Und nun ist der Vorabend von meinem Geburtstag." Sie seufzte und zählte laut an den Fingern auf: „Ich habe eine Reise hinter mir, habe fremde Menschen kennen gelernt, die zum Teil bald meine Familie sein werden. Ich befinde mich zum ersten Mal in dem Landgut, das bald mein Zuhause sein wird. Morgen wird ein Ball stattfinden, auf dem ich noch mehr fremden Menschen vorgeführt werden soll. Ja, das alles kann einen schon verwirren. Ich bin einfach etwas überfordert."

Sie verzichtete auf die Hilfe ihrer Zofe und kleidete sich alleine aus, schlüpfte in ihr blütenweißes Nachthemd und kuschelte sich in das große Bett mit den blauen Vorhängen.

Aber das Bild der Sarah Lindau verfolgte sie, bis ich eingeschlafen war.

Kapitel 3:
Geburtstagsmorgen
24. April

Beim Frühstück am nächsten Morgen traf Damaris nur auf Veronika. Sie war enttäuscht und fühlte allmählich auch einen ersten Anflug von Ärger, weil sie schon wieder ohne Clemens auskommen musste. Aber es war schon fast neun Uhr, sicher war er bereits mit seinen Aufgaben auf dem Gut beschäftigt.

Veronika lächelte ihrer zukünftigen Schwägerin erfreut zu.

„Guten Morgen. Wie es aussieht, sind wir zwei die einzigen Langschläfer."

Sie stand auf und ging Damaris entgegen. Sie war etwas größer und etwas runder in der Taille. Und sie hatte blaue Augen, die ebenso strahlten wie ihr Mund. „So bin ich wenigstens die erste, die dir zum Geburtstag gratuliert. Viel, viel Glück im neuen Lebensjahr, liebe Damaris", rief Veronika gut gelaunt aus und umarmte sie.

„Vielen Dank, Veronika." Damaris war tief gerührt. Veronika schien die einzige zu sein, die ihr mit aufrichtiger Herzlichkeit begegnete.

Sie setzte sich ihrer zukünftigen Schwägerin gegenüber und ließ sich von dem Mädchen, das als Bedienung bereitstand, Kaffee einschütten.

„Ich kann mir eigentlich gar nicht erklären, wie ich so lange schlafen konnte", entschuldigte sie sich überflüssigerweise. Außerdem entsprach es nicht der Wahrheit. Sie war eine ausgesprochene Langschläferin.

„Bei mir weiß ich genau, woher es kommt", bekannte Veronika. „Simon hat mich die halbe Nacht wach gehalten. Ich bin völlig erschöpft."

„Geht es ihm nicht gut?"

„Doch schon, keine Sorge. Er hat nur schlecht geträumt und konnte dann nicht wieder einschlafen."

„Hat er keine Kinderfrau?"

Damaris belegte eine Scheibe Brot mit Käse und nahm einen tiefen Schluck von dem schwarz dampfenden Kaffee. Mmm, er schmeckte ebenso gut wie er duftete.

„Oh doch. Aber er ist jetzt zwei Jahre alt und ich finde, dass sich gerade in so jungen Jahren die Mutter selbst um ihr Kind kümmern sollte." Veronika beugte sich verschwörerisch zu Damaris hinüber. Die merkte, dass das Mädchen wohl die nächsten Worte nicht hören sollte und kam Veronika entgegen. Über den Tisch gebeugt, flüsterte die: „Ich habe ihn sogar selbst gestillt. Sehr zum Leidwesen von Sophia. Sie achtet sehr auf die guten alten Sitten."

Damaris prustete los. Das konnte sie sich allerdings gut vorstellen. „Ja, ich glaube, hier geht es sehr vornehm zu. Stell dir vor, wir auf Schloss Hohenfeld, schütten uns sogar selbst Kaffee ein."

Damaris schielte zu dem Mädchen hinüber. Sie stand da und versuchte, ihr eigenes Grinsen zu verbergen.

„Kannst ruhig lachen", sagte Damaris leichthin.

In Veronikas Gegenwart fühlte sie sich wohl. Sie genoss deren Gesellschaft. Die junge Frau war so unkompliziert.

Damaris wusste es nicht, aber Veronika war ebenso so froh über ihre Gesellschaft. Sie liebte ihren Mann und ihren kleinen Sohn, aber sie fühlte sich keineswegs wohl in der Gesellschaft ihrer Schwiegermutter.

„Du bist sicher enttäuscht, dass Clemens kaum Zeit für dich hat. Aber mach dir nichts draus. Heute Abend auf dem Fest wird er dich sicher dafür entschädigen", fuhr Veronika fort.

„Schon gut. Ist er denn im Haus?"

„Oh nein. Er und Arnim sind schon um sieben Uhr in die Stadt geritten. Wenn du erst hier im Haus lebst, wirst du dich rasch an den Tagesrhythmus gewöhnen. Und ihn ignorieren."

Sie lachte. Damaris konnte nicht anders, sie musste einstimmen. Veronikas Lachen war so ansteckend. Wieso war sie nur die einzige, die so unbefangen mit ihr umgehen konnte? Nicht einmal Clemens war so offen.

Lag es nur an der steifen Erziehung?

Verdammt, was für einen Verlobten hatte sie eigentlich? Seit gestern Nachmittag, als sie angekommen war, hatte er höchstens drei Sätze mit ihr gesprochen. Dabei war er bisher immer so aufmerksam gewesen. Damaris konnte nicht verstehen, wieso er sich so verhielt, zumal sie zum ersten Mal hier auf Bergen war. Aber vermutlich hatte er wirklich viel zu tun und konnte sich nicht einfach aus dem Tagesgeschehen ausklinken, wenn er zu Hause war. Vielleicht hatte er sie ja sogar genau deshalb immer außerhalb von Bergen treffen wollen.

Entschlossen schob Damaris die ärgerlichen Gedanken beiseite. Sie hatte Geburtstag. Das war kein Tag zum Trübsal blasen.

„Wie lange lebst du schon hier?", fragte sie Veronika.

Die junge Frau war ungefähr im gleichen Alter wie sie selbst und hatte einen zweijährigen Sohn. In etwa konnte sie sich die Zeit also sowieso vorstellen.

„Seit dreieinhalb Jahren. Ist das lange? Manchmal kommt es mir so vor."

Damaris betrachtete sie aufmerksam.

„Und – lebst du gerne hier?"

Jetzt war Veronika überrascht. „Ja natürlich. Arnim ist ein wunderbarer Ehemann und Simon – na ja, er ist eben mein Sohn. Ich liebe ihn abgöttisch."

„Er ist ein süßer, kleiner Fratz", bestätigte Damaris.

Veronika nahm den letzten Schluck aus ihrer Tasse und setzte sie dann klirrend ab. „So, jetzt muss ich los. Ich habe Simon versprochen, mit ihm zu spielen. Möchtest du mich vielleicht begleiten?"

Damaris fand es sehr lieb, dass Veronika sie dazu einlud. Immerhin schien sich sonst niemand dafür zu interessieren, was sie den ganzen Tag über machte. Und das an ihrem Geburtstag. Noch dazu bei ihrem ersten Besuch in einem fremden Haus und in einer fremden Umgebung.

Trotzdem schüttelte sie den Kopf.

„Nein, ich mache einen schönen langen Spaziergang und erforsche die Gegend", antwortete sie spontan.

„Das ist eine gute Idee. Die Gegend hier ist wunderschön. Wenn du zurück bist, kannst du mich besuchen kommen. Verkriech' dich bloß nicht in deinem Zimmer. Wir leben auf der Westseite. Hanna kann es dir zeigen." Sie zog die Nase kraus. „Tut mir leid, aber dass du deinen Verlobten vor dem Fest zu sehen bekommst, glaube ich nicht. So sind sie eben - die von Bergens."

Na, das waren ja tolle Aussichten. Damaris ließ sich ihre Enttäuschung nicht anmerken.

„Das macht nichts. Aber ich komme später gern auf dein Angebot zurück."

„Dann also bis nachher. Ich freu mich." Veronika hob die Hand und winkte ihr zu, bevor sie den Raum verließ.

Bis nachher, dachte Damaris resigniert. Ihr eigentlich guter Appetit hatte sie verlassen.

Was war nur mit dieser Familie los? Mit ihrem Bräutigam?

Sie warf ihr angebissenes Brot zurück auf den Teller, ließ die halbvolle Tasse Kaffee einfach stehen und erhob sich.

*****

Sie holte ihren Umhang und Hut aus ihrem Zimmer und verließ das Haus. Sie schritt über den sauber gefegten Hof und sah sich zum ersten Mal ganz in Ruhe um.

Das Haus war viele Jahre jünger als Schloss Hohenfeld. Es war ohne jeden Schnörkel gebaut, nur Balkone und Fensterbrüstungen verzierten die weiße Fassade. Etwas abseits, seitlich vom Haus, befanden sich die Stallungen.

Damaris schaute zu dem Teil des Hauses, der ihrer Meinung nach die Westseite war und in dem jetzt Veronika mit dem kleinen Simon spielte.

Sie war unschlüssig, in welche Richtung sie wandern sollte und wandte sich schließlich nach links, wo sie in einiger Entfernung einen Wald erkannte.

Es war zwar erst April, aber die Sonne schien warm und es versprach ein schöner Tag zu werden.

Ist eben mein Geburtstag, dachte sie fröhlich.

Damaris liebte es, stundenlang einsame Spaziergänge zu machen. Dabei konnte sie ihre Gedanken schweifen lassen, konnte träumen, die Sonne auf ihrer Haut spüren und sich vom Wind streicheln lassen. Sie liebte auch den Wind, sogar Stürme, die an Haaren und Kleidern zerrten und die es einem schwer machten, gerade stehen zu bleiben.

Sie merkte überhaupt nicht, wie die Zeit verging. Der Wald war weiter entfernt, als sie gedacht hatte. Sie war bereits eine Stunde gegangen, als sie endlich angekommen war. Der Wald bestand aus Laub- und Nadelbäumen. Damaris entdeckte eine Bank im Schatten einer großen, alten Kastanie und überlegte, ob sie sich ein wenig ausruhen sollte.

Gleichzeitig bemerkte sie die Gestalt, die hinter der Bank aus dem Unterholz trat und sich setzte. Die Person kam ihr seltsam bekannt vor. Aber erst, als sie noch näher trat, erkannte sie sie.

Es war Sarah Lindau. Damaris schaute sich um, ob noch andere Personen in der Nähe waren, die sie jetzt ganz sicher nicht treffen wollte. War Sarah etwa ganz alleine durch die Felder bis hierher gelaufen?

Damaris hatte die Bank erreicht. Sarah sah ihr mit großen, scheuen Augen entgegen. Ihr braunes, glänzendes Haar hing glatt über ihre Schultern.

„Hallo Sarah. Erinnerst du dich an mich?", begrüßte Damaris sie.

Sarah nickte. „Aber natürlich. Sie sind Fräulein von Seyrich. Ach ja – herzlichen Glückwunsch zum Geburtstag."

Sie brachte es nicht sehr herzlich hervor, eher wie eine lästige Pflicht, die sie erfüllen musste, um nicht als unhöflich oder gar als vergesslich zu erscheinen.

„Danke, Sarah. Darf ich mich ein wenig zu dir setzen?"

Sie nickte. „Natürlich. Ist nicht meine Bank."

Damaris überging diesen unfreundlichen Einwand.

„Bist du ganz alleine hier?"

„Ja."

„So weit?"

„Sie sind doch auch alleine hier."

„Ja, das schon. Aber das ist doch etwas anderes, findest du nicht?"

„Nein. Nur weil sie älter sind?"

„Na gut, du hast recht. Es ist nichts anderes. Scheint, als hätten wir eine gemeinsame Vorliebe. Nämlich für lange Spaziergänge."

Darauf antwortete Sarah nicht.

Damaris empfand das Schweigen als unangenehm, irgendwie bedrückend. Deshalb plauderte sie einfach drauflos.

„Kommst du heute Abend auch zum Fest?"

„Nein. Ich bin noch zu jung."

„Ach, das ist aber schade. Es wird sicher sehr schön. Und wenn ich dich nun persönlich einlade? Als Geburtstagswunsch?"

„Meine Mutter erlaubt es nicht."

„Wie schade."

„Ja."

Sehr gesprächig war Sarah nicht gerade.

„Du siehst gut aus heute Morgen. Das offene Haar steht dir besser."

„Mutter sagt, es ist unschicklich. Und ich würde in der Hölle braten, wenn ich mich so zurecht mache. Weil es eitel ist."

Damaris lachte. Die Aussage schien doch mächtig übertrieben zu sein. Aber ein Blick in Sarahs traurige Augen verriet, dass diese keineswegs spaßte.

„Ich glaube nicht, dass man so hart bestraft wird – nur wegen so ein kleines bisschen Eitelkeit."

„Ich bin gerne allein. Weil ich dann meine Haare tragen kann, wie ich will", berichtete Sarah.

„Du hast wunderschönes Haar. Es ist dick und hat einen natürlichen Glanz. Es schmeichelt deinem Gesicht. Du darfst es nicht so streng zurück kämmen wie gestern Abend. Es steht dir nicht so gut und du bist viel zu jung dazu."

Sarah lachte kurz auf. Aber es war kein fröhliches Lachen. „Das weiß ich doch."

Damaris seufzte. Ging das schon wieder los mit diesem Frage-Antwort-Spiel? Was sollte sie nur dauernd sagen?

Andererseits – warum musste sie überhaupt etwas sagen? Konnten sie nicht einfach schweigend nebeneinander sitzen und sich von der Sonne bescheinen lassen?

Nein, das schien Damaris völlig unmöglich. Mit manchen Menschen konnte man zusammen schweigen. Aber das Schweigen mit Sarah war bedrückend und trostlos.

Sie könnte einfach aufstehen und ihren Spaziergang fortsetzen.

Aber auch das würde sie nicht tun. Sie musste mit Sarah ins Gespräch kommen. Diesen inneren Zwang verstand sie zwar selbst nicht, aber er war unbestreitbar da.

„Ich trage mein Haar selbst manchmal offen. Hältst du mich deshalb für liederlich?"

„Nein!" Sarah schrie es fast. „Nein, aber meine Mutter denkt das sicher."

„Deine Mutter ist wohl sehr streng?"

„Ja." Ihre Stimme war wieder gedämpfter.

„Bist du ihr einziges Kind?"

„Ja."

*****

Sarah hatte nicht das Bedürfnis, sich zu unterhalten. Im Gegenteil, sie wünschte, diese Damaris würde endlich aufstehen und einfach weitergehen. Sie hatte doch gesagt, sie ging gerne spazieren. Sollte sie also gehen und sie in Ruhe lassen. Sie erzählte ihr schließlich nichts Neues. Sie wusste, dass sie eine scheußliche Frisur hatte und grässliche Kleider und dass ihre Mutter die Freude aus ihrem Leben verbannt hatte.

„Du bist sehr jung", redete Damaris weiter.

Auch das wusste Sarah. Aber sie antwortete brav: „Ja. Meine Mutter hat mich erst mit siebenunddreißig Jahren bekommen. Sie war schon seit sechzehn Jahren verheiratet."

„Das ist aber ungewöhnlich."

„Ja. Sie hatte die Hoffnung schon aufgegeben."

„Dann ist ihr Verhalten aber auch verständlich. Sie liebt dich umso mehr und möchte dich beschützen."

Sarah biss nervös an ihren Fingernägeln.

Damaris zog Sarah sanft die Finger aus dem Mund und hielt ihre Hände fest.

„Ja, sicher", erwiderte Sarah. „Besonders…"

Sie brach ab. Warum sagte sie das? Nichts von dem, was ihre Mutter tat, war verständlich. Es geschah auch nicht aus Sorge oder Angst und nicht, weil Mutter sie beschützen wollte. Es ging nur um ihre Mutter selbst. Weil die sie, Sarah, an sich binden wollte. Weil sie es nicht ertragen würde, dass noch eine Tochter von ihr fort ging.

„Besonders?", hakte Damaris nach.

„Ach, nichts."

„Na komm, raus mit der Sprache."

„Nein, es ist nichts."

Himmelherrgott, was war nur mit diesem Mädchen los. Es war doch ganz deutlich, dass sie etwas sagen wollte. Dass sie etwas bedrückte.

Damaris strich sich fahrig durch ihr langes Haar, das sie lediglich an den Seiten mit Kämmchen zurück gesteckt hatte.

„Na komm, du kannst es mir sagen. Ich glaube, dich bedrückt etwas."

Meine Güte, diese Damaris war wirklich sehr hartnäckig. Schwierig abzuwimmeln. Wieso sollte Sarah sich wohl dieser völlig fremden Frau anvertrauen. Wie kam sie nur auf die Idee?

„Nein, Mutter wird böse sein und mich bestrafen", antwortete sie. Gleich darauf hätte sie sich am liebsten auf die Zunge gebissen. Was für eine blöde Antwort. Sie redete ja wie ein kleines Kind, das Süßigkeiten aus der Speisekammer stibitzt hatte. Sie schaute die Ältere mit großen, traurigen Augen an.

Was um alles in der Welt geht nur in diesem Mädchen vor, das einerseits so alt und erwachsen wirkte und andererseits so jung und hilflos? Welches Geheimnis hütet sie, dachte Damaris.

„Es bleibt unter uns", hörte sie sich sagen, bevor sie es gedacht hatte. „Ich verspreche es."

Sarahs Blick war unverwandt auf Damaris Gesicht gerichtet. Sie starrte sie geradezu an.

Und da war noch irgendwas in ihrem Blick.

Schrecken?

Oder gar Panik?

Aber warum sollte sie Panik haben.

„Du erinnerst mich an sie", sagte Sarah schließlich leise.

„An wen?"

Es fiel Damaris auf, dass sie plötzlich zum vertrauten Du wechselte, aber es machte ihr nichts aus. Sie wartete gespannt.

„An Imogen."

„Imogen? Wer ist das?"

„Meine Schwester."

Damaris fühlte sich wie vor den Kopf gestoßen. Eine Schwester? Hatte sie nicht soeben selbst behauptet, sie sei das einzige Kind?

„Ich denke, du hast keine Geschwister."

„Das stimmt auch. Sie ist tot."

„Oh wie schrecklich. Hast du sie sehr lieb gehabt?", fragte Damaris mitleidig. Die Schwester musste sehr jung gestorben sein.

Sarah nickte. Sie saß da wie ein Häufchen Elend und Damaris musste sie einfach in den Arm nehmen. Sie lehnte ihren Kopf an die Schulter der Älteren und die wiegte sie zärtlich in ihrem Arm. Plötzlich schluchzte Sarah auf. Damaris wusste nicht, wie sie das Mädchen trösten konnte. Deshalb hielt sie sie einfach fest in ihren Armen.

„Sie war viel älter als ich. Ungefähr so alt wie sie."

Sarah ging wieder zum Sie über. Der Moment des unkontrollierbaren Gefühlsausbruches war vorüber. Sie war jetzt ganz ruhig und kontrolliert. Sie sprach ganz langsam.

„Sie hat geheiratet und dann ist sie gestorben. Es ist alles schon so lange her."

Sie löste ihren Kopf von Damaris Schulter und sah sie mit einem sonderbaren Blick an. Beinahe war er mitleidig. Aber wieso sollte sie Mitleid haben? Sie erregte eher welches.

„War sie krank?"

Damaris schluckte schwer. Sie brachte die Frage nur mühsam hervor. Irgendetwas war hier höchst merkwürdig.

„Nein."

„Ein Unfall?"

„Ja, ich glaube schon."

„Du glaubst?"

„Sie ist die Treppe herunter gefallen und hat sich das Genick gebrochen."

Damaris erschrak furchtbar.

„Wie schrecklich. Wie…"

„Ich war erst zehn Jahre alt, als es passierte. Es war so furchtbar. Ich habe sie so geliebt."

„Ach Sarah, es tut mir sehr leid, dass du schon als Kind so etwas Schreckliches durchmachen musstest. Und deine Schwester war noch so jung."

„Zwanzig Jahre alt."

„Wie ist das denn nur geschehen?"

Sie antwortete nicht mehr. Damaris strich ihr sanft über ihren Rücken. Sie fühlte, wie sehr Sarah noch immer unter dem Verlust ihrer Schwester litt.

Doch unvermittelt löste das Mädchen sich aus ihrem Arm. Sie wischte ihre Tränen mit dem Ärmel ihres Umhangs fort und richtete sich kerzengerade auf.

„Ich habe schon zuviel erzählt."

„Zuviel erzählt? Wieso das?", fragte Damaris verwirrt.

„Mutter möchte nicht, dass wir darüber reden."

„Aber warum nicht?" Damaris verstand das nicht.

„Es ist doch gut, wenn man über seinen Schmerz spricht. Habt ihr wenigstens in euerer Familie darüber gesprochen?"

Sarah schüttelte heftig den Kopf.

„Aber man muss so eine Tragödie doch verarbeiten. Es ist doch keine Schande, es ist eine Katastrophe."

„Bitte erzählen sie niemanden, dass ich mit ihnen darüber gesprochen habe. Bitte!"

Damaris verstand die Welt nicht mehr. Wieso durfte nicht darüber gesprochen werden? Warum wurde aus so einer Sache so ein Geheimnis gemacht? Was war diese Joana für eine Frau, dass sie den Tod ihrer älteren Tochter totschwieg und die jüngere unter Druck setzte.

„Sarah, du sagtest vorhin, dass ich dich an sie erinnere. Inwiefern? Sehe ich ihr ähnlich?"

„Oh bitte, lassen sie mich doch in Ruhe. Ich habe schon zuviel erzählt." Ihre Stimme war Drängen und Flehen zugleich. In ihren Augen stand Furcht.

„Ich habe dir schon versprochen, dass alles unter uns bleibt. Dazu stehe ich."

„Bitte!" Es klang so flehentlich, dass Damaris einfach nicht tiefer in sie dringen konnte. Sie quälte das Mädchen mit ihren Fragen, das war offensichtlich. Sarah war gesprächig geworden, weil sie sich an ihre Schwester Imogen erinnert fühlte und jetzt tat ihr der Gefühlsausbruch leid. Wie hieß es? Wem das Herz übervoll ist, dem läuft der Mund über.

Und jetzt fürchtete sie den Zorn ihrer Mutter.

War Damaris nicht gestern Abend auch Joanas Reaktion aufgefallen, als sie den Speisesaal betreten hatte?

Ein kurzes Zögern.

Ein fast unmerkliches Erschrecken.

Ich habe mich nicht getäuscht. Sicher habe ich sie an ihre tote Tochter erinnert, dachte sie.

Ein neuer Gedanke schoss Damaris durch den Kopf. Warum luden die von Bergens die Familie Lindau ein? Sie mussten doch Imogen gekannt haben und hätten sich denken können, dass diese Begegnung einen Schock auslösen würde. Oder nicht? Sie war bereits seit fünf Jahre tot. Vielleicht haben sie sich damals noch gar nicht gekannt.

Sie ist schon lange tot. Sie ist die Treppe heruntergefallen.

Oder sie hatten es gewusst und gedacht, dass man dieser Begegnung sowieso nicht aus dem Weg gehen konnte. Und deshalb hatten sie die Lindaus schon einen Tag vor dem Fest eingeladen. Um sie nicht auf dem großen Fest diesem Schock auszusetzen. Immerhin waren die Familien befreundet.

Nein, so mysteriös war das nicht.

Es lief ihr kalt den Rücken hinunter. Sie hatte Ähnlichkeit mit der toten Tochter der Lindaus. Irgendwie war das unheimlich.

Sah sie der toten Imogen ähnlich? Bewegte sie sich so wie sie? Trug sie ihr Haar auf die gleiche Weise?

Sie hat geheiratet und ist dann gestorben.

Wieso hatte Sarah sie dabei so merkwürdig angesehen? War es, weil sie auch in ein paar Wochen heiraten würde? Verband Sarahs Seele Heirat mit Tod? Weil sie diese Katastrophe nie verarbeitet hatte?

Wie traurig für ein junges Mädchen.

Und die psychopathische Mutter tat nichts, um ihr den Glauben an die Zukunft und das Glück zurück zu geben.

Arme Sarah.

Arme Imogen.

„Ich muss jetzt gehen!" Sarah riss sie aus ihren Gedanken. „Es ist schon Mittag."

Damaris sah hinauf zur Sonne. „Ja, tatsächlich. Essen bekommen wir sicher schon gar nicht mehr."

Sarah zuckte leichthin die Schultern. „Das macht nichts."

„Nein, mir auch nicht."

Sie standen beide gleichzeitig auf.

Damaris zupfte ein paar imaginäre Flusen von ihrem weiten Popelinrock. Sarah war wieder ganz ruhig. Was für ein Mädchen war sie nur! Unter welchem Schmerz litt sie, den sie tief in ihrem Herzen vergraben musste? Damaris schwirrte der Kopf. Sie hatte ein vages Gefühl von Unheil.

Ein Eindruck, eine Ahnung.

Aber ihr Verstand arbeitete dagegen.

Es war nur ihre Fantasie, die mit ihr durchging. Und sie würde ihrer Fantasie nicht gestatten, ihre Vernunft zu besiegen.

Damaris sah zu, wie Sarah mit gekonnten Handgriffen ihre Haare richtete und sich wieder in die unscheinbare, viel zu streng frisierte Sarah zurück verwandelte, die sie gestern Abend kennen gelernt hatte.

Dann begannen sie gemeinsam den langen Weg zurück zum Haus.

Kapitel 4:
Ein Fest auf Gut Bergen
24. April

Eine Stunde vor dem Fest klopfte es an Damaris' Tür.

Sie saß gerade im Morgenmantel am Toilettentisch und erwartete ihre Zofe Greta, die sie frisieren sollte.

„Herein!", rief sie fröhlich.

Doch sie wurde enttäuscht. Statt Greta stand wieder Hanna in der offenen Tür. Sie knickste artig.

„Guten Tag, gnädiges Fräulein. Frau von Bergen schickt mich, um sie für das Fest zu frisieren."

„Wo ist Greta?", fragte Damaris schärfer als beabsichtigt. Schließlich konnte Hanna ja nichts dafür und hatte diesen Ton nicht verdient.

„In der Küche."

„Wieso ist sie nicht hier? Sie ist meine Zofe."

„Die gnädige Frau meint, dass Greta… nun, dass sie…"

„Nun drucks nicht herum. Dass Greta was?", fuhr Damaris das Mädchen an.

„Dass sie nicht geeignet ist."

„Wie bitte? Und wie glaubt Frau von Bergen sind wir bis heute auf Schloss Hohenfeld klar gekommen? Glaubt sie, ich bin immer und überall mit zotteligen Haaren erschienen? Greta hat mich immer frisiert. Nun geh und schick sie her."

Das Mädchen stand unschlüssig in der Tür.

„Aber… aber… Die gnädige Frau… Ich werde viel Ärger bekommen."

„Papperlapapp. Wenn ich will, dass Greta mir hilft, dann geschieht das auch. Schließlich ist es mein Kopf. Und ich bin die einzige, die darüber bestimmt."

Hanna rührte sich noch immer nicht.

Damaris stöhnte. „Wenn Greta nicht kommt, werde ich wirklich mit zotteligen, offenen Haaren auf dem Ball erscheinen. Klar?"

Endlich nickte Hanna zögernd und schlich Richtung Tür. Sie hatte wohl wirklich Angst, Ärger zu bekommen.

Arme Hanna, dachte Damaris. Was auch immer sie jetzt macht, ist verkehrt. Es kann ihr nicht gelingen, sowohl Sophias als auch meine Wünsche zu erfüllen.

„Auf meine Verantwortung!", sagte sie etwas versöhnlicher.

Damit wandte sie sich wieder dem Spiegel zu und beachtete Hanna nicht weiter. Ein bisschen als Herrin war sie bei aller Freiheit eben doch erzogen worden. Immerhin war sie eine Schlosserbin.

Im Spiegel beobachtete sie, dass Hanna endlich ging und die Tür hinter sich zu zog. Damaris hoffte, dass sie jetzt wirklich Greta holte und nicht etwa Sophia Meldung erstattete. Vorsichtshalber straffte sie sich und bereitete sich auf einen Streit vor. Sie war nicht gewillt, nachzugeben. Wenn Sophia schon jetzt über sie bestimmen würde, was würde dann erst nach der Hochzeit passieren, wenn sie hier lebte?

Nein, nein. Nicht mit mir, dachte sie kämpferisch.

Als die Tür beim nächsten Mal aufging, trat wirklich Greta ein.

Damaris lächelte ihr zu.

„Du hast wieder nicht angeklopft", tadelte sie müde. Aber sie war überhaupt nicht böse. Greta ging auch gar nicht darauf ein. Sie strahlte. War das etwa Siegerstolz, der da aus ihrem Blick sprach?

„Ich habe es gewusst!", triumphierte sie.

„Was hast du gewusst?"

„Na, dass sie mich kommen lassen."

„Dazu braucht es keinen Wahrsager. Ich bringe dich doch nicht extra mit, damit du in der Küche arbeitest und diese Hanna meine Haare frisiert. Nein, nein, Frisieren ist Vertrauenssache."

Greta machte sich sofort daran, das smaragdgrüne Seidenkleid, das bereits ausgebreitet auf dem Bett lag, glatt zu streichen.

Damaris lachte. „Glatter geht's nicht, Greta."

„Das ist wahr. Es ist so wunderschön. Und der Stoff fühlt sich so gut an. Wenngleich etwas kalt."

Greta war keine Schmeichlerin. Wenn sie Komplimente machte, war das ernst gemeint. Damaris verzog den Mund zu einem Lächeln. „Ich kann ja nicht in Wolle auf dem Ball erscheinen."

Die beiden Frauen lachten herzlich miteinander.

„Gehen wir zuerst an die Haare!", entschied Greta. „Ich schlage vor, wir türmen sie hoch auf und zupfen einzelne Locken heraus."

Damaris nickte. „So habe ich es mir auch vorgestellt. Obwohl ich es anders ausgedrückt hätte."

„Die Frisur steht ihnen auch wunderbar."

Greta machte sich also eifrig daran, das braune Haar ihrer Herrin und Freundin steil nach oben zu kämmen. Damaris sah ihr im Spiegel dabei zu. Und sie wunderte sich einmal mehr darüber, dass Greta, die manchmal selbst so ungekämmt aussah, so geschickt im Frisieren war.

„Findest du eigentlich auch, dass in diesem Haus eine seltsame Atmosphäre herrscht?", fragte sie.

„Sie merken es also auch? Ich fühle mich hier einfach nicht wohl", erwiderte Greta.

„Bist du sicher, dass es nicht nur daran liegt, dass du Clemens nicht magst?"

Greta hielt einen Moment inne. Dann nickte sie. „Doch. Daran liegt es. Und diese von Bergen mag ich auch nicht."

„Frau von Bergen", korrigierte Damaris pflichtbewusst. Aber eigentlich war es ihr gleichgültig, wie Greta sie nannte.

„Was meinen sie denn?"

„Ach, ich weiß auch nicht recht. Ich kann es schlecht beschreiben. Die Leute sind so reserviert. Sogar Clemens. Als ich gestern Abend in den Speiseraum kam, hatte ich das Gefühl, diese Freunde der Familie erschraken geradezu vor mir."

„Erschraken? Aber warum denn?"

Gretas emsige Finger kämmten unaufhörlich weiter, legten das Haar, banden Bänder hinein und steckten Nadeln fest.

„Es kann daran liegen, dass…", begann sie. Doch dann hielt sie erschrocken mitten im Satz inne. Sie hatte Sarah versprochen, nichts zu erzählen. Das durfte sie jetzt nicht brechen, auch wenn sie Greta noch so gerne von Imogen erzählt hätte.

„Ach, nichts. Nur, irgendwie begann es ja schon viel früher. Warum bin ich bisher noch nie hier gewesen, habe keine Freunde von Clemens kennen gelernt? Warum kümmert sich niemand um mich? Warum ist Veronika die einzige, die wirklich freundlich zu mir ist?"

Veronika war vor fünf Jahren noch nicht im Haus, fiel ihr gerade ein. Sie war womöglich die Einzige, die Imogen nicht kannte. Ach, dieses Gespräch machte überhaupt keinen Sinn, wenn sie nicht über das Mädchen sprechen durfte.

„Das verstehe ich nicht", meinte Greta. „Die haben was gegen mich, das ist klar. Aber doch nicht gegen sie. Sicher bilden sie sich das ein, weil alles hier so fremd ist."

„Das wird es sein", murmelte Damaris. Aber andererseits müsste sich genau deshalb jemand um mich kümmern, dachte sie.

„Sie waren natürlich böse, dass sie und das junge Fräulein nicht zum Mittagessen erschienen sind", plauderte Greta aus.

„Tatsächlich? Ja, das kann ich mir denken. Erst fragt kein Mensch danach, wie ich den Tag verbringe und dann auch noch beleidigt sein, wenn ich mich zu beschäftigen weiß. Das kleine Fräulein hat mir auch etwas erzählt, dass mehr als seltsam ist."

„Ja? Was denn?", fragte Greta neugierig und beugte sich verschwörerisch ein wenig vor.

„Darf ich dir leider nicht sagen. Ich hab's versprochen."

„Mir können sie's doch sagen."

„So fängt es immer an. Einer erzählt ein Geheimnis unter dem Siegel der Verschwiegenheit, der nächste erzählt es unter dem gleichen Siegel der nächsten Person und immer so fort. Nein, nein. Versprochen ist versprochen."

Greta zuckte scheinbar gleichgültig mit den Schultern. Aber Damaris wusste, dass sie nicht halb so gleichgültig war wie sie tat. Sie brannte darauf, das Geheimnis zu erfahren.

„Fertig!", verkündete die Zofe und ließ ihre Arme sinken.

Damaris betrachtete das fertige Werk im Spiegel. Es war einfach perfekt. Das Haar war hoch über ihrem Kopf locker aufgesteckt, lange Strähnen hingen unregelmäßig bis tief in ihren Nacken und über ihre Schultern. Es schmeichelte ihrem etwas zu runden Gesicht.

„Du bist eine Künstlerin, Greta", lobte Damaris und umarmte sie freundschaftlich. Greta sah ganz gerührt aus.

„Nun komm, hilf mir noch in das Kleid."

Greta schnürte ihr die Taille, bis sie kaum noch Luft bekam und band ihr die Tournüre um.

„Unbequem, diese Tournüren", meinte Damaris. „Mir waren die glatten Tuniken lieber, die im letzten Jahr noch modern waren.

„Ich mag diese Prinzesskleider. Sie sind viel damenhafter", fand Greta.

„Oh nein!", stöhnte Damaris. „Man verdeckt darin mehr Figur als man sieht."

„Fräulein Damaris! So spricht aber eine Dame nicht!" Greta tat ganz entrüstet.

Beide begannen ausgelassen zu lachen.

„Die Tournüre sitzt!", meinte Greta.

Damaris streckte ihrem Spiegelbild die Zunge heraus.

„Eine Frau in Tournüre sieht ziemlich albern aus", stellte sie fest.

Aber da war Greta schon, das grüne Kleid in beiden Armen, genau passend, dass sie hineinschlüpfen konnte. Greta zog den Rock über der Tournüre glatt und legte die lange Schleppe gerade auf den Boden.

Fertig!

Perfekt!

Nun gefiel Damaris ihr eigenes Spiegelbild schon viel besser.

Die Farbe schmeichelte ihr und passte hervorragend zu ihren Augen. Das tief ausgeschnittene Dekolleté war mit Spitzen in der gleichen Farbe umrahmt. Die Schleppe war sicher zwei Meter lang.

„Sie sehen phantastisch aus", lobte Greta neidlos.

Damaris freute sich darüber.

Sie fühlte sich auch gut.

Ich würde in der Hölle braten, wenn ich mich so zurecht mache.
Weil es eitel ist.

Oh ja, Frau Lindau würde sie sicher für ein liederliches, eitles Frauenzimmer halten, das einmal in der Hölle braten wird.

Aber sie war nie zu übertriebener Bescheidenheit erzogen worden. Man muss sich selbst gefallen, um sich wohl zu fühlen, sagte ihre eigene Mutter immer.

Damaris nahm Greta kurz in den Arm. „Danke", sagte sie schlicht.

Doch es ließ Greta erstrahlen. Sie wusste, dass Greta es zumindest teilweise ihrer Frisierkunst zuschrieb, dass sie so gut aussah.

Ihre Zofe legte ihr noch ein Goldcollier um den Hals, das perfekt in das Dekolleté passte und reichte ihr die dazu gehörenden Ohrringe und das Armband.

Jetzt konnte Clemens kommen und sie zum Ball abholen. Bei dem Gedanken machte ihr Herz einen kleinen Hüpfer.

Clemens! Endlich!

Dieses Mal konnte er nicht seine Mutter vorschieben. Sie kicherte ein wenig bei der Vorstellung, an Sophias Hand den Ballsaal zu betreten.

Oliver Thiele zog sich sein Jackett über und knöpfte es vor dem großen Spiegel in seinem Schlafzimmer zu. Er kleidete sich für das Fest auf Gut Bergen an. Er war schon sehr gespannt auf das Gesicht von Clemens, wenn er ihn auf dem Fest heute Abend entdecken würde. Bei dem Gedanken grinste er vor sich hin.

Er hatte keine Einladung erhalten, als Anwalt und Freund der Familie war das eigentlich eine Frechheit. Diese von Bergens, die immer soviel Wert auf gutes Benehmen und auf Haltung legten.

Mehr Schein als Sein, dachte er amüsiert.

Es machte ihm nichts aus. Aber er wollte sich selbst den Spaß nicht nehmen lassen, dort zu erscheinen. Das schlimmste, was passieren konnte war, dass sie ihn hinauswarfen. Und das würden sie sich bei ihrem Anwalt zweimal überlegen.

Immerhin hatten sie es nicht geschafft, dieses Fest vor ihm geheim zu halten. Dass die Braut von Bergen kam, um hier ihren Geburtstag zu feiern, war Gesprächsstoff Nummer Eins. Die Dienstboten redeten untereinander, die Gastwirte und dann alle Menschen in den Straßen.

Die Braut von Bergen.

Diese Braut wollte er unbedingt kennen lernen. Die Frau, die bisher noch niemand gesehen hatte, auch die Dienstboten nicht. Die offenbar noch niemals hier gewesen war. Von der nicht einmal er als Anwalt der Familie etwas wusste. Und es gab bestimmt einiges zu klären. Zwei verheiratete Söhne in dem Haus, auf dem Gut. Das musste anwaltlich geregelt werden.

Wollte Clemens auf dem Gut bleiben? Oder würde er fort gehen? Wie es hieß, war die junge Frau eine Schlosserbin und hatte keine Geschwister.

„Clemens als Schlossherr, nicht schlecht", murmelte Oliver vor sich hin.

Er schenkte sich von einem kleinen Tisch in der Ecke des Raumes einen Cognac ein und schwenkte ihn. Ein kleiner Muntermacher kann nicht schaden, dachte er. Wer weiß schon, was mich dort erwartet.

Es war wirklich sehr verwirrend, besonders wenn man bedachte, dass die von Bergens bisher eigentlich alles von Bedeutung mit ihm besprochen hatten. Warum also machten sie jetzt so ein Geheimnis um die Braut? Hinkte sie oder hatte sie eine zu große Nase?

Oliver lachte über seine eigenen Gedanken und prostete seinem Spiegelbild zu. Sie wussten wohl, dass er vielleicht der einzige war, der ihnen nicht schmeicheln würde.

„Nun, höflich ist es ja nicht, uneingeladen auf einer Party zu erscheinen. Aber diesem Auftritt kann ich nicht widerstehen", sagte er zu seinem Spiegelbild. „Also auf ins Geschehen!"

Als es das nächste Mal an der Tür klopfte, stellte Damaris sich in Pose davor, straffte sich, glättete noch einmal ihr Kleid und reckte ihr Kinn in die Höhe, bevor sie „Herein" rief, um ihren Verlobten zu empfangen. Doch stattdessen stand tatsächlich wieder die allgegenwärtige Hanna da. In der Hand trug sie eine Kerze, denn die Dämmerung hatte bereits eingesetzt.

Damaris sank vor Enttäuschung ein wenig in sich zusammen.

Sie starrte das Mädchen verblüfft an.

„Ich soll sie zum Ballsaal begleiten", sagte Hanna steif. Sie wirkte etwas unfreundlicher, etwas unsicherer als bei den letzten Begegnungen. Bestimmt hatte sie der Besucherin noch nicht verziehen, dass die sie beim Frisieren und Ankleiden abgelehnt hatte.

Damaris nickte, raffte ihre Röcke und schritt an ihr vorbei durch die offene Tür. Der Gang lag im Halbdunkel und sie wartete, bis Hanna die Zimmertür geschlossen hatte und mit der Kerze voran ging.

Hinter sich hörte sie eine andere Tür knarren. Aber sie widerstand der Neugier und dem Impuls, sich umzudrehen. Sie schritt hoch erhobenen Hauptes hinter Hanna her. Ihre lange Schleppe wischte über das peinlich saubere Parkett und schleifte schließlich auf der Treppe viele Meter hinter ihr her.

An den Wänden im Treppenhaus brannten Kerzen in den Kronleuchter und auch die Halle am Ende der Treppe war hell erleuchtet. Und dort stand tatsächlich Clemens und schaute ihr erwartungsvoll entgegen.

Clemens, ihr Bräutigam, der sich so rar machte.

Sie traute ihren Augen kaum. Sie war überrascht, ihn überhaupt noch vor dem Ballsaal zu Gesicht zu bekommen.

Sie genoss ihren Auftritt. Sie ging ein wenig langsamer, um den Augenblick auszukosten, in dem sie auf ihn zuschritt.

Sie fühlte sich wie eine Prinzessin.

Clemens sah elegant aus.

Perfekt gekleidet.

Aber die dunklen Stoffe, die sowohl für Hosen als auch für Weste und Frack Mode waren, schmeichelten seiner Erscheinung nicht besonders. Einzig sein blütenweißes Hemd bildete einen hellen Punkt, aber um den Stehkragen trug er eine schwarze Fliege.

Sein ebenfalls schwarzes Haar war glatt nach hinten gekämmt und alles zusammen verlieh seinem Gesicht einen zu strengen Ausdruck.

Fast wie ein Puritaner, dachte Damaris.

Sie bemerkte, dass Hanna wie durch Zauberei verschwunden war.

„Du siehst wunderschön aus", staunte Clemens.

„Oh, danke", stammelte Damaris. Sie war etwas verlegen, obwohl sie ein solches Kompliment doch erhofft hatte.

Er kam noch einen Schritt näher, hob ihr Kinn zu sich empor und gab ihr einen sanften, zurückhaltenden Kuss auf den Mund. In diesem Moment liebte sie ihn über alles.

Sie liebte ihn für das Fest, dass er nur für sie veranstaltete.

Sie liebte ihn für die Bewunderung in seinen Augen und sogar für seine Zurückhaltung. Obwohl sie sich so sehr einen leidenschaftlicheren Kuss von ihm gewünscht hätte.

Sie war ausgehungert nach seiner Nähe. In diesem Moment grollte sie ihm nicht mehr, dass er sie so vernachlässigt hatte.

In diesem Moment dachte sie an keine mysteriösen Vorkommnisse und Geheimnisse.

In diesem Moment genoss sie einfach seine Nähe.

Sie strahlte ihn an und legte ihre Hand auf seine.

So schritten sie gemeinsam zum Ballsaal.

*****

Das breite Portal zum Ballsaal stand offen.

Clemens führte seine schöne Braut durch dieses Portal in den durch viele kostbare Kronleuchter hell erleuchteten Saal.

Damaris sah nur ein Gewirr von Menschen.

Von Gesichtern.

Von Kleidern mit langen Schleppen.

Von hohen Frisuren und Augen, die sie geradezu lauernd beobachteten.

Sie fühlte sich wie auf dem Präsentierteller.

Das also ist sie. Die Braut von Bergen. Damaris von Seyrich, die Erbin von Schloss Hohenfeld.

Nur ganz allmählich erkannte sie einzelne Gesichter.

Sie sah Joana Lindau in einem viel zu dunklen Kleid, das wahrscheinlich als einziges keine Schleppe hatte.

Neben ihr stand ihr Mann, der beinahe noch unscheinbarer wirkte.

Sie suchte nach Sarah, aber sie konnte sie nirgends entdecken.

Schade, sie hatte also wirklich keine Erlaubnis bekommen.

Damaris fing ein Lächeln von Veronika auf, das ihr Mut machte in diesem bunten Wirrwarr aus fremden Gesichtern.

Sie erkannte Sophia, die deutlich angespannt ihrem Dahinschreiten zusah.

Clemens führte sie offenbar unbeeindruckt durch die Reihen.

Damaris nickte nach rechts, sie nickte nach links.

Sie lächelte.

Sie lächelte diesen fremden Gesichtern zu, die keine Namen hatten, keine Geschichten und kein Leben, das mit ihrem irgendetwas zu tun hatte.

Sie sah die Gestalten zurückweichen.

Sie bemerkte ihre Verwunderung.

Oder war es sogar Erschrecken?

Dasselbe Erschrecken, das sie gestern Abend bei Joana und Sarah bemerkt hatte.

Warum sie so reagiert hatten, wusste sie inzwischen. Aber was war mit all diesen Menschen?

Oder bildete sie sich das nur ein?

War es ihr etwas überspanntes Nervenkostüm?

Ach, wieso war sie nur allein hierher gereist?

Warum konnte sie diesen Geburtstag nicht auf Schloss Hohenfeld feiern, wo sie alle Gäste kennen würde? Wo ihre Gesichter Namen hatten und ihre Leben mit ihrem verbunden waren?

Die Gestalten erschraken.

Ihre Augen waren weit aufgerissen.

Sie wichen zurück.

Nein, das war keine Einbildung.

Damaris betrachtete immer angestrengter die Menschen, an denen sie vorüber schritten.

Ihr eigenes Lächeln wurde steifer und gefror schließlich ganz.

Auf den Gesichtern erkannte sie nacktes Entsetzen.

Da war es wieder – dieses Gefühl, dass es ein mysteriöses, unheilvolles Geheimnis gab.

Angst stieg in ihr auf.

Hatte dieses Unheil mit ihr zu tun?

Wieso sonst erschraken alle vor ihr?

Was hatte sie an sich, das die Menschen so ängstigte?

Ihre Kehle wurde trocken, ihr Atem ging schwer und sie brauchte ihre ganze Kraft, um einigermaßen ruhig und gelassen zu wirken.

Der Weg nahm überhaupt kein Ende.

Wie endlos lang war dieser Saal? Und wie viele Menschen waren hier?

Doch endlich war es geschafft. Clemens führte sie zwei Stufen hinauf und dann im Halbkreis um ihre eigene Achse, bis ihre Gesichter den Menschen zugewandt waren.

Clemens stand da. Groß, imposant, streng.

Er wirkte einfach durch seine Erscheinung.

Er ließ die Hand seiner Braut los.

Damaris fühlte sich unbehaglich. Hätte sich der Fußboden geöffnet und sie verschlungen, es wäre ihr in diesem Augenblick gleichgültig gewesen.

Dann begann Clemens zu sprechen. Damaris hörte es wie aus weiter Ferne.

„Liebe Freunde", sagte er mit lauter, klarer Stimme. „Ich freue mich, dass ihr alle heute Abend erschienen seid. Dies ist ein ganz besonderes Fest. Es ist nicht nur der Geburtstag dieser bezaubernden Frau an meiner Seite, sondern ich stelle euch hiermit auch meine Braut vor - Damaris von Seyrich, die ich in wenigen Wochen heiraten werde."

Die Gäste applaudierten. Damaris fühlte sich noch stärker beobachtet, als zuvor. Jetzt, da Clemens durch seine Worte erst recht die Aufmerksamkeit Aller auf sie gerichtet hatte.

„Ihr werdet später Gelegenheit haben, sie kennen zu lernen und vor allem – sie wird Gelegenheit haben, euch kennen zu lernen. Lasst meine zukünftige Frau euere Freundin sein, so wie ihr selbst Freunde meiner Eltern und von mir seid."

Wieder applaudierten die Gäste.

Gut gesprochen, dachte Damaris. Perfekt wie immer.

Perfekt, aber irgendwie so unnahbar.

Sie fing ein aufmunterndes Lächeln von Veronika auf.

„Doch jetzt wollen wir den Tanz eröffnen", schloss Clemens seine Rede.

Er gab den Musikern auf der Empore ein Zeichen und sofort erklang ein Walzer.

Clemens reichte ihr die Hand und führte sie die Stufen wieder hinunter. In der Mitte des Saales nahm er sie in seine Arme und sie begannen zu tanzen.

All die fremden Gesichter scharrten sich um sie und sie tanzten inmitten dieser Menge den ersten Walzer des Abends.

Bald verschwommen die Gesichter und Gestalten um sie herum.

Bald hörte Damaris keine Melodie mehr, sondern fühlte nur noch die Musik. Sie schwebte in Clemens' Armen dahin. Sie war für ein paar Minuten glücklich.

Einen Walzer lang.

*****

Das Fest wurde nicht ganz so, wie Damaris es sich erträumt hatte.

Sie war so stolz darauf gewesen, dass ihr Bräutigam ein großes Fest für sie gab. Sie hatte gedacht, dass er sie sehr lieben müsse und sehr stolz auf sie war.

Und nun?

Nun stand sie auf ihrem eigenen Fest und hatte das Gefühl, nicht hier her zu gehören.

Clemens ging herum und begrüßte Freunde. Hier und da stellte er sie jemandem vor. Aber nirgends fühlte sie sich wirklich zugehörig.

Unwillkommen.

Allenfalls geduldet auf ihrem eigenen Fest.

Sie lernte eine junge Französin kennen, die einen Freund von Clemens geheiratet hatte. Henriette Metzner.

Sie machte einen sehr eleganten Eindruck. Sie war schön und reich. Ihre neue Familie war im Eisengeschäft, ebenso wie die von Bergens.

Henriette war freundlich. Sie ging unbefangen und offen mit Damaris um. Sie verriet ihr sogar, dass sie ihr erstes Kind erwartete.

„Es war sehr schwierig zuerst", erzählte sie mit deutlichem Akzent, „ich hatte große Sprachprobleme, obwohl ich Deutsch in Frankreich gelernt habe." Sie kicherte. „Es ist ein großer Unterschied, diese Sprache in Frankreich zu sprechen, wo es für alle eine Fremdsprache ist oder im Land der Deutschen. Alle sprechen so schrecklich schnell. Terrible."

Damaris lachte.

„Sie machen das sehr gut."

„Oui, oui, ich habe fleißig studiert."

„Ich habe die französische Sprache gelernt. Vielleicht können sie mir helfen, etwas Praxis in Konversation zu bekommen, wenn ich erst hier lebe?", schlug Damaris vor.

Das gefiel Henriette sehr. „Oh, was für eine wundervolle Idee. Formidable. Das mache ich sehr gerne."

Ihre Schwiegermutter dagegen begrüßte Damaris äußerst reserviert und zog ihre Schwiegertochter unter dem Vorwand, sie jemandem vorstellen zu wollen, fort.

Damaris lernte die Familie Loewen kennen. Die junge Schwiegertochter begrüßte sie freundlich und ohne Hemmungen. Sie war redselig und stellte eine Menge Fragen über Schloss Hohenfeld und dem Leben dort.

Doch ihr Ehemann und seine Eltern hielten sich betont abseits.

Was hatte sie nur an sich, dass die Menschen so erschreckten?

Sie hatten doch keine Hemmungen? Damaris kam immerhin aus einer sehr alten Familie, aus altem Adel, lebte auf einem Schloss. Hier gab es keinen alten Adel. Hier waren Händler, Fabrikanten, Gutsherren, Bankiers anwesend, die es durch ihre Arbeit zu etwas gebracht hatten. Sie waren reich, aber die meisten hatten ihre Herrenhäuser selbst errichtet.

Neureiche, würden wohl viele etwas abfällig sagen.

Hemmungen? Nein, entschied sie dennoch. Das war völlig ausgeschlossen.

Sie verhielten sich nicht unsicher oder gehemmt, sie wollten einfach nichts mit ihr zu tun haben.

Damaris wurde nachdenklich.

Wenn man genau überlegte, waren es die befreundeten Familien, die bei ihrem Anblick geradezu entsetzen. Nicht aber junge, angeheiratete Partner.

Die waren völlig unbefangen. Wie Veronika.

Wie Veronika?

Veronika, die vor fünf Jahren noch nicht im Haus gewesen war.

Die Imogen nicht kannte?

Aber Imogen war die Tochter der Lindaus, das konnte nichts mit all den Gästen hier zu tun haben.

Was gab es hier für ein Geheimnis, von dem jeder wusste? Nur nicht die jungen Leute, die dieser Gesellschaft erst seit kurzem angehörten?

Aber das wäre ein merkwürdiges Geheimnis.

Von einem Familiengeheimnis konnte dann ja wohl nicht mehr die Rede sein. Ach, ihr war schon ganz schwindelig.

Was ging hier nur vor?

Sophia trat zu ihr. „Amüsierst du dich gut, mein Kind?"

Damaris nickte. „Ja natürlich. Es ist sehr nett von euch, diese Feier für mich zu veranstalten."

Wie soll ich mich amüsieren, wenn kaum jemand mit mir spricht, dachte sie dabei.

„In der Halle liegen deine Geschenke. Hast du sie schon gesehen?"

„Nein."

„Na ja, du bist sicher viel zu aufgeregt. All die fremden Menschen."

Ihre Stimme war gekünstelt. Ihre Gesten übertrieben.

Damaris lächelte zaghaft, fuhr sich verlegen über die Stirn und strich Locken beiseite, die gar nicht da waren.

„Ja, es ist verwirrend."

Sophias Lächeln war aufgesetzt. Sie war nicht aufrichtig in ihrer Freundlichkeit. Sie war ebenso befangen wie die anderen.

Sie tätschelte ihrer zukünftigen Schwiegertochter aufmunternd den Arm.

„Da muss man durch."

„Ja."

Damit verschwand Sophia und Damaris stand wieder alleine da. Sie fühlte sich nicht wohl in ihrer Haut.

Sie sah Clemens mit irgendeiner Frau tanzen. Hübsch war sie nicht, aber Clemens schien sich zu amüsieren.

Wenigstens einer, der Spaß hat, dachte sie resigniert.

*****

Hin und wieder wurde sie wider Erwarten selbst von einem jungen Mann zum Tanzen aufgefordert. Das freute sie und löste sie etwas aus ihrer Melancholie. Doch die sonderbar angespannten Blicke, die ihr ständig folgten, ängstigten sie.

Gerade hatte sie wieder ein junger Mann vom Tanzen zurück an ihren Platz geführt. Er sagte noch ein paar nette, abschließende Worte, aber die hörte sie nicht wirklich.

Gerade in dem Moment bemerkte sie den Mann.

Inmitten dieser Menschen fiel er auf. Sie schätzte, dass er Anfang dreißig war, also ungefähr im selben Alter wie Clemens, aber er wirkte vollkommen anders.

Auch einer, der nicht so recht hierher passt, dachte sie.

Lässig stand er an die Wand gelehnt.

Er beobachtete sie, aber nicht mit diesem Schrecken und dieser Ablehnung.

Seine dunklen Augen zwinkerten ihr zu und um seinen Mund zuckte es amüsiert.

Damaris hatte noch nie einen Mann gesehen, der so gut in diesen dunklen Stoffen aussah. Sein braunes Haar war ziemlich lang, es reichte bis über den Kragen seines Fracks.

Er trug einen sauber geschnittenen Bart, was erst in den letzten Jahren in Mode gekommen war. Früher war ein Bart ein politischer Zugehörigkeitsbeweis gewesen.

Damaris verglich den Mann automatisch mit Clemens. Ihr Bräutigam mit dem glatt nach hinten gekämmten Haaren, seiner glatten Rasur, seinem strengen Gesichtsausdruck.

„Ist etwas nicht in Ordnung?"

Sie brauchte einige Sekunden, um in die Gegenwart zurückzufinden. Der junge Mann, mit dem sie eben getanzt hatte, stand noch immer da.

„Oh doch, Entschuldigung. Ich war nur in Gedanken."

Aber ihr Blick blieb an dem Fremden an der Wand haften.

Was für eine Ausstrahlung!

Er wirkte so fröhlich und jungenhaft.

Und trotzdem strahlte er auch Kraft und Stärke aus.

Sie kannte keinen zweiten Mann, der gleichzeitig so lässig und ungezwungen und so selbstbewusst aussehen konnte – und das in diesen grässlichen dunklen Stoffen.

„Möchten sie etwas trinken? Ich könnte ihnen ein Glas Bowle holen."

Sie schrak zusammen. Aber der junge Mann schien es überhaupt nicht zu bemerken.

„Ja, das wäre nett."

Er verschwand und Damaris konnte sich weiter ihren Beobachtungen widmen. Hätte sie in dem Moment wirklich darüber nachgedacht, was sie gerade tat, wäre sie sich selbst fremd vorgekommen. Aber sie dachte nicht darüber nach. Sie war einfach gefesselt.

Aber warum - um alles in der Welt – war sie so gebannt von der Erscheinung eines Mannes, den sie nie zuvor in ihrem Leben gesehen hatte?

Oliver Thiele verschwand auf die Terrasse, als der junge Mann mit einem Glas Bowle zurückkam. Mein Gott, dachte er, was taten sie dieser Frau an? Warum warfen sie sie ohne jede Warnung dieser Meute zum Fraß vor? Denn genauso kam es ihm vor.

Es war ihm durchaus aufgefallen, wie sie die junge Frau, Clemens' Braut, belauerten, wie sie vor ihr erschreckten, vor ihr zurückwichen. Kaum jemand unterhielt sich mit ihr.

Er stand draußen unter dem Sternenhimmel und atmete kräftig durch.

Jetzt war ihm auch klar, warum sie ihn nicht eingeladen hatten. Was ging eigentlich in Clemens vor? Das hätte er sich doch denken können. Natürlich, er musste diese Damaris den Menschen vorstellen – wie sollte er das verhindern, wenn sie ihn heiraten und hier leben würde. Aber das, was gerade in dem Ballsaal stattfand, hätte er vermeiden können. Und obendrein kümmerte er sich überhaupt nicht um seinen Ehrengast, seine Braut. Er spielte den perfekten Gastgeber – zumindest für die anderen Gäste.

Oliver hoffte, dass die Reaktion der Menschen der jungen Frau nicht aufgefallen war. Vielleicht war sie ja viel zu aufgeregt, um dergleichen zu bemerken. Aber er glaubte es nicht.

Meine Güte, es war ihr Geburtstag. Und Clemens setzte sie einer solchen Situation aus. Vermutlich erwartete Sophia sogar wie immer Haltung. Contenance. Das war alles, um was es ihr ging.

Trotz allem grinste er vor sich hin. Die Situation barg für Außenstehende nicht einer gewissen Groteske. Und er war von Natur aus sowieso kein sehr melancholischer Mensch. Er glaubte, auch die zukünftige Frau von Bergen war kein solcher Mensch, auch wenn es deutlich war, wie unwohl sie sich auf dem Fest fühlte. Ihre Augen sprachen eine andere Sprache. Darin war etwas verborgen – Fröhlichkeit und mmm – etwas Wildes. Ob sie wohl mit der geforderten Contenance zurecht kam?

Aber immerhin war sie eine geborene Gräfin.

Er hatte so ein unbestimmtes Gefühl, dass hier nichts zusammen-passte. Ganz und gar nicht. Und auf seine Menschenkenntnis konnte er sich eigentlich immer verlassen.

Damaris trat auf die Terrasse.

Sie hatte leichte Kopfschmerzen und hoffte, die frische Luft wür-de sie vertreiben.

Die Musik schien ihr allmählich zu laut.

Und die Menschen um sie herum konnte sie kaum noch ertragen.

Sie wollte, dass die Feier endete. Sofort.

Sie wollte in ihr Bett.

Sie wollte nach Hohenfeld.

Warum nur konnten ihre Eltern nicht hier sein? Dann würde sie sich nicht so einsam fühlen auf diesem verfluchten Fest.

Aber sie waren in Augsburg. Bei ihrer sterbenskranken Großmut-ter.

Sie sehnte sich nach dem Bild ihrer Ahnin. Sie wollte vor dem Gemälde stehen und von vergangenen Zeiten träumen.

Ich will – ich will – ich will – allmählich kam sie sich selbst vor wie ein trotziges Kind.

„Sie amüsieren sich wohl nicht besonders heute Abend?"

Sie wirbelte so plötzlich herum, dass ihre Röcke rauschten.

Vor ihr stand der Fremde, noch immer mit diesem amüsierten, leicht spöttischen Zug um die Mundwinkel. In der Hand hielt er ein Glas Bowle.

„Wie kommen sie darauf?"

„Ich habe sie beobachtet." Er grinste sie ungeniert an.

„So, sie haben mich beobachtet. Finden sie das nicht reichlich unverschämt?"

Er zuckte unbeeindruckt mit den Schultern. „Machen wir uns nichts vor. Jeder beobachtet sie heute Nacht. Dafür ist das Fest doch da."

„Ach, sieh an. Und ich dachte, es ist meine Geburtstagsfeier", erwiderte sie schroff.

Seine Mundwinkel zuckten. Und seine Augen leuchteten spöttisch. Aus der Nähe sah er noch besser aus, als aus der Ferne. Und dieses Leuchten in seinen Augen war einfach unwiderstehlich.

„Herzlichen Glückwunsch", sagte er und prostete ihr zu.

Damaris legte den Kopf schief. Sie konnte ihn nicht einschätzen. Und dieser Ausdruck in seinen Augen…. Schalk war das. Schalk, wie bei einem Schuljungen.

„Sie lachen mich aus!", meinte sie unsicher.

„Aber nein."

„Doch. Sie verspotten mich."

„Sieht es so aus?"

„Sie sehen so aus."

Er lachte jetzt lauthals.

„Das tut mir leid. Ich will sie nicht verspotten. Aber ich werde ihnen sagen, wie sie auf mich wirken. Wie ein verlorenes Schaf."

Damaris stemmte die Hände in die Hüften und blitzte ihn wütend an. Seine amüsierte Miene veränderte sich nicht.

„Im Moment wie ein wütendes verlorenes Schaf. Aber – ja, ich bleibe dabei. Wie ein verlorenes Schaf in einem Rudel Wölfe."

„So sehen sie das also? Das ist nicht sehr schmeichelhaft."

„Kommt drauf an für wen. Für sie schon, oder wären sie auch lieber ein Wolf?"

Sie zuckte die Schultern. „Ich weiß nicht. Ein Schaf möchte ich aber auch nicht sein. Aber wieso sehen sie die Gäste so?"

„Weil sie sie belauern."

„Sie selbst haben mich doch auch beobachtet."

„Das ist etwas anderes. Die anderen belauern sie, als würden sie sie zerreißen wollen. Geben sie es zu, sie fühlen sich selbst nicht wohl. Auf ihrem eigenen Fest."

Sie antwortete nicht. Sie wollte es diesem Fremden gegenüber nicht offen zugeben. Aber leugnen konnte sie es auch nicht.

Aber ihr Schweigen war ihm wohl Antwort genug.

„Soll ich ihnen noch ein Glas Bowle holen?", bot er an.

„Nein!", entfuhr es ihr viel zu schnell.

Sie hoffte, er würde nicht merken, dass sie einfach nicht wollte, dass er fort ging. Dass sie einfach nicht schon wieder alleine sein wollte.

„Gehen wir ein Stück?", fragte er.

Sie zögerte nur kurz, ehe sie nickte.

Sie schlenderten durch den dicht bewachsenen Garten um das Haus herum.

„Sie sind ganz schön verwegen", grinste er dann.

„Verwegen?"

„Nun, sie sind mit Clemens von Bergen verlobt. Ihr Bräutigam gibt ein rauschendes Fest für sie und sie spazieren mit einem völlig fremden Mann allein in der Dunkelheit herum. Gehört sich das für eine wohlerzogene Dame?"

„Ganz und gar nicht!", giftete Damaris. „Gehört es sich für einen Gentleman, eine Dame dafür zu rügen, dass sie sein Angebot, einen Spaziergang zu machen, annimmt?"

Er lachte. „Wer sagt, dass ich ein Gentleman bin?"

Sie stimmte zaghaft in sein Lachen ein. Irgendwas an ihm war so ungezwungen, so unkompliziert. Sie hatte den Eindruck, nichts könnte ihn wirklich belasten. Sie genoss seine Gegenwart. Obwohl er schon ein wenig frech und fast ein bisschen unverschämt war.

So ungezwungen würde es mit Clemens sicher niemals sein. Zumindest nicht, solange sie hier auf Bergen lebten.

Sie schüttelte sich ein wenig. Puh, was für ein Gedanke! Irgendetwas musste in der Luft liegen. Oder war es der Sekt und die Bowle, die ihr zu Kopf stiegen?

Oder diese merkwürdigen Gefühle, die sie in diesem Haus überfielen?

„Männern verzeiht man kleine Sünden eher als Frauen", hörte sie ihn sagen. Er hatte eine angenehme Stimme.

„Ja, leider. Aber ich bin eine moderne Frau und halte nichts von dieser Doppelmoral."

„Recht haben sie. Und Clemens ist doch selbst Schuld. Wie kann er sie nur so vernachlässigen."

„Er muss sich um die anderen Gäste kümmern."

„Er muss sich in erster Linie um seine Braut kümmern, finden sie nicht?"

Damaris seufzte. Was sollte sie antworten? Ja, das fand ich selbst auch. Aber sie konnte sich nicht bei diesem Fremden über Clemens beschweren.

„Setzen wir uns ein wenig?", fragte er.

Sie waren bei einer weiß gestrichenen Bank mit kunstvoll geschwungener Rückenlehne angekommen, die inmitten einer Baumgruppe stand. Vom Haus und der Terrasse aus war sie sicher nicht einzusehen.

Damaris nickte.

„Aber wehe, sie erzählen mir wieder, dass das unschicklich ist", drohte sie. Aber sie lächelte dabei. Ihre Steifheit fiel allmählich von ihr ab.

Er hob resigniert die Hände.

„Tue ich nicht. Auch wenn's stimmt."

Er lachte. Und sie fiel in sein Lachen ein. Er hatte eine so fröhliche, ungezwungene Art.

Sie setzten sich nebeneinander auf die Bank.

„Na also, ich wusste doch, dass sie im Grunde ein fröhlicher Mensch sind. Das sieht man in ihren Augen. Sie haben sich einfach nicht wohl gefühlt. Geben sie es jetzt zu?", meinte er.

Damaris nickte.

„Ich glaube, ich sollte mich erst mal vorstellen. Dann bin ich wenigstens nicht mehr fremd. Und es ist nicht mehr ganz so unschicklich." Er grinste. „Wer sie sind, weiß ich ja schon." Er erhob sich von der Bank und deutete eine Verbeugung an. „Mein Name ist Oliver Thiele. Ich bin der Anwalt der Familie. Und ein Jugendfreund von Clemens."

„Angenehm."

Er setzte sich wieder neben sie.

„Sie sind eine sehr schöne Frau."

Sie lachte. „Danke, aber das liegt nur am Licht."

„Welches Licht? Es ist dunkel hier."

„Eben. Das schmeichelt jeder Frau."

Sein Lachen war laut und fröhlich. Damaris fürchtete schon, man könne es bis ins Haus hören.

„Na sieh mal an, Humor haben sie auch. Ich lag also richtig mit meiner Vermutung. Ich habe gute Menschenkenntnis. Aber da oben auf dem Ball haben sie mir schon richtig Leid getan. Anstatt sie kennen zu lernen, gingen ihnen die Gäste regelrecht aus dem Weg."

„Das ist ihnen aufgefallen?"

„Was denken sie denn?"

„Sophia und Clemens sagen, ich bilde mir das ein."

„Das kann ich mir denken."

Sie blickte ihn irritiert an. „Wie meinen sie das denn?"

Es schien ihr, als zögere er einen Moment.

„Nun, es ist schließlich ein Vorwurf an ihre Freunde. Würden sie nicht ihre Freunde in Schutz nehmen?"

„Freunde, die sich so unhöflich benehmen, habe ich nicht", entfuhr es ihr wie von selbst.

Wieder dieses Schulterzucken. Aber das Grinsen aus seinem Gesicht war verschwunden. „So kann man es auch sehen."

Sie blickte ihn einfach nur an. Sie hatte das deutliche Gefühl, dass es etwas gab, das dieser Fremde ihr erzählen konnte. Dass es einen Grund gab, warum Sophia und Clemens sich nicht wirklich bemühten, sie in die Gesellschaft einzuführen. Schon wieder ein Geheimnis?

„Wieso sind die Leute so?“, flüsterte sie rau.

Er blickte sie an. Da war ein anderer Ausdruck in seinen Augen. War es Mitleid? Auch der spöttische Zug in seinen Mundwinkeln war verschwunden.

„Sie müssen sich erst an sie gewöhnen.“

„Aber nein, das ist es nicht. Es ist sogar mehr als Unhöflichkeit. Sie erschrecken geradezu vor mir.“

„Es wird sich alles fügen, wenn sie erst hier leben. Die Menschen hier sind Fremden gegenüber nicht sehr aufgeschlossen. Und eine Fremde sind sie nun mal. Noch.“

Sie sah ihn sehr aufmerksam an.

Jetzt beobachtete sie selbst.

Auch sie besaß eine gute Intuition und Menschenkenntnis. Und sie war sicher, dass er mehr wusste, als er sagte.

Er glaubt selbst nicht an seine Worte, dachte sie.

Er verheimlicht mir etwas. Aber was? Was ist es, das er so offensichtlich verschweigt, fragte sie sich im Stillen.

„Sie sind nicht so abweisend“, wagte sie sich vor.

Er legte seine Hand auf ihren Arm.

Sie schaute ihm fest in die Augen.

Augen sind der Spiegel der Seele, sagte ihre Mutter immer. Seine Augen waren voller Mitgefühl, aber da war auch etwas Geheimnisvolles.

Er wusste etwas.

Und er würde es sagen. Er konnte nicht anders.

Gleich würde er das Geheimnis lüften.

Gleich würde sie erfahren, was hier los war.

Gleich würde sie wissen, warum die Menschen sich so merkwürdig verhielten, warum ihr alle auswichen.

Er nahm ihre Hand in seine.

Sie sahen sich an.

Damaris' Herz klopfte ganz aufgeregt.

*****

„Damaris, da bist du ja. Ich habe schon überall nach dir gesucht!"

Plötzlich stand Clemens vor ihnen.

Clemens, der niemals da war, wenn sie ihn brauchte.

Sie seufzte und sank ein wenig in sich zusammen.

Jetzt würde sie das Geheimnis doch wieder nicht erfahren.

„Was tust du denn hier?", fuhr er Oliver unfreundlich an.

Clemens starrte entgeistert auf Olivers Hände, die noch immer Damaris' hielten. Wie ein ertapptes Kind zog sie ihre Hand blitzartig zurück.

„Ich kümmere mich um deine Verlobte", antwortete Oliver leichthin.

„Meinst du nicht, dass das meine Aufgabe ist?"

„Durchaus, mein Lieber. Aber du erfüllst sie nicht."

Damaris Blick ging gebannt zwischen beiden Männern hin und her. Was war denn hier los? Hatte Oliver Thiele nicht gesagt, sie seien Freunde?

Oliver saß noch immer auf der Bank. Seine Arme hatte er über die Rückenlehne gebreitet und seine Beine übereinander geschlagen. Er saß da - völlig lässig, unangreifbar.

Ganz Herr der Situation.

Sein spöttisches Zucken um die Mundwinkel war wieder da.

So schaute er zu Clemens auf, der vor ihm stand.

Drohend. Sein Blick war voller Zorn. „Hast du überhaupt eine Einladung erhalten?"

„Nein. Sicher ist sie verloren gegangen? Nun ja, ich bin hier."

„Das sehe ich. Schleichst du dich überall so dreist ein?"

„Ach Clemens, wir sind alte Freunde und ich wollte deine Braut kennen lernen."

Damaris drehte nervös ihre langen Haarsträhnen durch die Finger. Was war hier los? Es wurde immer mysteriöser. Diese beiden benahmen sich eindeutig nicht wie Freunde. Oliver war nicht einmal ein willkommener Gast.

Damaris hatte sich so wohl gefühlt in seiner Gegenwart. Sie hatte anscheinend doch keine so gute Menschenkenntnis.

„Das hast du ja jetzt", brachte Clemens zwischen zusammengepressten Zähnen hervor.

„Ja. Und ich muss sagen, sie ist ganz entzückend."

Damaris fühlte sich immer unbehaglicher. Jetzt redeten sie schon über sie, als sei ich gar nicht da.

„Sie ist mehr als das. Würdest du jetzt bitte mein Haus und mein Grundstück verlassen?"

„Dein Haus? Dein Grundstück? Ich dachte, es gehört alles deinem Vater."

„Oliver! Suchst du Streit?"

Oliver hob in übertriebener Geste die Arme. „Auf keinen Fall. Ich gehe schon!" Er erhob sich und verbeugte sich vor Damaris. Er lächelte ihr zu, nahm ihre Hand und deutete einen vollendeten Handkuss an. Es war so, als hätte es diesen Streit nicht gegeben.

Er zwinkerte Damaris zu und sie lächelte verlegen zurück. Ihr war sehr bewusst, dass Clemens diesen Blickaustausch mit Argusaugen beobachtete.

„Es reicht jetzt!", grollte Clemens.

Als Oliver sich wieder Clemens zuwandte, hatte sich sein Blick verändert. Jetzt war er abweisend und – ja, sogar vorwurfsvoll. Wie konnte ein Mensch sich so unterschiedlich präsentieren, fast im selben Augenblick, überlegte Damaris.

„Eigentlich nicht. Aber ich weiche dennoch", erwiderte Oliver ganz ruhig.

„Fräulein von Seyrich, ich hoffe, wir begegnen uns noch einmal."

Sie nickte ihm damenhaft zu. Und trotz ihrer Verwirrtheit konnte sie nicht anders, als diese Hoffnung zu teilen.

Oliver drehte sich um und schritt davon.

Clemens setzte sich zu ihr auf die Bank.

74

„Was fällt dir ein, mitten in der Nacht mit einem Fremden durch den Park zu spazieren!", schimpfte er.

„Ich bekam Kopfschmerzen und ging an die Luft", verteidigte sie sich. „Dort traf ich ihn."

„Ja, ja, schon gut. Unmöglich! Meine Braut – allein im Garten – mit einem fremden Mann. Was sollen die Leute denken!"

Damaris war schockiert. Sie schnappte wütend nach Luft. Ihre Zurückhaltung wich. Sie merkte es deutlich. Ihr Temperament gewann die Oberhand. Und es war ihr jetzt auch gleichgültig. Zuviel war zuviel.

„Ist das etwa dein einziges Problem? Was die Leute denken? Diese Leute, auf deren Meinung du so großen Wert legst, haben mich überhaupt nicht beachtet. Im Gegenteil, sie sind mir geradezu ausgewichen. Du warst ebenfalls nicht da, um mir den Abend unter all den Fremden zu erleichtern. Du hast mich dort hineingeführt und eine tolle Rede gehalten und dann: Damaris, sieh zu, wie du klar kommst. Dort wollte mich niemand kennen lernen", erwiderte sie in deutlich wütendem Tonfall.

Clemens sah sie entgeistert an. Offenbar war er nicht gewohnt, dass jemand so mit ihm sprach.

„Du bist überspannt, meine Liebe. Jedermann interessiert sich für dich. Du bist es offenbar nicht gewohnt, mit Menschen umzugehen, die keinem uralten Adel angehören."

Sie war empört. „Clemens, das ist ein ungeheuerlicher Vorwurf. Ich bin nicht überheblich. Und meine Eltern auch nicht. Das weißt du genau. Und wenn du mir einreden willst, dass die Menschen versuchen, auf mich zuzugehen, ist jedes Wort vergeblich. Ich weiß, dass das nicht stimmt. Und wenn du es abstreitest, bestätigt das nur meine Vermutung, dass hier irgendetwas nicht stimmt."

„Was soll denn nicht stimmen?", brummte er.

Bevor sie etwas erwidern konnte, stand er auf und zog sie hoch.

„Und jetzt komm mit hinein, bevor wir noch ins Gerede kommen."

Schon wieder die Leute, dachte sie verärgert. Trotzdem folgte sie Clemens.

Sie konnte sich beim besten Willen nicht vorstellen, dass Clemens bei Menschen, die ihn kannten, ins Gerede kommen konnte. So korrekt und leidenschaftslos wie er war.

Der Gedanke an Oliver schoss ihr durch den Sinn. Bei ihm war das schon viel wahrscheinlicher. Aber ihm wäre das gleichgültig.

Sie lächelte vor sich hin. Die Fantasie war aufregender als die Gegenwart mit Clemens.

Schon zum dritten Mal an diesem Abend rügte sie sich selbst für ihre Gedanken. Schließlich würde sie in wenigen Wochen Clemens heiraten.

Sie straffte sich und setzte einen angemessenen Gesichtsausdruck auf. Dieses selige Lächeln musste sie unter Kontrolle bringen.

Wirklich tragisch war nur, dass Oliver ihr nicht mehr sagen konnte, was er ihr hatte anvertrauen wollen.

Und sie war sicher, dass er kurz davor gewesen war, ihr etwas Wichtiges zu sagen, als sie von Clemens gestört wurden.

*****

Der Rest des Festes verging wie im Flug.

Es wurde nicht etwa amüsanter, aber ihre Fantasie war beflügelter.

Es war spät in der Nacht, als sich endlich alle Gäste verabschiedet hatten.

Damaris raffte ihre Röcke und stieg etwas schwerfällig und müde die Treppe hinauf. Sie ließ sich vor dem Waschtisch nieder und betrachtete sich im Spiegel. Sie sah noch genauso aus wie vor ein paar Stunden, als sie den Raum verlassen hatte und die Treppe hinunter geschritten war.

Sie konnte es nicht genau benennen, aber innerlich hatte sich etwas verändert. Sie fühlte sich aufgewühlt, durcheinander, gereift.

Sie entschied, Greta nicht zu wecken. Sie begann die Bänder und Nadeln aus ihrem Haar zu lösen, streifte das schöne grüne Kleid ab, entledigte sich ihrer Tournüre und schlüpfte in das lange, weiße Nachthemd.

Sie war so müde. Doch als sie endlich im Bett lag, konnte sie nicht einschlafen.

Was hatte Oliver ihr sagen wollen?

Welches Geheimnis lastete auf Bergen?

Und warum fühlte sie es so deutlich?

Sie musste es herausfinden, das war ihr an diesem Abend ganz klar geworden. Anderenfalls würde sie hier niemals friedlich als Ehefrau leben können.

Aber würde sie es überhaupt können?

Sie wälzte sich unruhig im Bett hin und her.

Merkwürdige Gedanken für eine junge Braut, dachte sie. Aber im Moment konnte sie sich Frieden und Harmonie in diesem Haus nicht vorstellen. Nicht mit Menschen, die ihr etwas verheimlichten und nicht mit diesen Freunden der Familie, die nichts mit ihr zu tun haben wollten.

Und wieso nahm Clemens diese Menschen obendrein in Schutz?

„Ich bilde mir dieses Verhalten nicht ein", sagte sie laut vor sich hin. „Und immerhin ist es Oliver auch aufgefallen."

Und warum hatte Clemens Oliver nicht auf dem Fest haben wollen? Sie war natürlich davon ausgegangen, dass er ein geladener Gast war.

Aber weshalb hatte Oliver sich trotzdem eingeschlichen?

Vielleicht war er doch kein Freund?

Aber dann hatte Oliver gelogen. Und dann konnte sie ihm auch nicht trauen. Und es gab auch nichts, was er ihr anvertrauen konnte.

Ihr Kopf begann schon wieder zu schmerzen.

Ihre Gedanken drehten sich im Kreis.

Wenn dies, wenn dass...

Sie drehte sich wieder im Bett um. Früher war sie manchmal auf diese Art schlechte Träume losgeworden. Aber dieses Mal verfolgten sie die Gedanken.

Nein, sie musste ihren eigenen Gefühlen vertrauen. Und die sagten, dass Clemens Oliver nicht in ihre Nähe lassen wollte, weil er Oliver misstraute. Weil der das Geheimnis kannte? Weil er die Schwachstelle war, die vielleicht plaudern würde? Oh ja, das konnte sein. Oliver war nicht so steif und sittenstreng und etikettengläubig. Er vor allen anderen würde wagen, über etwas zu sprechen, was niemand sonst auszusprechen wagte.

Er machte sich nichts aus Konventionen.

Ihm war es gleichgültig, was die anderen über ihn dachten.

Ja, sie war ganz sicher. Es gab irgendein dunkles Geheimnis.

Und tatsächlich war Oliver kurz vor einer Enthüllung gewesen.

Kapitel 5
Der Ausritt
25. April

Als sie sich am nächsten Morgen dem Speisezimmer näherte, hörte sie durch die nur angelehnte Tür Stimmen.

Es waren Sophia und Clemens. Und die Stimmen klangen erregt, verärgert. Hatten sie Streit?

Damaris' Neugier war geweckt. Sie schlich auf Zehenspitzen näher, damit sie bloß niemand hörte. Doch erst, als sie schon direkt hinter der Zimmertür stand, konnte ich die Worte verstehen.

Sie konnte einfach nicht anders - sie lauschte.

„Ich habe dir gleich gesagt, dass dieses Fest ein Fehler ist. Wie konntest du hier für Damaris eine Feier geben, zu der du zu allem Überfluss auch noch all unsere Bekannten einlädst."

„Irgendwann mussten sie Damaris doch kennen lernen", seufzte Clemens.

„Ganz und gar nicht. Du hättest mit ihr nach Hohenfeld gehen sollen – Ende. Hier gehört sie nicht hin! Oh mein Gott, wie konnte ich mich nur darauf einlassen!"

„Mutter! Ich werde sie heiraten!"

„Ein Fehler! Du hättest dich gar nicht mit ihr verloben dürfen. Und dieser Oliver – ein Fiasko."

„Er war nicht eingeladen."

„Er war aber da!", kreischte Sophia. „Er hat sie gesehen!"

Damaris ärgerte sich, dass sie die beiden nicht sehen konnte. Aber sie wagte nicht, hinter der Tür vorzutreten und in das Zimmer zu spähen. Dann hätte sie selbst riskiert, entdeckt zu werden. Sophia klang überhaupt nicht mehr damenhaft. Ob sie sich wohl die Haare raufte? Ob sie ihren Sohn wütend anstarrte?

„Sie werden sich nicht wieder begegnen", versprach Clemens.

„Dafür werde ich beten. Aber ich weiß wirklich nicht, wie du das verhindern willst. Dieser Thiele ist ein guter Anwalt, aber als Mann – oh mein Gott. Er macht einfach was er will. Ohne Einladung hier aufzukreuzen. Warum willst du nur unbedingt mit ihr hier auf Bergen leben?"

„Weil ich hier gebraucht werde, bis ein guter zweiter Mann eingearbeitet ist."

„Du forderst das Schicksal heraus. Vermutlich brauchst du das."

Damaris stand hinter der Tür und zitterte. Was hatte das zu bedeuten?

Sie wollte mich nicht hier haben. Ihr fiel auch auf, dass Sophia nicht einmal ihren Namen nannte. Sie sprach nur von *Sie* oder *Ihr*. Jetzt wusste sie genau, dass ihr Gefühl nicht eingebildet war.

„Ganz ruhig, Damaris", redete sie sich in Gedanken gut zu. „Ganz ruhig. Du musst da jetzt reingehen und niemand darf merken, dass du gelauscht hast."

Aber das Zittern hörte nicht auf.

Sie schloss die Augen und atmete tief ein.

Mit der Hand fuhr sie sich über die Stirn. Sie war überrascht, dass sie sich feucht anfühlte.

Angstschweiß.

Nein, sie konnte nicht hineingehen. Sie konnte weder Clemens noch Joana unter die Augen treten.

Sie drückte ihre Hand auf die Stelle, an der sie ihr Herz vermutete, als würde sie es so beruhigen können. Es schlug so heftig, dass sie schon befürchtete, Sophia und Clemens könnten es im Speisezimmer hören.

Plötzlich hörte sie Geräusche und Stimmen aus dem oberen Stockwerk.

„Beeil dich Sarah, wir wollen noch frühstücken und dann aufbrechen. Gottlob ist dieser Besuch zu Ende. Trödel nicht. Immer trödelst du herum!"

„Ja, Mama."

Damaris saß in der Falle. Sie musste jetzt sofort handeln.

Entweder musste sie die Flucht nach vorn ins Speisezimmer antreten oder zurückgehen – aber dann würde sie Joana in die Arme laufen.

Was war schlimmer?

Sie hatte die Wahl zwischen Pest und Cholera.

Beherzt drückte sie die Klinke herunter und schob die Tür ganz auf.

„Guten Morgen", rief sie so unbeschwert sie konnte. Ihre Stimme krächzte. Diese aufgesetzte Fröhlichkeit kostete sie all ihre Kraft. Noch immer hatte sie das Gefühl, ihr Herz würde gleich zerspringen.

Sophia lächelte ihr entgegen. Sie hat eindeutig mehr Übung in falscher Freundlichkeit als ich, dachte Damaris.

„Du hast wohl gestern ein Glas Bowle zuviel getrunken? Deine Stimme klingt ganz heiser."

„Ach nein, das glaube ich nicht. Es liegt sicher nur am Schlafmangel."

„Komm, setzt dich zu mir", forderte Clemens sie auf. Er wirkte etwas angespannter als seine Mutter. Andererseits wirkte Clemens ja immer ein wenig steif, seit sie hier war.

Ein Ausspruch des Dichters Goethe kam ihr in den Sinn: *„Wir lernen die Menschen nicht kennen, wenn sie zu uns kommen. Wir müssen zu ihnen gehen, um zu erfahren, wie es mit ihnen steht."*

War es das? Ging es darum? Hatte sie Clemens bisher überhaupt nicht richtig kennen gelernt?

Sie fühlte, dass ihre anfängliche Verzagtheit wich und ihr alter Kampfgeist erwachte. Sie hatte es überhaupt nicht nötig, sich hier fertig machen zu lassen. Sie war schließlich Gast auf Gut Bergen.

Das Mädchen stellte ihr eine Tasse Kaffee hin und Damaris dankte ihr mit einem liebenswürdigen Lächeln.

In dem Moment betraten die Lindaus schon den Speiseraum.

Joana trug ein tristes graues Kleid, Sarah ein dunkelblaues Kleid aus leichter Wolle mit einem weißen Kragen. Sie sah aus wie eine Gouvernante.

Außerdem war es fast Mai und das Wetter war herrlich frühlingshaft. Der Stoff war viel zu schwer und zu warm für diese Jahreszeit. Und die Farbe war zu dunkel für so ein junges Mädchen. Aber diese Familie schien ja die Farben und Fröhlichkeit aus ihrem Leben verbannt zu haben.

Sarah setzte sich neben Damaris.

„Guten Morgen, Fräulein von Seyrich", grüßte sie freundlich. Sie strahlte sie an. Als ob sie die Ältere bewunderte. Es war Damaris peinlich, denn sie wusste wirklich nicht, wofür sie diese Bewunderung verdient hatte.

Für ihr Selbstbewusstsein?

Ihre Selbständigkeit?

Oder nur für ihr Aussehen?

„Du warst nicht auf dem Fest, ich habe dich vermisst", sagte Damaris aufrichtig.

„Aber ich hatte ihnen doch gesagt, dass ich noch zu jung bin, um auf einen Ball zu gehen. Aber ich habe sie gesehen, als sie durch den Flur gingen. Sie sahen so wunderschön aus."

„Du hast mich gesehen?"

„Oh ja. Als sie ihr Zimmer verließen. Da habe ich aus meinem eigenen Zimmer geschaut, es liegt doch auf demselben Gang."

Damaris erinnerte sich. Das Knarren der Tür, das ihr am Abend aufgefallen war. Es war also Sarah gewesen.

„Sie waren sooo schön", wiederholte sie kindlich und schaute Damaris noch immer voller Bewunderung an. Wie ein Idol, das man verehrt.

Aber Damaris wollte kein Idol sein.

Sie hatte einfach das Glück, Eltern zu haben, die sie immer in ihrem eigenen Tun und ihren eigenen Entscheidungen bestärkt hatten.

Sarah hatte Pech mit ihren Eltern, die sie unterdrückten und klein hielten, wo sie nur konnten.

„Das ist nett, dass du das sagst, Sarah. Dankeschön. Du wirst sicher auch wunderschön aussehen, wenn du zu deinem ersten Ball gehst."

„Sie wird vorläufig auf keinen Ball gehen", mischte Joana sich ein. Sie saß stocksteif neben ihrer Tochter und hatte dem Gespräch mit missbilligender Miene gelauscht. Roland saß seiner Frau gegenüber neben Sophia und schlürfte seinen Kaffee.

„Nun, irgendwann wird es sicher soweit sein", murmelte Damaris.

Joana antwortete nicht, sondern blickte sie nur böse an.

„Damaris", begann Sarah plötzlich und Damaris fiel deutlich auf, dass sie plötzlich wieder ihren Vornamen benutzte. Das Mädchen schien zwischen -Fräulein von Seyrich und Damaris hin und her gerissen zu sein. Damaris nahm sich vor, es beim Vornamen zu belassen. Sarah schien eine Schwesterngestalt zu suchen. Einen Ersatz für ihre tote Schwester, die sie vermisste und über die sie nicht sprechen durfte. Eine Person, der sie vertrauen konnte. Ihre Mutter war sicher keine gute Bezugsperson für ein heranwachsendes Mädchen.

„Ja?", hakte sie nach, als Sarah nicht weiter sprach.

„Wir werden gleich abreisen."

„Das ist schade. Ich werde dich vermissen."

„Sarah", mischte sich Joana heftig ein, „lass Fräulein von Seyrich in Ruhe. Du belästigst sie. Außerdem nenn sie bitte nicht Damaris. Das gehört sich nicht."

Sarah schaute verwirrt zwischen Damaris und ihrer Mutter hin und her. Wie ein aufgescheuchtes Reh.

„Aber nein, sie belästigt mich doch nicht. Ich mag Sarah. Und ich habe ihr angeboten, mich beim Vornamen zu nennen und mit Du anzureden."

Das stimmte zwar nicht ganz, aber diese kleine Lüge war gewiss nicht schlimm. Immerhin hatte Damaris sich sowieso vorgenommen, es ihr anzubieten.

Sarah freute sich ganz offensichtlich darüber. Ihr ganzes Gesicht begann zu leuchten. Wie hübsch sie aussieht, wenn sie lächelt, dachte Damaris. Und wenn sie jetzt noch eine andere Farbe tragen würde, wäre sie wirklich sehr hübsch. Blau wäre schon in Ordnung. Ein schönes, kräftiges himmelblau.

Und wie einsam musste sie sein, wenn so wenig Freundlichkeit sie so glücklich machte.

Joanas Miene verfinsterte sich noch mehr. Sie sah es nicht gerne, dass Sarah sich so auf dieses Fräulein von Seyrich einließ. Dabei konnte nichts Gutes herauskommen.

Sophia beobachtete das Gespräch aufmerksam. Oder besser noch – sie bewachte es. Sie bereute zutiefst, die Lindaus eingeladen zu haben. Sie bereute sogar den Tag, an dem sie Damaris begegnet war.

„Würdest du uns auch einmal besuchen kommen?", fragte Sarah plötzlich. „Sonst werde ich dich vielleicht niemals wieder sehen."

Damaris verschluckte sich fast an ihrem Kaffee. Sie stellte die Tasse ab und sah über Sarah hinweg zu deren Mutter. Doch die rührte sich nicht. Aber Damaris ahnte, was in ihr vorging.

Um Himmels Willen, dachte Joana, auch das noch. Was fällt Sarah ein, diese Person einzuladen. Ich will sie nicht in meinem Haus haben. Ich will sie nicht wieder sehen – niemals.

„Sicher wirst du sie wieder sehen", mischte sich Clemens ein. Clemens, der sonst niemals etwas sagte. „Wenn sie erst hier wohnt..."

Ausflüchte, dachte Damaris. Wir sollen nicht zusammenkommen. Sie beobachtete sie alle. Ihre Sinne waren aufs äußerste geschärft und nahmen jede Nuance des Verhaltens der anderen wahr.

Blicke, Gesten, Zuckungen, Anspannung ihrer Muskeln.

Sie konnte ihre Gedanken förmlich hören.

Aber sie war kampfbereit an diesem Morgen. Und nicht besonders friedlich gestimmt. Ganz besonders nach dem, was sie gehört hatte.

„Natürlich. Ich komme dich gerne besuchen. Wir sind doch Freundinnen, oder?", antwortete sie.

„Ja? Wirklich?"

„Ja. Es sei denn, du möchtest das nicht."

„Oh ja, doch. Ich möchte es gerne."

Damaris reichte ihr ihre Hand und Sarah ergriff sie eifrig.

„Dann sind wir jetzt Freundinnen."

Joana konnte sich jetzt nicht mehr länger zurückhalten. „Du lieber Himmel, wie könnt ihr Freundinnen sein!", rief sie aus. „Du bist zehn Jahre jünger als sie."

Ihre Heftigkeit überrascht Damaris dann doch. Soviel Temperament hatte ich ihr gar nicht zugetraut. Aber es amüsierte sie. Sie lehnte sich entspannt auf ihrem Stuhl zurück.

„Freundschaft ist keine Frage des Alters", erwiderte sie.

Dabei hoffte sie, niemand würde merken, dass sie nicht annähernd so entspannt war, wie sie zu sein vorgab.

Joana antwortete nicht. Sie blickte starr vor sich hin.

Einen flüchtigen Moment lang regte sich Damaris' Gewissen.

Sie fragte sich, warum sie sich Sarah gegenüber so verhielt.

Tat sie es wirklich aus Freundschaft? Oder wollte sie nur Joana ein's auswischen, weil die so unfreundlich war?

War es, weil sie von Sarah mehr über Imogen erfahren wollte?

Sie war doch ganz versessen darauf, dieses Geheimnis zu lüften.

Aber sie konnte ihr Gewissen schnell beruhigen. Sicher waren das Gründe, die sie bewegten. Sicher war sie gerade an diesem Morgen besonders streitlustig. Aber sie mochte Sarah wirklich. Und sie tat ihr leid.

Sie war ein junges Mädchen, das in dieser düsteren Atmosphäre mit einer Mutter aufwachsen musste, die ihre eigene Tochter offenbar nicht leiden konnte. Für Damaris sah es jedenfalls so aus.

Sie dachte zurück an die Zeit, als sie selbst fünfzehn Jahre alt gewesen war. Es schien ihr gar nicht so lange her zu sein.

Wie schön war ihre Jugendzeit gewesen.

Mit ihrer Mutter hatte sie über alles sprechen können. Sogar darüber, wie es ist, wenn man sich verliebt.

Sarah hatte keine fröhlichen, ungezwungenen Mädchenjahre, in denen sie von ihrem Ritter auf weißem Pferd träumen konnte. Wahrscheinlicher war, dass sie von Liebe nur im Einklang mit Sünde hörte. Und Hochzeit verband sie mit Tod.

Damaris betrachtete Joana ungeniert. Ja, genau so war diese Frau. Und ihr Mann auch. Sie stahlen Sarah ihre Jugend und ihre Unbeschwertheit.

Doch, Damaris wollte gern Sarahs Freundin sein.

Oder so etwas, wie ihre große Schwester.

„Ich hoffe, ich bin willkommen in ihrem Haus, wenn ich Sarah besuchen komme?", fragte sie ungeniert.

„Aber natürlich", heuchelte Roland, noch bevor seine Frau etwas erwidern konnte.

„Natürlich", brachte Joana mühsam durch zusammengepresste Zähne hervor. Damaris lächelte, obwohl sie sich nicht ganz wohl in ihrer Haut fühlte. Wie schwer es ihr fiel, nur so zu tun, als sei sie willkommen. Joana wollte sie nicht bei sich sehen, das war mehr als deutlich.

„Dann ist es also abgemacht. Ich werde dich besuchen kommen, Sarah."

Damaris sah zufrieden in die Runde. Doch alle Anwesenden hüllten sich in Schweigen. Damaris war fast sicher, dass sie eine Ausrede nach der anderen finden würde, wenn sie ihren Besuch wirklich ansagte. Am besten würde sein, wenn sie die Familie einfach überraschte.

„Clemens, ich würde heute Morgen gerne ein wenig ausreiten. Ist das in Ordnung?"

Sie wechselte ohne Umschweife das Thema. Aber sie musste sich nichts einfallen lassen, sie hatte ihn sowieso danach fragen wollen. Auf Schloss Hohenfeld verging kaum ein Tag, an dem sie nicht auf einem Pferd saß.

Er ließ klirrend sein Messer auf den Teller fallen.

„Ach Damaris, heute habe ich mir extra etwas Zeit für dich genommen. Wollen wir nicht gemeinsam etwas unternehmen?"

Einen Moment erstarrte sie.

Wie kam sie nun aus dieser Zwickmühle heraus?

Noch gestern wäre sie glücklich gewesen über dieses Angebot. Aber heute Morgen wollte sie alleine sein.

Sie lächelte ihn zuckersüß an. „Das ist sehr lieb von dir. Und ich würde gerne etwas mit dir unternehmen. Später. Zuerst möchte ich einen Ausritt machen. Weißt du, es ist mir zur lieben Gewohnheit geworden, nach dem Frühstück auszureiten", erwiderte sie schmeichelnd.

„Du wirst so manche Gewohnheit ändern müssen, wenn du erst verheiratet bist. Zum Beispiel nächtliche Spaziergänge mit wildfremden Männern", mischte sich Sophia ein.

Damaris war empört. Clemens hatte sich also bei seiner Mutter beschwert.

Diese Frau brachte sie allmählich auf die Palme.

Wie konnte sie es wagen, sich schon vor der Hochzeit in ihre Gewohnheiten einzumischen? Na ja, vielleicht war es besser, als nachher. Auf diese Art schwante ihr allmählich schon jetzt, was sie als junge Ehefrau auf Bergen erwarten würde. Wie kam Veronika damit zurecht?

Damaris kochte innerlich und sehnte sich nach ihrem Ausritt.

Trotzdem nahm sie alle Kraft zusammen, um möglichst gelassen zu scheinen. Sie lächelte weiter, während sie unter dem Tisch ihre Finger zu Fäusten ballte, bis sich die Fingernägel schmerzhaft in ihre Handballen gruben.

„Es gibt sicher keinen Grund, um auf meinen Ausritt verzichten zu müssen", erwiderte sie.

„Vielleicht herrschen hier einfach andere Gewohnheiten und ein anderer Tagesablauf als auf euerem Schloss", giftete Sophia.

„Nun, das wird sich alles finden. Zurzeit bin ich hier nur Gast." Damaris wendete sch demonstrativ wieder Clemens zu. Sie wollte Sophia klar machen, dass sie auf ihre Erlaubnis keinen Wert legte. Obwohl ihr klar war, dass Clemens sich niemals gegen seine Mutter stellen würde.

Wenigstens musste sie nur vorübergehend hier leben. Schloss Hohenfeld würde ihr Zuhause werden.

„Wie sieht es jetzt aus? Kann ich ein Pferd haben?", bat sie mit zärtlicher Stimme. Sie hatte bisher gar nicht gewusst, dass sie so großes schauspielerisches Talent hatte.

Clemens seufzte und sah seine Mutter fragend an. Mein Gott, konnte er denn gar nichts selbst entscheiden?

Auf Hohenfeld hatte Damaris Clemens so nicht erlebt.

Sophia reagierte nicht.

Schließlich nickte Clemens.

„Wenn's unbedingt sein muss, kannst du dir nach dem Frühstück Lissy satteln lassen. Sie ist eine brave Stute und gehorcht auf's Wort."

*****

Direkt nach dem Frühstück streifte Damaris erst einmal an dem Tisch in der Halle vorbei, auf dem ihre Geburtstagsgeschenke standen. Sie brannte nicht gerade darauf, sie anzusehen. Lediglich ein bisschen neugierig war sie.

Wunderschön angerichtet lagen dort Tischtücher, Porzellan, Spitze und Silber, dekorative Figuren und Kerzenständer, jeweils mit einem Kärtchen versehen.

Sie fand eine hübsche Goldkette mit einer in Gold gefassten Perle als Anhänger. Auf dem dazugehörigen Kärtchen stand:

In Liebe, Clemens.

Sie stöhnte innerlich.

Wie glücklich hätte sie dieses Geschenk noch gestern gemacht! Aber heute wusste sie nicht mehr, was sie denken oder fühlen sollte. Gestern schien ein Leben lang entfernt zu sein.

Sie verstand nicht einmal, was für ein Mensch Clemens überhaupt war. Warum hatte er ihr die Kette nicht gestern Abend um den Hals gelegt, wie es wohl jeder andere getan hätte?

Nein, er musste sie still und heimlich und vollkommen unpersönlich zusammen mit allen anderen Geschenken auf den Tisch legen.

Damaris ließ die Kette wieder auf den Tisch gleiten.

Gerade, als sie weiter zur Treppe gehen wollte, sah sie Clemens in der offenen Tür zum Speisezimmer stehen. Er sah sie an, als erwarte er irgendeine Reaktion. Ein Dankeschön vielleicht. Aber Damaris war unfähig, irgendetwas zu sagen und wandte sich stumm ab, um die Treppe hinauf zu steigen.

*****

Als sie in ihrem schlichten Reitkleid den Stall betrat, traf sie zu ihrer Überraschung auf Greta.

„Greta, was machst du denn hier?", rief Damaris aus.

Greta kicherte albern in ihre hohle Hand und schielte zu dem Mann, der sich um die Pferde kümmerte.

„Du willst mir doch nicht etwa sagen... Greta, du liederliches Frauenzimmer, wir sind erst seit zwei Tagen hier!", zog Damaris ihre Zofe und Freundin scherzhaft auf.

Aber die kicherte nur noch mehr.

„Aber er war doch schon mit auf Hohenfeld", gestand sie.

„Ah ja!" Jetzt wurde Damaris einiges klar. Sie war so gerührt gewesen, dass Greta sie nach ihrer Hochzeit nach Bergen begleiten wollte, obwohl sie Clemens so offensichtlich nicht mochte. Jetzt fragte sie sich flüchtig, ob diese Treue etwas mit diesem Pferdeknecht zu tun hatte.

Er kam jetzt näher. Verlegen kratzte er sich am Kopf, wobei seine Mütze auf und ab rutschte. Sieht gar nicht übel aus, dachte Damaris.

„Kann ich etwas für sie tun, gnädiges Fräulein?", fragte er.

Angenehme Stimme, stellte sie fest. Warm und tief. Wie Oliver.

„Ich würde gerne Lissy reiten. Herr von Bergen meinte, sie wäre genau das richtige Pferd für mich."

„Da hat er recht, der junge Herr. Unsere Lissy ist eine ganz brave. Wie geschaffen für junge Damen. Ich werde sie gleich für sie satteln."

„Ja, danke. Ich warte so lange."

Was meinte er eigentlich damit: Wie geschaffen für junge Damen? Glaubte er etwa, dass junge Damen nur brave Mähren reiten konnten?

„Ich glaube, deinem Schatz muss mal jemand sagen, wozu heutzutage junge Damen fähig sind. Ich hätte nicht übel Lust, mir diesen feurigen Rappen dort satteln zu lassen", raunte Damaris Greta zu.

Aber mit Greta war heute nichts anzufangen. Sie kicherte nur unaufhörlich weiter.

*****

Als Damaris schließlich auf Lissys Rücken saß und in gestrecktem Galopp dahinflog, fühlte sie sich gleich viel besser.

Sie fühlte sich frei.

Losgelöst von allen Schwierigkeiten.

Die Felder flogen an ihr vorüber. Der Wald, der gestern so weit entfernt war, kam heute schnell näher.

Sie atmete tief.

Der Natur hatte sie sich schon immer verbunden gefühlt.

Lissy, die glänzende braune Stute gefiel ihr auf Anhieb.

Sie war leichtfüßig und schnell und ließ sich dennoch leicht führen.

Schon hatten sie das Waldstück erreicht, wo sie gestern Sarah getroffen hatte und lenkte Lissy hinein.

Ihre Gier, immer weiter und weiter zu reiten, war übergroß.

Es war fast so, als versuche sie, vor irgendetwas davon zu reiten. Zu fliehen.

Aber wovor?

Vor dem, was auf Bergen geschah?

Vor dem Geheimnis?

Vor ihrer Entscheidung, Clemens zu heiraten?

Zum ersten Mal stellte sie bewusst diese Entscheidung infrage.

Sie fühlte sich nicht wohl auf dem Gut und sie glaubte nicht, dass das lediglich Eingewöhnungsschwierigkeiten waren.

Sie war nicht mehr sicher, ob sie mit Clemens leben wollte.

Leben konnte.

Sie musste nachdenken.

Dabei war es doch erst zwei Tage her, dass sie sich so auf ihn gefreut hatte.

Sie ritt und ritt.

Sie ritt ihren eigenen Zweifeln und ihrer Angst davon.

Wenn sie ihn nicht heiratete, würde sie womöglich als alte Jungfer enden. Sie war kein junges Mädchen mehr. Hatte sie Clemens' Heiratsantrag etwa nur aus Torschlusspanik angenommen?

Sie war so verunsichert.

Damaris ritt immer weiter. Sie achtete schon längst nicht mehr auf den Weg.

Nein, Torschlusspanik war es nicht. Der Gedanke allein zu leben, schreckte sie nicht sonderlich. Sie lebte auf einem Schloss. Und dort konnte sie leben bis sie alt und grau war und dort sterben würde wie so viele ihrer Ahnen. Sie brauchte keinen Mann, der sie versorgte. Und sie war eine gebildete Frau. Sie würde Aufgaben finden, die sie ausfüllten.

Nein, sie hatte ihn geliebt. Gestern noch hatte sie ihn geliebt.

Einen Moment lang. Als er sie an der Treppe erwartet hatte. Und als sie Walzer getanzt hatten.

Sie zog an Lissys Zügel. Die Stute reagierte sofort und trabte nun gemächlicher dahin. Zum ersten Mal sah Damaris sich bewusst um.

Wo war sie hier eigentlich? Sie hatte überhaupt nicht auf den Weg geachtet, war einfach nur dahin geritten.

An einer Lichtung hielt sie an und sprang aus dem Damensattel. Sie tätschelte liebevoll Lissys Hals.

„Wo sind wir hier nur gelandet, altes Mädchen?", fragte sie.

Das Pferd hob den Kopf und wieherte leise, als ob es verstanden hätte.

Damaris sah sich um. Rings um sie her war nichts als Bäume und Gebüsch. Der Wald war wesentlich größer, als sie vermutet hatte. Sie hatte sich eindeutig verirrt.

Große Sorgen machte sie sich allerdings noch nicht. Es war noch früh am Tag und irgendwie führte immer ein Weg aus einem Wald heraus.

Nur zum Mittagessen würde sie wohl auch heute nicht erscheinen. Die Familie würde wieder böse auf sie sein.

Sie kicherte leise vor sich hin. Was machte das schon? Sie war auch böse auf sie und es kümmerte die nicht im Geringsten.

Das Gespräch, das sie heute Morgen belauscht hatte, kam ihr in den Sinn.

„Hier gehört sie nicht hin! Oh mein Gott, wie konnte ich mich nur darauf einlassen! Du hättest dich gar nicht mit ihr verloben dürfen."

Warum nicht? Warum war es so schlimm, dass sie auf Bergen war? Warum gehörte sie dort nicht hin?

„Und dieser Oliver – ein Fiasko."

„Er war nicht eingeladen." „Er war aber da!" „Er hat sie gesehen!"

Oliver! Was hatte das mit ihm zu tun? Ja, Clemens hatte es geärgert, dass er mit ihr, Damaris, gesprochen hatte - das war unübersehbar gewesen. Puh – was war der Schlüssel? Das fehlende Puzzleteilchen?

Was war das Geheimnis?

Es raschelte irgendwo in der Nähe und Damaris zuckte erschreckt zusammen. Banditen? Man konnte nie wissen.

Sie blickte sich nun doch ängstlich um.

Lissy bemerkte das Geräusch auch. Sie spitzte aufmerksam die Ohren und wieherte leise. Damaris drückte sich an den Pferdekörper. Bereit, schnell aufzuspringen und davon zu galoppieren.

Aber da sah sie Pferd und Reiter zwischen dem Unterholz auftauchen.

Sie erkannte sofort das verschmitzte, spöttische Grinsen in den Mundwinkeln und die strahlenden Augen.

Oliver Thiele.

*****

„Wo kommen sie denn her?'", fragte Damaris zornig. „Sie haben mich erschreckt."

„Das tut mir leid. Das wollte ich ganz sicher nicht."

Der Ausdruck auf seinem Gesicht blieb unverändert.

Er sprang vom Pferd und stand jetzt direkt vor ihr. Damaris hatte ihn nicht ganz so groß in Erinnerung. Er war noch ein Stückchen größer als Clemens. Sie selbst reichte ihm gerade bis zur Schulter. Gestern Abend war ihr das gar nicht aufgefallen. Aber ihre Tanzschuhe hatten natürlich auch höhere Absätze gehabt als ihre Reitstiefel.

„Und was tun sie hier in der Einsamkeit?"

„Ich mache einen Ausritt", erwiderte sie trotzig.

„Sie sind geritten, als wäre der Teufel hinter ihnen her. Das nennen sie einen gemütlichen Ausritt?"

Vielleicht war der Teufel hinter mir her, dachte sie.

„Von gemütlich habe ich nichts gesagt", maulte sie.

„Touché. Einen schönen Platz haben sie sich auf jeden Fall ausgesucht. Oder sind sie zufällig hier gelandet?"

Damaris war sich ganz sicher, dass er sowieso wusste, dass sie einfach hier gestrandet war. Also konnte sie es genauso gut zugeben.

„Also gut. Ich habe nicht die geringste Ahnung, wo ich hier bin oder wie ich hierher gekommen bin. Schon vergessen? Ich bin zum ersten Mal hier."

„Mmm – da bin ich aber froh, dass ich sie getroffen habe."

„Ich hätte mich schon zurecht gefunden."

„Sicher. Nach tagelangem Umherirren im Wald – während der sie sich von Beeren und Insekten ernährt hätten."

„So schlimm wird es schon nicht sein."

„So schlimm kann es aber sein. Der Wald ist sehr weitläufig. Wenn man sich nicht auskennt, hat man Schwierigkeiten, wieder hinaus zu finden. Oder wollen sie das auch dem Zufall überlassen?"

Damaris stemmte zornig ihre Hände in die Hüften. Sie war keineswegs bereit, sich geschlagen zu geben. Die Angriffslust vom Morgen hatte sie noch nicht wieder völlig verlassen. Und wenn sie in sein Gesicht sah, hatte sie die ganze Zeit das Gefühl, dass er sich über sie lustig machte.

„Na dann soll ich wohl froh sein über den *Zufall,* der sie auch ausgerechnet hierher geführt hat", antwortete sie schnippisch.

Er grinste. „Na ja… Reiner Zufall war das eigentlich nicht."

„Ach nein?"

„Nein. Aber das wissen sie doch sowieso. Ich war selbst auf einem Ausritt und sah sie Richtung Wald galoppieren – als sei der Teufel hinter ihnen her – und bin ihnen gefolgt. Ich habe mir wirklich Sorgen gemacht, sie hätten sich verletzen können. Sie haben mich gar nicht bemerkt. Sie waren wohl sehr in Gedanken versunken?"

Der spöttische Ausdruck in seinem Gesicht war jetzt verschwunden.

„Ja, das stimmt", erwiderte Damaris etwas versöhnlicher.

„Kommen sie, setzen wir uns ein wenig unter den Baum", schlug er vor. Sie nickte. Es war zwar noch etwas kühl in dieser Jahreszeit im Gras, aber das war ihr gleichgültig. Sie hoffte, sie könnten das Gespräch vom Vorabend wieder aufnehmen.

„Und dieser Oliver – ein Fiasko." - „Er war nicht eingeladen."
„Er war aber da! Er hat sie gesehen!" - „Sie werden sich nicht wieder begegnen." - „Dafür werde ich beten."

Ist nicht erhört worden, dein Gebet, dachte Damaris etwas boshaft.

Sie banden ihre Pferde an einen Ast und setzten sich unter eine breite, alte Buche, mit den Rücken an den mächtigen Stamm gelehnt.

Eigentlich war Oliver ihr sehr sympathisch. Sie mochte diese jungenhafte, lockere Art. Sie mochte diesen verschmitzten Ausdruck im Gesicht. Und trotz ihres Zornes machte ihr der Schlagabtausch mit ihm Spaß. Er war auf einem völlig anderen Niveau als Gespräche mit Clemens. Seine Art, Ernst und Humor zu vermischen, gefiel ihr.

„Natürlich gehört sich das nicht für eine junge Damen so kurz vor der Hochzeit, aber…", grinste er.

Allerdings konnte er sie auch mit seinen ironischen Bemerkungen ganz schön ärgern. „Nun fangen sie bloß nicht wieder damit an", schimpfte sie. „Dazu bin ich heute Morgen wirklich nicht in der Stimmung."

Er hob um Verzeihung bittend die Hände.

„Entschuldigen sie. Ein Scherz. Nur ein Scherz."

Damaris seufzte. „Schon gut."

Sie schwiegen beide. Damaris war etwas verlegen und wusste nicht, was sie sagen sollte. Etwas, das bei ihr nur höchst selten vorkam.

Oliver fühlte sich keineswegs verlegen. Er war fast sicher, dass Damaris ahnte, dass etwas im Hause von Bergen nicht stimmte. Sie war ja regelrecht geflohen. Clemens achtete schlecht auf seine Braut.

„Gestern Abend wurden wir sehr plötzlich unterbrochen", sagte Damaris schließlich etwas zaghaft. „Ich hatte den Eindruck, dass sie mir etwas erzählen wollten."

Oliver seufzte. Der stets fröhliche Gesichtsausdruck verschwand. Er hatte sich also nicht getäuscht. Sie wusste genau, dass es ein Geheimnis gab. Ein unseliges Geheimnis, an dem sie ohne eigenes Verschulden mehr beteiligt war, als sie ahnte. Aber stand es ihm zu, dieses Geheimnis zu lüften?

„Nein, es gibt nichts, was ich ihnen zu erzählen hätte", antwortete er zu ihrem Entsetzen.

Sie fühlte, dass er log. Natürlich gab es etwas.

„Aber das stimmt doch nicht", drängte sie leise.

Er schüttelte ernst den Kopf. „Vielleicht bin ich zu der Ansicht gekommen, dass es falsch wäre. Dass es mir nicht zusteht, darüber zu reden."

„Und was war gestern Nacht?"

„Gestern war es auch falsch. Es war mir nur noch nicht klar geworden. Heute hatte ich Zeit, darüber nachzudenken und weiß, dass ich mich besser nicht in Dinge einmische, die mich nichts angehen."

Damaris war verzweifelt. Es war so klar, dass er das Geheimnis kannte. Ein Geheimnis, das mit dem Unheil zu tun hatte, das sie seit ihrer Ankunft auf Bergen spürte.

Aber er saß hier vor ihr und schwieg. Sie war so nah daran und doch so weit davon entfernt, das Geheimnis zu erfahren.

„Warum glauben sie das? Wenn es etwas gibt, das nur im Entferntesten mit mir zu tun hat, dann müssen sie es mir sagen. Sie müssen!"

Sie drehte sich zur Seite und sah ihm direkt ins Gesicht, doch er wich ihrem Blick aus. Sie hätte schreien können. Oh mein Gott, erst Sarah, dann er! Alle wussten etwas und niemand redete mit ihr! Alle ließen sie im Ungewissen! Sarah beschränkte sich auf Andeutungen und Oliver... Moment, Sarah! Damaris hielt den Atem an. Plötzlich hatte sie eine Eingebung. „Hat es mit Imogen zu tun?", fragte sie so ruhig sie konnte. Ihr Herz klopfte schon wieder zum Zerspringen. Ihre ganze Haut kribbelte vor Nervosität.

Er wirbelte herum und fasste sie so fest am Arm, dass er schmerzte.

„Auh!", entfuhr es ihr wie von selbst. Doch er kümmerte sich nicht darum. Er schien es nicht einmal gehört zu haben.

Egal – sie biss die Zähne zusammen. Sie triumphierte innerlich. Sie hatte richtig geraten. Imogen war der Schlüssel.

„Was wissen sie über Imogen?", presste er hervor.

„Nicht viel. Sie war Sarahs Schwester, die kurz nach ihrer Heirat starb. Ich habe Sarah an sie erinnert. Ach, es war etwas mysteriös. Ich hatte das Gefühl, Sarah würde gern über ihre Schwester reden, aber es war ihr verboten. Ich verstehe das nicht. Wieso verbietet man einem Mädchen, Erinnerungen an ihre tote Schwester auszutauschen?"

Damaris kam sich wie eine Verräterin vor. Sie hatte Sarah versprochen, das Gespräch für sich zu behalten. Aber ihr Verlangen, dieses Geheimnis zu lüften, war so stark. Stärker als ihre Loyalität Sarah gegenüber. Stärker als ihre Verpflichtung, ein Versprechen zu halten.

Er ließ ihren Arm los. Seine Arme sanken wie leblos herab.

„Ach Damaris", stöhnte er.

„Ja?"

„Imogen – sie – sie..."

Ihr Herz schlug bis zum Hals."

„Wissen sie, was damals geschah?"

Er nickte fast unmerklich.

Damaris erkannte, dass es ihm schwer fiel. Aber sie musste es hören. Jetzt konnte er nicht mehr zurück. Sie hielt den Atem an, ihre Hände waren zu Fäusten verkrampft. Ihre Fingernägel gruben sich schmerzhaft in ihre Handballen. Nie zuvor war sie so aufgeregt gewesen. Sie hatte regelrecht Panik vor dem, was er jetzt sagen würde.

Dann sprach er leise und mit einer merkwürdig rauen Stimme:

„Sie war mit Clemens verheiratet. Und sie starb auf Bergen. Sie fiel jene Treppe hinunter, die sie gestern Abend zum Ball herab geschritten sind."

*****

Schweigen legte sich über sie.

Über den Baum und über den ganzen Wald.

Damaris glaubte, sogar die Vögel hörten auf zu singen und sogar der Wind rauschte nicht mehr in den Wipfeln der Bäume.

Die Zeit stand einen Moment still.

Sie war wie vor den Kopf geschlagen. Ihr Körper sank kraftlos zusammen.

Aus den Augenwinkeln sah sie Oliver. Er saß mit Rücken und Kopf an die mächtige Buche gelehnt und hatte die Augen geschlossen.

Aber entspannt wirkte er nicht.

Und auch nicht mehr ironisch.

Er fühlte sich nicht wohl in seiner Haut, das war mehr als deutlich.

Aber das war ihr gerade gleichgültig. Im Moment fühlte sie nur ihre eigene Verwirrung und ihren Schmerz.

Sie konnte ihm jetzt nicht bestätigen, dass er richtig gehandelt hatte. Aber das hatte er! Oh ja. Das war etwas, dass sie hatte erfahren müssen. Auch wenn es wehtat.

Das Schweigen kam ihr wie eine Ewigkeit vor.

Dann sagte sie das erste Wort. Ihre Stimme war nur ein heiseres Krächzen. „Das war es also. Seit ich hier bin, habe ich das Gefühl, dass es ein Geheimnis gibt. Dass etwas nicht stimmt in dem Haus."

„Ja, das war es. Sie wollten es ihnen verheimlichen. Und jetzt habe ich es ihnen gesagt."

Damaris nickte. „Es begann schon mit Sarah. Sie konnte es nicht für sich behalten. Ich habe sie so an ihre Schwester erinnert. Aber sie sagte mir nicht die ganze Wahrheit."

Er wandte sich wieder Damaris zu und fasste ihre Hand.

„Sie sehen ihr so unglaublich ähnlich."

„Die Lindaus haben sich geradezu vor mir erschreckt", flüsterte sie.

„Ja, weil sie sie an ihre tote Tochter erinnert haben. Eine Erinnerung, die sie vergraben hatten und nicht mehr hochkommen lassen wollten."

„Die Menschen auf dem Ball."

„Die meisten kannten Imogen."

„Nur nicht die Jungen. Die, die erst nach Imogens Tod in die Familien eingeheiratet hatten."

„Ja."

Allmählich fügten sich die Puzzleteile zu einem Bild zusammen. Deshalb war Sophia so hysterisch. Deshalb hielt sie es für einen Fehler, dass sie, Damaris, auf Bergen erschien.

„Sehe ich ihr wirklich so ähnlich?", fragte sie noch immer ungläubig.

„Sie könnten dieselbe Person sein. Nur ein paar Jahre älter."

Damaris fühlte, dass ihr Tränen die Wangen hinunter liefen. Sie kümmerte sich nicht darum. Sie wischte sie nicht fort, sie ließ sie einfach laufen. So weinte sie lautlos vor sich hin

Oliver bemerkte es, aber er sagte nichts. Er ließ ihr ihren Schmerz. Er konnte ihn ihr nicht nehmen. Was gab es für Worte für Clemens' Vertrauensbruch? Sie hatte ein Recht auf ihren

Schmerz. Die meisten Menschen verstanden das nicht, versuchten mit Floskeln zu trösten, aber die Menschen mussten auch ihre Traurigkeiten und Verletzungen erleben dürfen. Er nahm nur ihre Hand und drückte sie sanft. Ich bin da, sollte das heißen. Du bist zumindest nicht alleine mit deiner Enttäuschung.

Damaris war ihm dankbar, dass er nichts sagte. Sie brauchte einen Moment, um diese Neuigkeit zu verarbeiten. Clemens war schon einmal verheiratet gewesen und hatte ihr nichts darüber gesagt.

„Was ist mit Dienstboten?", fragte er nach einer ganzen Weile.

„Dienstboten?"

„Haben sie auch bei ihnen dieses – Erschrecken bemerkt?"

Sie dachte nach. Erst jetzt fiel ihr auf, dass sie niemals einen älteren Dienstboten gesehen hatte.

„Die einzigen Dienstboten, die ich je gesehen habe, waren Hanna und ein junges Mädchen, das bei Tisch serviert."

„Seltsam. Sonst ist für das Servieren eine ältere Frau zuständig, die schon seit mindestens fünfzehn Jahren auf Bergen arbeitet."

Seltsam? Nein, das war es im Nachhinein nicht. „Sie wollten nicht, dass mich jemand vom Personal sieht, der auch Imogen kannte."

Damaris begann jetzt laut zu schluchzen. Ihr ganzer Körper zitterte und schüttelte sich unter ihren Schluchzern. Es war, als verlöre sie den Boden unter den Füßen.

Oliver strich ihr mit seiner Hand die Tränen von der Wange.

„Aber wie sollte das denn weitergehen?", fragte sie. „Sie konnten mich doch nicht ewig verstecken, wenn ich hier gelebt hätte."

Oliver zuckte die Schultern. „Sie wollten es eben etwas hinauszögern."

Sie schüttelte verzweifelt den Kopf. Sie konnte das alles einfach nicht glauben. Wie konnte Clemens ihr das verschweigen? Er war verheiratet gewesen. Man verschwieg doch keine Ehe.

„Sie haben mich alle behandelt, als wäre ich ein Geist", heulte sie.

„Der Geist von Imogen."

Es war klar, dass sie nicht nur Sophia und Clemens meinte, sondern alle Menschen, denen sie bisher hier begegnet war. Die Lindaus. Die Gäste.

„Na, na", murmelte er sanft. „Das wird sich schon beruhigen. Wir haben 1868. Da glauben die Menschen nicht mehr an Gespenster. Es war nur der erste Schrecken."

Sie konnte kaum noch atmen. Ihre Tränen drohten sie zu ersticken.

Oliver zog ein sauberes Taschentuch hervor und reichte es ihr. Sie schnäuzte kräftig hinein.

„Es wird schon alles wieder gut", tröstete er jetzt doch etwas hilflos. Ganz sicher war er selbst nicht. Es brauchte viel Kraft, diesen Vertrauensbruch zu verwinden und mit der Tatsache Frieden zu schließen, dass man Damaris dieser – dieser Demütigung durch die Gäste ausgesetzt hatte, obwohl sie zumindest hätten ahnen können, wie die reagieren würden. Den Gästen konnte man nicht einmal einen Vorwurf machen. Die waren schließlich völlig unvorbereitet auf Damaris' Anblick gewesen.

Damaris schüttelte heftig den Kopf. „Gar nichts wird wieder gut."

„Aber ja. Sie heiraten Clemens, bekommen ein Dutzend Kinder und leben glücklich und zufrieden bis ins hohe Alter."

„Nein!"

„Nein?"

Sie schüttelte den Kopf. Dieses Mal nicht aus Verzweiflung. Dieses Mal war es eine Entscheidung.

„Nein. Wieso hat er mich so belogen? Ich bin nicht naiv. Ich wusste, dass ich nicht die erste Frau in seinem Leben war. Und über irgendeine Geliebte von früher wollte ich auch gar nichts wissen. Aber eine Ehefrau? Noch dazu eine, der ich offenbar sehr ähnlich sehe? Wie konnte er mir die verschweigen?"

„Sprechen sie sich mit ihm aus."

„Nein!"

„Sie sind jetzt durcheinander und verärgert. Das ist verständlich, aber…"

„Nein. Schon als ich heute Morgen los ritt hatte ich dieses Gefühl, dass die Hochzeit ein Fehler sein könnte. Ich werde die Verlobung lösen."

Langsam beruhigte sie sich wieder etwas. Das Gespräch mit Oliver tat gut. Sie war selbst überrascht darüber, wie sehr sie diesem Fremden vertraute.

„Nun überstürzen sie nichts", riet er. „Ich möchte nicht der Verantwortliche für eine solche Entscheidung sein."

Damaris sah ihn fragend an.

„Nun, weil ich ihnen die Wahrheit gesagt habe."

Sie lächelte etwas schief, die Tränen waren noch nicht versiegt.

„Keine Sorge. Das Geheimnis stand doch schon zwischen uns. Ich habe heute Morgen ein Gespräch zwischen Clemens und Sophia belauscht. Rein zufällig – ehrlich. Die Türe stand offen, ich musste einfach stehen bleiben."

Er blickte sie aufmerksam an.

Er gab ihr das Gefühl, dass ihre Gefühle ihn interessierten und darüber war sie froh. Sie erzählte ihm also von dem Gespräch.

Sie erinnerte sich beinahe wortwörtlich daran.

„Sophia meinte sogar, er hätte sich nie mit mir verloben dürfen", schloss sie.

Oliver hob die Schultern. Nicht in dieser leichtfertigen Geste, sondern in einer schwerfälligen, resignierenden.

„Vielleicht hat sie damit recht", meinte er. „Eine Frau, die Imogen nicht so ähnlich sehen würde, hätte natürlich nicht diese Schwierigkeiten, mit denen sie zu kämpfen hatten. Allerdings glaube ich, dass Clemens sich gerade aus diesem Grund in sie verliebt hat."

„Weil ich so aussehe wie sie?"

„Ja. Die beiden waren nur so kurz verheiratet gewesen, als sie starb. Und dann – Jahre später – kommen sie daher. Seine zweite Imogen."

„Ich bin keine zweite Imogen! Ich bin Damaris!", rief sie trotzig aus.

„Na also, da ist sie ja wieder. Die kampflustige, streitbare, emanzipierte Damaris von Seyrich. Geht's wieder?"

Er lächelte.

Sie nickte. Es ging tatsächlich besser. Der erste Schock war vorüber.

„Kommen sie, ich bringe sie nach Hause. Es ist nicht sehr warm hier im Gras. Sie werden sich noch erkälten."

„Ich habe eine sehr robuste Gesundheit."

Er lächelte nur, erhob sich und half ihr ebenfalls auf.

Als sie vor ihm stand, zog er sie plötzlich an sich. Und sie ließ es einfach geschehen. Es tat ihr gut. Es gab ihr einen Moment etwas Geborgenheit. Er strich sanft mit der Hand über ihren Rücken.

Urplötzlich ließ er sie los. So, als wäre ihm erst da bewusst geworden, dass er die Braut seines Freundes im Arm hielt.

„Ich bin für sie da, wenn sie reden wollen. Kommen sie zur Anwaltskanzlei Thiele & Partner. Ist leicht zu finden, liegt mitten in der Stadt. Ich habe sie von meinem Vater übernommen."

Damaris nickte. „Danke für das Angebot."

„Ist ernst gemeint!", versicherte er.

Oliver band die Pferde los und half ihr auf Lissys Rücken. Normalerweise schaffte sie das mit Leichtigkeit alleine, aber im Moment fühlte sie sich schwach und ausgelaugt und war dankbar über seine Hilfe.

Nachdem auch Oliver auf seinem Pferd saß, trabten beide langsam und gemächlich zurück Richtung Gut Dergen.

Damaris fürchtete sich ein wenig davor, Clemens gegenüber zu treten. Sie hatte Angst, das Haus wieder zu betreten, aber sie konnte sich nicht davor drücken.

Oliver ritt neben ihr und sah immer wieder besorgt zu ihr hin.

*****

Der Regen setzte unvermittelt ein. Es goss ohne Vorwarnung in Strömen. Das Haar hing bald klitschnass und in Strähnen über Damaris' Schultern und ihr Kleid klebte an ihrem Körper. Aber es gab nichts, wo sie sich hätten unterstellen können, sie mussten weiter reiten bis zum Gut.

Als das Haus in Sicht war, hielt Oliver an.

„Hier verlasse ich sie", sagte er.

„Aber sie sind völlig durchnässt. Kommen sie lieber noch mit hinein. Man wird ihnen trockene Sachen geben und eine warme Suppe. Sonst holen sie sich noch eine Erkältung."

„Ich habe eine robuste Gesundheit", antwortete er. Und eine Spur des amüsierten, spöttischen Lächelns kehrte in sein Gesicht zurück.

„Ich glaube nicht, dass ich dort willkommen bin. Aber sie, Damaris, sind immer willkommen bei mir. Vergessen sie das nicht. Ich bin ihr Freund."

Sie nickte. Ach wie gut es tat, diese Worte zu hören. Sie glaubte es ihm ohne weiteres. Seine Worte waren aufrichtig. Seine Augen blickten sie offen und ehrlich an.

„Danke, Oliver."

Er lenkte sein Pferd Richtung Stadt und preschte davon, ohne sich noch einmal umzusehen. Damaris sah ihm nach, bis er nicht mehr zu erkennen war. Den Regen spürte sie kaum noch.

Kapitel 6:
Auf dem Krankenlager
25. bis 30. April

Der erste Mensch, der ihr im Haus über den Weg lief, war ausgerechnet Sophia. Clemens' Mutter starrte Damaris entsetzt an und die konnte sich gut vorstellen, was sie für einen Anblick bot. Triefend nass vom Regen, mit wirren Haaren und zornigem Blick.

„Was ist denn mit dir passiert?", fragte Sophia empört.

„Ich bin in den Regen gekommen."

„Du warst Stunden fort. Mittagszeit ist längst vorüber. Wo warst du?"

Vielen Dank für deine Fürsorge. Ja, mir ist kalt. Ich hätte gern ein warmes Bad, dachte Damaris ironisch. Aber nichts davon fragte sie.

„Im Wald. Ich hatte mich verirrt."

„Das kommt davon, wenn man in fremder Gegend allein ausreitet. Du hättest auf mich hören sollen."

Die pure Schadenfreude sprach aus Sophias Blick. „Geh sofort in dein Zimmer und zieh dir trockene Sachen an, bevor du noch die ganze Halle nass tropfst", befahl sie.

Puh – die Halle nass tropfst. Darum ging es Sophia also. Nicht etwa: Bevor du krank wirst.

„Zuerst muss ich Clemens sprechen!", erwiderte Damaris hart.

„Du bist wohl total verrückt?", kreischte Sophia. „In dem Aufzug? Mit Kleidern, die dir am Körper kleben und einer Frisur, die sich fast vollständig aufgelöst hat? Du könntest genauso gut nackt vor ihn treten."

Damaris ging durch den Kopf, dass auch Oliver sie so gesehen hatte. Aber der Gedanke amüsierte sie nur. Was für ein Unsinn – Nackt – davon konnte bei weitem keine Rede sein, sie trug so viele Schichten von Kleidung übereinander.

Was sie im Augenblick bewegte, war sowieso wichtiger als alles andere.

„Wenn du darauf bestehst, ziehe ich mich gleich hier in der Halle aus", erwiderte sie schnippisch. Sie war selbst überrascht, wie schneidend ihre Stimme klang.

Sophia zuckte zusammen. Aber sie sagte nichts mehr, sondern wies nur mit dem Fingern den Gang entlang.

„Bibliothek", hauchte sie.

Damaris wandte sich ab.

„Aber rühr bloß nichts an!", schrie Sophia hinter ihr her. „Wir haben wertvolle Bücher dort."

Sie starrte der tropfnassen jungen Frau nach. Und so etwas ist eine Schlosserbin. Und die soll meine Schwiegertochter werden, dachte sie genervt. In einem Anfall von Migräne fuhr sie mit der Hand an ihre Stirn. Oh, womit habe ich das nur verdient. Hätte ich mich doch nur durchgesetzt. Und das ganze nur – nur weil sie aussieht wie Imogen. Nichts anderes hat Clemens an ihr gereizt.

Jetzt hob Damaris auch noch in einer ablehnenden Geste den Arm.

Lass mich in Ruhe, sollte das wohl heißen. Sophia hatte kein gutes Gefühl.

*****

Damaris schritt den Gang entlang und zog eine Spur aus Regenwasser hinter sich her.

Ohne Anzuklopfen öffnete sie die Tür zur Bibliothek und rauschte hinein. Sie war sehr energisch – geradezu stürmisch. Clemens fuhr herum. Gottlob, er war allein.

„Wo kommst du denn her?", brachte er hervor und musterte sie missbilligend.

„Ich habe mich im Wald verirrt und bin in den Regen gekommen", erklärte Damaris hastig. Sie hatte keine Lust auf lange Erklärungen.

Erklärungen würde er abgeben müssen!

Clemens erhob sich nicht, wie es sich gehört hätte, sondern blieb in seinem Sessel sitzen und starrte sie an. Er merkte sicher, dass Ärger in der Luft lag. Wie hätte er es nicht merken können.

„Ich habe Oliver Thiele getroffen."

„Ach du lieber Gott. Nicht schon wieder diesen Intriganten."

„Ich denke, er ist dein Freund?"

„Er war mein Freund. Und er ist noch der Anwalt unserer Familie. Aber ich nehme an, das hat sich jetzt auch erledigt."

„Ein Intrigant ist er aber auch nicht."

„Er ist Jemand, der die Verlobte eines Anderen nachts im Garten herumführt! Und du nimmst ihn noch in Schutz."

„Er war der einzige, der überhaupt mit mir geredet hat. Du hast dich nicht um mich gekümmert und deine Familie und eure Freunde auch nicht."

„Ich hatte Gastgeberpflichten zu erfüllen."

Damaris wischte seine Bemerkung mit einer heftigen Bewegung aus der Luft. „Genug davon. Wieso hast du mir nicht von Imogen erzählt?"

Sie glaubte, er sank für einen ganz kurzen Moment ein wenig in seinem Sessel zusammen. Und seine Augen weiteten sich vor Schreck. Aber er hatte sich sofort wieder unter Kontrolle. Das war eben Clemens. Kontrolliert und gefühllos.

„Imogen? Sie war die ältere Tochter der Lindaus. Sie ist lange tot. Warum hätte ich dir von ihr erzählen sollen?"

Damaris war sprachlos über soviel Kaltschnäuzigkeit. Einen Augenblick lang konnte sie nichts erwidern. Aber so leicht würde sie ihn nicht davon kommen lassen. Sie straffte sich, atmete tief durch und reckte ihr Kinn in die Höhe. Sie wappnete sich für das weitere Gespräch.

„Ja. Über Imogen. Die ältere Tochter der Lindaus. Und deine erste Frau."

Erstaunlicherweise schaffte sie es, ganz ruhig zu sprechen.

Und sie stellte mit Genugtuung fest, dass er jetzt ganz offen erschreckte.

Er wurde blass. Und seine Hände krallten sich um die Armlehnen des Sessels.

„Woher weißt du das?", presse er gequält hervor.

Er tat ihr nicht leid.

„Das ist völlig unwichtig. Die Frage lautet: Warum hast du es mir nicht erzählt?"

„Ich hielt es nicht für wichtig. Du weißt es von diesem Thiele, nicht wahr? Dieser verdammte Kerl. Mischt sich in alles ein. Typisch Anwalt. Ich habe ein Semester mit ihm studiert. Aber ich habe schnell gemerkt, dass Jura nichts für mich ist. Aber er..."

„Das ist nicht das Thema!", unterbrach sie ihn scharf.

Clemens sah seine Verlobte irritiert an und hob schlaff seine Arme.

Damaris wollte sich gerade in einen Sessel fallen lassen, doch seine barsche Stimme hielt sie zurück. „Nein, setzt dich lieber nicht, so nass wie du bist."

Sie zögerte nur einen Moment, ignorierte dann seinen Einwand und ließ sich majestätisch in dem Sessel nieder.

„Sonst hast du wohl keine Sorgen? Es ist doch nur Wasser. Nachher rufst du eines der Mädchen und sie wischen den Sessel trocken."

Damaris begann allmählich zu frieren, aber dieses Gespräch konnte nicht warten.

„Wieso war es nicht wichtig, mir von deiner ersten Frau zu erzählen? Irgendeine Geliebte kannst du ja gerne verschweigen. Dein komplettes Vorleben interessiert mich überhaupt nicht. Aber eine Ehefrau?"

Er nickte, etwas beschämt, etwas hilflos. Aber ihr war es gleichgültig, wie er sich fühlte. Sie würde ihm diese Situation nicht erleichtern.

Er hob resigniert die Schultern. „Es tut mir leid. Wir dachten alle, dass es besser wäre, wenn du nie etwas davon erfährst."

„Wer ist alle?"

„Mutter. Vater. Die Lindaus."

„Die Lindaus?", wiederholte Damaris einfallslos. „Die hatten in der Sache mitzureden? Die haben mich doch am Tag meiner Ankunft zum ersten Mal gesehen."

Er nickte. „Ja. Du siehst Imogen doch so ähnlich. Wir haben sie natürlich vorgewarnt. Ach Damaris, als ich dich kennen lernte war es, als würde sie zurückkommen."

„Aber so war es nicht. Ich bin nicht Imogen."

„Nein, du bist nicht Imogen."

Plötzlich stand er auf und ließ sich auf den Fußboden vor ihrem Sessel nieder. Sie fand das unangenehm. Sie wollte nicht, dass er zu ihren Füßen kauerte.

Er legte seinen Kopf auf ihr nasses Kleid.

Er fühlte sich wie ein ertapptes Kind. Ach, alles war falsch gelaufen. Dabei hatte er doch alles richtig machen wollen. Mutter hatte recht gehabt, er hätte sie nicht herbringen dürfen. Sie war ihr einfach zu ähnlich. Er verstand das ja auch gar nicht. Wie konnten zwei Menschen, die sich niemals kennen gelernt hatten, sich so ähnlich sehen?

„Verzeih mir. Ja, ich weiß inzwischen, dass ich es dir hätte sagen sollen. Aber alle dachten, es sei besser so", jammerte er.

„Und deshalb musste ich das Verhalten der Menschen auf dem Ball ertragen? Dieses Zurückweichen und Erschrecken? Das merkwürdige Benehmen der Lindaus. Ich bin nicht Imogens Geist. Und in deiner Familie ist auch keiner unbefangen mit mir umgegangen. Nur Veronika."

„Sie kannte Imogen nicht. Es ist schon so lange her. So lange. Vor fünf Jahren haben wir geheiratet. Nur wenige Monate waren wir glücklich. Dann ist es passiert. Sie stürzte die Treppe hinunter und brach sich das Genick."

Er schwelgte richtig in Erinnerung.

Er hat sie noch nicht losgelassen, dachte Damaris. Sie saß stocksteif da, unfähig, Clemens zu trösten. Unfähig, ihn zu berühren, zu streicheln.

„Ich muss mich umziehen", sagte sie schließlich.

Er nahm seinen Kopf aus ihrem Schoß und erhob sich.

„Ja."

Sie erhob sich ebenfalls schwerfällig aus dem Sessel. Nun kannte sie also das Geheimnis von Gut Bergen. Es hatte sie tief erschüttert. Irgendwie fühlte sie sich dieser fremden Toten verbunden. Diese Verbundenheit hatte sie schon gespürt, als sie angekommen war, schon bevor sie von ihrer Existenz erfahren hatte. Das war dieses undefinierbare Gefühl gewesen, das sie hier umfangen hatte. Jetzt, da sie von Imogen wusste, konnte sie es einordnen. Aber warum fühlte sie so? Es war fast wie eine Übersinnlichkeit.

Sie wandte sich abrupt um und ging zur Tür, doch Clemens hielt sie zurück.

„Damaris", flehte er.

Sie blieb stehen, drehte sich aber nicht noch einmal um.

„Wird alles wieder gut?", fragte er leise.

„Ich weiß es nicht", flüsterte sie.

Sie blieb noch einen Moment stehen, aber er sagte nichts mehr. Daraufhin schritt sie hoheitsvoll zur Tür und ging. Erst in ihrem Zimmer bemerkte sie, dass sie vor Kälte schon zitterte.

*****

In der Nacht begann sie zu niesen und zu husten. Einen Moment lang dachte sie darüber nach, die Klingelschnur zu ziehen, die über ihrem Bett hing, um eine heiße Milch mit Honig zu bestellen oder - noch besser - einen Salbeitee, aber sie verwarf den Gedanken wieder. Sie wollte niemanden wecken. Sie hatte sich nur erkältet, weil sie nass geworden war und nicht gleich trockene Sachen angezogen hatte. Sie fror erbärmlich und zog sich immer stärker in sich selbst zusammen.

Schließlich stand sie auf und holte eine Wolldecke, die sie in der Wäschetruhe gefunden hatte, um sie noch über ihre Bettdecke zu legen. Doch sie wurde einfach nicht warm.

Plötzlich fühlte sie eine Hand auf ihrer Schulter.

„Damaris! Oh, Gott sei Dank, endlich sind sie wach. Es ist schon nach zehn Uhr."

„Nach zehn?"

Damaris blickte in Gretas besorgtes Gesicht. Sie versuchte, sich aufzurichten, aber ein heftiger Kopfschmerz ließ sie gleich wieder in die Kissen zurücksinken.

„Geht es ihnen nicht gut?", fragte Greta.

Damaris schüttelte den Kopf.

„Es geht mir sogar hundeelend."

Greta befühlte ihre Stirn. „Oh Jesus, sie sind ja ganz heiß. Sie haben hohes Fieber."

„Fieber?"

Genauso fühlte sie sich auch. Sie hatte Fieber. Sie war krank.

Fast war sie dankbar dafür. Sie war krank. Sie brauchte nicht aufstehen und dieser Familie gegenübertreten. Heute nicht und morgen auch nicht. Sie konnte einfach im Bett liegen bleiben und sich von Greta pflegen lassen.

„Ich – ich habe einen Brief für sie", druckste Greta herum. „Er ist von ihren Eltern." Sie fuhr mit der Hand in die Tasche ihrer Schürze und beförderte den Brief hervor.

Damaris nahm ihn ein wenig schlaff entgegen und brach im Liegen das Siegel. Selbst diese kleine Bewegung strengte sie schon an. Sie hatte wirklich überhaupt keine Kraft.

Sie entfaltete den Brief und begann zu lesen:

Liebe Damaris,

leider müssen wir dir eine traurige Nachricht übermitteln. Deine Großmutter ist gestorben. Bitte, nimm es dir nicht allzu sehr zu Herzen und lass dir nicht die Vorfreude auf deine Hochzeit nehmen.. Komm auch nicht her, du könntest hier nichts ausrichten. Und die Beerdigung ist sicher schon vorüber, wenn du diesen Brief in Händen hältst. Wir bleiben noch etwas länger hier, um deiner Tante und Onkel beizustehen. Und auch der Nachlass muss geregelt werden – auch wenn es mir widerstrebt, in diesen Stunden darüber nachzudenken.

Rechtzeitig zu deiner Hochzeit werden wir aber wieder zurück sein.

Es tut uns leid. Wir hätten dir so gerne bessere Nachrichten übermittelt. Wir hätten dir so gerne geschrieben, dass deine Großmutter auf dem Wege der Besserung ist. Aber Gott hat anders entschieden und sie zu sich geholt.

Denk daran, sie ist nur vorausgegangen in ein Leben, in das wir ihr einst folgen werden.

In Liebe, Deine Eltern.

Damaris ließ den Brief auf die Bettdecke sinken. Heiße Tränen rannen ihr die Wange herunter.

„Schlechte Nachrichten?", fragte Greta mitleidig.

Sie nickte. „Großmutter ist gestorben."

„Oh, Damaris, das tut mir so leid!", rief Greta überschwänglich. Sie beugte sich spontan vor und umarmte Damaris leicht. So, wie sie es als Kinder getan hatten, wenn eine von ihnen traurig war. Sie empfand für Damaris einfach nicht wie für eine Herrin. Sie war ihre Freundin, die jetzt ihren Beistand brauchte. Besonders, da es ihr auch gesundheitlich nicht gut ging.

Damaris war dankbar für Gretas Zuneigung. Aber sie war fühlte sich nicht imstande, die Umarmung zu erwidern. Ihre Glieder schmerzten bei der Berührung und bei jeder Bewegung, ihr Kopf brannte. Sie konnte sich überhaupt nicht regen.

Die Tränen rannen ihr über den Hals und sie fühlte sich sogar zu schwach, sie fortzuwischen.

„Ich werde jetzt gehen und ihnen ein schönes starkes Frühstück machen!", beschloss Greta.

„Ich habe keinen Hunger."

„Aber sie müssen doch etwas essen."

„Ich könnte keinen Bissen herunterbringen."

„Dann wenigstens ein paar Haferflocken. Bitte, sie müssen doch wieder gesund werden."

Damaris nickte matt. Großen Diskussionen mit ihrer hartnäckigen Zofe fühlte sie sich erst recht nicht gewachsen.

*****

Später – sie dämmerte im Fieber vor sich hin – fühlte sie mehr, als sie es bemerkte, dass sich die Türe öffnete. Damaris blinzelte ein wenig und erkannte Sophia. Sie beugte sich zu ihr herunter, um sich zu vergewissern, ob sie schlief. Dann verließ Sophia ebenso leise wie sie gekommen war, wieder das Zimmer.

Damaris öffnete die Augen und bemerkte auf ihrem Nachttisch ein volles Glas Milch. Sie war gerührt. Irgendwie war es doch reizend, dass Sophia ihr höchst persönlich ein Glas Milch brachte und nachsah, wie es ihr ging. Es hätte ja gereicht, wenn sie Greta damit beauftragt hätte.

Sophia sorgte sich also doch um sie. Sicher tat ihnen jetzt leid, was alles geschehen war.

Es ging Damaris nicht gut. Das Fieber wollte einfach nicht sinken.

In einem wachen Moment fragte sie sich, warum niemand einen Arzt holte, obwohl das Fieber einfach nicht sank. Aber sie fiel sofort wieder in einen Dämmerzustand.

Ihre Träume waren wirr.

Oliver Thiele, Clemens, Imogen, Sarah und sogar ihre Großmutter schwirrten durch ihren Kopf und verfolgten sie in ihren Fieberträumen.

Tag und Nacht verschmolzen miteinander. Sie wusste nicht, welche Tageszeit gerade war. Sie wusste nicht einmal, welcher Tag gerade war.

Hin und wieder bemerkte sie Greta in ihr Zimmer kommen.

Oder Sophia selbst.

Sie merkte, dass sie jemand wach zu rütteln versuchte.

Sie aß ein wenig, sie trank.

Aber was sie auch tat, sie tat es in einer Art Dämmerzustand.

Irgendwann hörte sie unten in der Halle einen Riesenradau.

Laute Stimmen. Eine Frau und ein Mann, schließlich ein weiterer Mann. Eine Tür wurde geschlagen.

Doch sie war nicht sicher, ob sie auch diese Szene nur geträumt hatte.

Sie hörte Schritte, die an ihrer Tür vorbeigingen.

Eine Stimme rief: „Wer hat denn wieder die Tür zu Damaris' Zimmer offen gelassen? Die Tür ist ja nur angelehnt!"

Dann das Geräusch der ins Schloss fallenden Tür.

Sie lag im Halbschlaf in ihrem Bett und konnte sich keinen Reim auf all diese Geräusche machen.

Was ging nur in diesem Haus vor?

Doch sie war völlig unfähig, darüber nachzudenken.

Und es war ihr auch gleichgültig.

*****

„Guten Morgen, Damaris!", rief Greta fröhlich und zog die Vorhänge auseinander. „Heute sehen sie aber viel besser aus. Wie fühlen sie sich?"

„Es geht mir etwas besser."

„Das wurde aber auch Zeit. Ich habe mir große Sorgen um sie gemacht. Vier Tage liegen sie jetzt schon hier."

„Vier Tage!", entfuhr es Damaris ungläubig.

„Oh ja. Sie waren überhaupt nicht richtig bei Bewusstsein. Sie haben immer nur geschlafen und kaum wahrgenommen, wenn jemand in ihre Nähe kam. Das Fieber sank zwar irgendwann, aber sie kamen nicht richtig zu Bewusstsein. Es war sicher alles zu viel für sie. Die Sache mit ihrer Großmutter – so kurz vor ihrer Hochzeit."

Ja, dachte Damaris. Es war alles ein bisschen viel. Die Sache mit Großmutter, mit Imogen, Clemens, Oliver... Alles zusammen war einfach etwas zu viel.

„Sie haben auch so gut wie nichts gegessen. Sie waren ja kaum wach zu bekommen. Ich wusste nicht mehr, was ich machen sollte. Und die Herrschaften hier, ich muss schon sagen, die waren keine große Hilfe. Wollten nicht einmal den Arzt rufen. Das einzige, was die Frau von Bergen für sie getan hat, war, ihnen ihre abendliche Milch zu bringen. Da hat sie drauf bestanden, das wollte sie unbedingt selbst tun."

Greta schüttelte tatkräftig die Federn des Bettes auf.

„Ach, ich bin so froh, dass sie heute mal bei sich sind. Huch, sie haben ja gestern ihre Milch gar nicht getrunken. Möchten sie sie vielleicht jetzt?"

„Was? Die Milch?"

„Ja. Möchten sie sie?"

Sie hielt das Glas mit dem weißen Getränk in der Hand und wollte es Damaris reichen. „Heiß ist sie natürlich nicht mehr."

Damaris streckte die Hände danach aus.

In ihrem Kopf schwirrte schon wieder alles wild durcheinander.

Jeden Abend ein Glas Milch – sie haben immer nur geschlafen, waren kaum wach zu bekommen – die Herrschaften wollten nicht einmal einen Arzt rufen – sie hat ihnen immer selbst die Milch gebracht – wie schön, dass sie heute wieder bei sich sind – Sie haben die Milch ja gestern gar nicht getrunken. Die Milch.

Die Milch.

Damaris zog die Hände zurück, als hätte ich sich verbrannt.

„Nein, ich möchte sie nicht."

„Nein?" Greta zuckte arglos mit den Schultern und stellte das Glas wieder zurück.

Die Milch.

Was war darin gewesen, dass sie immer nur geschlafen hatte?

„Tu mir einen Gefallen, Greta. Bitte Frau von Bergen zu mir zu kommen. Ich möchte sie etwas fragen. Oder – nein, warte, bring mir erst etwas Briefpapier. Ich möchte meinen Eltern schreiben. Sie werden sich schon fragen, warum ich ihren Brief nicht beantworte.

Greta gehorchte. Damaris sagte ihr, sie solle eine halbe Stunde warten und dann Sophia bitten, zu ihr zu kommen.

Als Greta kaum aus dem Zimmer war, richtete Damaris sich mühsam auf und schob ihre Beine aus dem Bett.

Das Glas Milch stand wieder auf ihrem Nachttisch neben ihrem Bett. Damaris nahm es und schlurfte schwerfällig zum Kamin. Sie fühlte sich matt und kraftlos, aber nicht mehr krank.

Sie musste das Getränk loswerden. Wenn Sophia kam, sollte sie keinen Verdacht schöpfen. Es sollte so aussehen, als hätte sie die Milch getrunken.

Sie schüttete die weiße Flüssigkeit in den Kamin. Eine leichte Glut brannte noch. Sicher, damit sie es während ihrer Krankheit schön warm hatte.

Es zischte kurz, als sie die Milch hineingoss, aber Damaris achtete darauf, dass das Feuer nicht ganz ausging.

Der kurze Weg kostete sie mehr Kraft, als sie es für möglich gehalten hatte. Sie schlurfte zurück, stellte das leere Glas auf ihr Konsölchen und legte sich wieder zurück ins Bett. Einen kurzen Moment lehnte sie ihren Kopf ermattet zurück in die Kissen.

Doch dann begann sie auf der Unterlage, die Greta ihr zusammen mit dem blütenweißen Briefpapier gebracht hatte, zu schreiben. Ihre Schrift war wackelig, aber das Schreiben selbst ging ihr leicht von der Hand.

Liebe Mutter, lieber Vater,

entschuldigt, dass ich nicht gleich auf eueren Brief geant-
wortet habe. Aber ich habe krank zu Bett gelegen. Bei ei-
nem Ausritt war ich in den Regen gekommen und habe
mich erkältet. Deshalb ist meine Schrift auch noch so unre-
gelmäßig. Ich bin noch geschwächt und schreibe diese Zei-
len im Bett.

Aber alle haben sich rührend um mich gekümmert und nun
geht es mir schon wieder besser.

Damaris überlegte einen Moment, ob sie schreiben sollte, dass sie
Clemens vielleicht nicht heiraten würde. Aber sie entschied sich
dagegen. Wenn die Eltern einen solchen Brief erhalten würden,
kämen sie sicher gleich besorgt her. Und sie hatten ihre eigenen
Sorgen. Und Damaris musste sich selbst erst einmal klar über ihre
Gefühle werden.

Die verschwiegene Ehe würde sie Clemens vielleicht sogar verzeihen können, wenn sie ihn wirklich liebte. Wenn man sich liebte, zählte schließlich die Vergangenheit nicht mehr. Nur die Gegenwart und die gemeinsame Zukunft.

Wenn…

Aber tat sie das eigentlich? Liebte sie ihn?

Damaris war sich nicht mehr so sicher wie noch vor wenigen
Tagen. Außerdem hatte sie noch immer nicht das ganze Geheimnis gelüftet.

Plötzlich wurde ihr klar, dass sie tief in ihrem Inneren die ganze
Zeit nicht daran geglaubt hatte, das ganze Geheimnis zu kennen.

Irgendetwas passte noch immer nicht. Eine zwanzigjährige Frau,
die kurz nach ihrer Hochzeit diese breite Treppe hinunterfällt und
gleich stirbt? Sicher, schreckliche Unfälle konnten immer passieren. Und wenn sie unglücklich gefallen war…

Aber…

Steckte etwas anderes dahinter?

Die Milch

Sie hatten hier keine großen Skrupel.

Damaris schüttelte sich. Aber die Familie von Bergen hatte doch keinen Grund, Imogen zu fürchten oder zu hassen. Ihr eigener Fall lag da schon vollkommen anders. Sie sollte gestoppt werden, damit sie nicht hinter Imogens Geheimnis kam. Aber warum machten dann alle so ein Geheimnis um Imogens Existenz?

Am Ende kreiste doch alles immer um Imogen.

Und das war mehr als seltsam. Irgendetwas passte einfach nicht.

Es tut mir leid, dass Großmutter gestorben ist. Ich hatte gebetet, dass sie wieder gesund wird. Aber sie ist jetzt in einer besseren Welt, sie muss jetzt nicht mehr leiden.

Doch nun zu einem anderen Thema: Das Fest, das Clemens für mich gegeben hat, war wundervoll und ich habe viele der Nachbarn und Freunde der Familie kennen gelernt. Es war sehr interessant.

Das war nicht einmal gelogen. Interessant war die Feier wirklich gewesen. Damaris wollte den Eindruck erwecken, dass es ihr wirklich gut ging. Sie wollte ihre Eltern auf keinen Fall beunruhigen.

Ich habe mit einem fünfzehnjährigen Mädchen Freundschaft geschlossen, das seine Eltern hierher begleitet hat. Sie hat ihre große Schwester, die etwa in meinem Alter wäre, bei einem Unfall verloren. Deshalb sieht sie wohl eine Art große Schwester in mir.

Nun, vor euch liegen jetzt weniger reizvolle Aufgaben als vor mir. Ich hoffe trotzdem, es geht euch gut und ihr findet Trost in dem Wissen, dass Großmutter nun nicht mehr leiden muss.

In Liebe, Euere Tochter Damaris

Sie las den Brief noch einmal durch und musste lächeln, obwohl ihr eigentlich nicht danach zumute war. Sie hatte keine Ahnung gehabt, wie gut sie sich auf Halbwahrheiten verstand. An ihr war nicht nur eine Schauspielerin, sondern auch eine Diplomatin verloren gegangen.

Sie legte den Brief in die Schublade ihrer Konsole. Sicher würde Sophia gleich kommen. Sie sollte den Brief auf keinen Fall sehen. Wie misstrauisch sie geworden war.

Da klopfte es auch schon, aber Damaris brachte nur ein schwaches Herein zustande. Die Tür ging auf und Sophia stand vor ihr, perfekt gekleidet und frisiert wie immer.

Die Ältere lachte ihr entgegen. „Wie schön. Ich sehe, es geht dir wieder gut. Greta sagte, du wolltest mich sprechen?"

„Ja."

Damaris musste vorsichtig sein. Sie durfte nicht gleich mit der Tür ins Haus fallen. Sophia durfte nichts von ihrem Verdacht merken.

„Ich wollte dir danken, dass sich alle so lieb um mich gekümmert haben." Damaris war selbst überrascht, wie glatt ihr die Lüge von den Lippen ging.

„Aber das war doch selbstverständlich. Obwohl du natürlich ein wenig selbst schuld warst an deinem Zustand. Hast so lange in den nassen Sachen herumgestanden." Sophia gab ihrer Stimme einen neckischen Unterton und drohte scherzhaft mit dem Finger.

Damaris ging bereitwillig darauf ein. „Da hast du schon Recht. Es tut mir leid, dass ich dir so viel Mühe gemacht hab."

Sophia zog einen Stuhl an das Bett und setzt sich zu ihr.

„Ach was, Mühe. Hauptsache, es geht dir jetzt wieder besser. Greta sagte, du hast Nachricht aus Augsburg. Deine Großmutter ist gestorben. Wie schrecklich! Sicher hat dir dieser Brief den Rest gegeben und deinen angeschlagenen Zustand noch verschlimmert."

Damaris lächelte entschuldigend.

„Das mag schon sein. Ich war erstaunt, dass schon vier Tage vergangen waren, seit ich krank geworden bin."

„Oh ja. Du hattest hohes Fieber."

„Ich muss jetzt erst einmal an meine Eltern schreiben. Sie werden sich schon wundern, dass sie gar nichts von mir hören."

Sophia legte ihre Hand auf ihre. „Das kannst du alles tun. Später. Jetzt musst du dich erst einmal ausruhen."

Ihr Blick fiel auf das leere Milchglas.

„Soll ich dir noch ein Glas bringen?", fragte sie freundlich.

Damaris versuchte krampfhaft eine Spur von Verlegenheit zu entdecken. Etwas, wodurch sie sich verriet, ein Zucken, ein Flattern der Augen. Nichts. Sophia war völlig ruhig.

„Oh ja. Sie tut mir so gut. Sag, tust du noch ein geheimes Hausmittel hinein?" Damaris blinzelte ihr schelmisch zu.

„Wieso glaubst du das?"

„Nun, ich habe immer so wundervoll geschlafen danach. Sicher wäre ich sonst gar nicht so rasch wieder gesund geworden. Das kann nicht die Milch alleine gewesen sein."

Sophia lächelte geschmeichelt. Sie war völlig arglos.

„Nun ja, ich habe ein leichtes Beruhigungsmittel hineingetan. Du hast fantasiert und wir dachten, wir müssen deinen Geist etwas beruhigen. Damit du dich entspannen und auf deine Genesung konzentrieren kannst.

„Das war sicher genau richtig. Ich danke dir. Du siehst ja, wie gut es mir getan hat."

Sie tätschelte Damaris' Hand. Die konnte diese mütterliche Geste kaum ertragen und hätte ihr fast die Hand entzogen.

„Nun, dann bringe ich dir noch ein Glas."

„Das ist nett. Greta sagte, du hättest sie mir immer selbst gebracht. Auch dafür möchte ich dir danken."

Vorsicht, dachte Damaris. Bedank dich nicht zuviel. Das wird allmählich etwas aufgesetzt und übertrieben.

„Liebes Kind, du bedankst dich viel zu viel. Schließlich gehörst du schon so gut wie zur Familie. Da ist es nur natürlich, dass ich mich selbst um dich kümmere."

Damaris erschrak. So gut wie zur Familie.

Es war tatsächlich schon wieder eine Woche verstrichen und sie glaubte nicht, dass sie Clemens noch heiraten wollte. Sie musste handeln. Sie musste etwas tun. Aber was?

Heute war sie sowieso noch zu schwach. Heute konnte sie einfach hier liegen und darüber nachdenken, was sie tun wollte.

Und sie würde nichts trinken oder essen, was Greta ihr nicht persönlich brachte und dessen Zubereitung sie nicht zumindest persönlich überwacht hatte.

Sophia ging aus dem Zimmer mit dem Versprechen, bald mit der Milch zurück zu sein.

Ja, bring mir nur die Milch, dachte Damaris ein wenig boshaft. Glaub dich nur in Sicherheit. Glaub nur, dass ich das kleine, naive Dummchen bin und nichts merke.

Mir Beruhigungsmittel in die Milch zu geben.

Ein leichtes Beruhigungsmittel – ha!

Es musste schon ein ziemlich starkes Mittel sein, wenn es sie dermaßen umhauen konnte. Und alles einfach so. Ohne Arzt. Damaris fühlte sich entmündigt. Es lag auf der Hand, dass diese Familie sie einfach eine Zeitlang aus dem Weg haben wollte. Sie wollten sie ja vielleicht nicht umbringen, aber zumindest wollten sie sie eine Weile ruhig stellen.

Damaris hielt entsetzt in ihren Überlegungen inne.

Oder wollten sie sie umbringen?

War das, was in der Milch war, gar kein Beruhigungsmittel, sondern Gift? Ein langsam wirkendes Gift?

Wenn es ein Beruhigungsmittel war, dann auf jeden Fall ein sehr, sehr starkes. Wieso hatten sie so etwas überhaupt im Haus? In eine Hausapotheke gehörte so etwas üblicherweise nicht.

So etwas verschrieb ein Arzt bei schweren seelischen Leiden. Hier aber hatte niemand so ein Leiden.

Damaris dachte an den Brief in ihrer Konsolenschublade.

Sie würde Greta bitten, ihn aufzugeben.

Oder lieber nicht?

Sie stockte. Nein. In einem Haus, in dem einem Mittel in die Milch gegeben wurde, war alles möglich. Sie musste ihn selbst aufgeben. Sie musste fort aus diesem Haus. Aber wo sollte sie hin? Zurück nach Hohenfeld?

Oliver Thiele kam ihr in den Sinn.

Sie sind mir immer willkommen.

Ja, ihm konnte sie vertrauen, da war sie sicher.

Sie musste hier raus. Sie musste das Haus verlassen und den Brief selbst aufgeben. Sollte sie Greta mitnehmen? Vielleicht war es besser, sie bei ihrem Pferdeknecht zu lassen. Damaris wusste nicht, ob sie Greta dieses Geheimnis anvertrauen konnte. Oh nein, Greta würde sie niemals absichtlich in Schwierigkeiten bringen, aber sie neigte zur Schwatzhaftigkeit und ihr konnte leicht etwas entschlüpfen.

Nein, sie musste erst einmal allein gehen. Sie würde die Anwaltskanzlei Thiele aufsuchen und Oliver erzählen, was hier geschehen war. Sicher konnte sie zurück zum Schloss, nach Hause, aber es war niemand dort, dem sie sich anvertrauen konnte und das Geheimnis hatte sie auch noch nicht endgültig aufgedeckt! Da war sie ganz sicher.

Die Tür ging auf. Sie schloss rasch die Augen. Sie hörte jemanden in das Zimmer kommen, fühlte die Nähe einer Person und wie etwas auf den Nachttisch gestellt wurde.

Sie bemerkte, wie die Person das Zimmer wieder verließ und die Tür ins Schloss gezogen wurde.

Sie öffnete die Augen. Die Milch stand auf der Konsole.

Ein kalter Schauer lief ihr über den Rücken. Dieses Getränk würde sie wieder in einen Dämmerzustand versetzen. Sie würde wieder im Halbschlaf dahin treiben. Daran zweifelte sie nicht im Mindesten.

Warum tat Sophia ihr so etwas an?

Damaris fühlte Angst in sich aufsteigen.

Sie schlug die Decke wieder zurück und begab sich abermals auf den beschwerlichen Weg zum Kamin, um die Milch hinein zu schütten.

Dann legte sie sich wieder in ihr Bett und schloss die Augen.

Dieses Mal fiel sie in einen tiefen, traumlosen Schlaf.

Kapitel 7:
Oliver Thiele
01. Mai

Am nächsten Morgen schlich sie sich aus dem Haus. Sie hatte sich am Tag zuvor einigermaßen erholt, aber sie fühlte sich noch nicht so energievoll wie normalerweise. Diese Schwäche lag sicher zum großen Teil an dem Mittel, das Sophia ihr in die Milch gemischt hatte.

Nun konnte Damaris wirklich ganz sicher sein, dass sie etwas hineingetan hatte.

Sophia war am späten Abend noch zwei Mal in ihr Zimmer gekommen und hatte nachgesehen, ob sie schlief. Jedes Mal hatte Damaris sich schlafend gestellt. Sie bemerkte, dass Sophia kontrollierte, ob sie die Milch getrunken hatte und sich dann wieder aus dem Zimmer schlich.

Damaris trug ein einfaches, beiges Stadtkleid. Sie hatte sogar auf Gretas Hilfe verzichtet, weil sie so wenig wie möglich auffallen wollte. Das bedeutete natürlich, dass sie auch auf ihre Corsage verzichten musste, denn die konnte sie unmöglich alleine schnüren.

Sie warf ihren Mantel über und steckte den Brief an ihre Eltern in die Tasche. Nun lag die größte Gefahr vor ihr. Kam sie unbemerkt über den Hof bis in den Stall?

Sie schlich auf Zehenspitzen die Treppe hinunter. Sie bewegte sich übervorsichtig. Ständig sah sie sich nach allen Seiten um. Sie wusste, was sie sagen würde, wenn sie erwischt würde. Es ginge ihr heute Morgen viel besser und sie wolle nur einen kurzen Spaziergang unternehmen. Frische Luft sei ja bekanntlich gut für die Gesundheit.

Trotzdem war es ihr lieber, wenn sie niemandem begegnete - sie wusste ja nicht, wie die Familie reagieren würde. Sie wollte kein Risiko eingehen. Am Ende würden sie sie nicht fort lassen.

Aber sie schaffte es. Sie kam ungesehen aus dem Haus und lief schnell die paar Meter über den freien Platz zum Stall.

Unversehens prallte sie mit Veronika zusammen. Sie erschrak.

„Guten Morgen, Damaris. Geht es dir besser?", erkundigte Veronika sich herzlich. Sie war offenbar wirklich erfreut, Damaris auf den Beinen zu sehen.

„Oh ja, ja", stammelte Damaris verlegen.

„Du willst doch nicht etwa ausreiten? Mute dir nicht zuviel zu, du warst ziemlich krank. Sophia hat niemanden außer natürlich deiner Zofe zu dir gelassen. Sie sagte, du wärest kaum bei Bewusstsein."

Damaris lächelte matt. Diese Schlange.

„Ja, das stimmt. Ich wusste nicht einmal, welchen Tag wir hatten. Aber jetzt geht es mir wieder besser und ich wollte nur einen kurzen Spaziergang machen. Die frische Luft wird mir sicher gut tun."

Veronika nickte.

Damaris mochte sie gern und hasste es, sie belügen zu müssen. Aber es musste sein.

„Na, dann geh aber nicht zu weit. Oder – darf ich dich begleiten? Falls dir schlecht wird…"

Das fehlte noch, dachte Damaris entsetzt.

„Nein, mir passiert schon nichts. Lass mich ruhig ein paar Schritte gehen", erwiderte sie eine Spur zu hastig.

Oh bitte lieber Gott, betete sie, lass sie gehen. Wenn sie jetzt darauf besteht, mich zu begleiten, ist mein schöner Plan dahin.

„In Ordnung", gab Veronika nach. „Aber versprich mir, dass du nicht zu weit gehst. Mute dir nicht zuviel zu."

Damaris nickte ihr dankbar zu. „Ja, ich verspreche es."

Veronika hatte ihre Nervosität nicht bemerkt.

Damaris tat wirklich so, als wolle sie einfach nur spazieren gehen und schlenderte ein paar Schritte in Richtung des Waldes, während Veronika wieder zum Haus ging. Das Herz klopfte ihr bis zum Hals. Das Risiko, dass Sophia oder Clemens sie entdeckten, wurde immer größer, je länger sie sich hier draußen aufhielt.

Damaris schaute sich immer wieder um und beobachtete Veronika bis die endlich im Haus verschwand. Dann raffte sie ihre Röcke und lief zurück zum Stall. Ihre Beine zitterten. Sehr kräftig war sie wirklich noch nicht. Sie hatte in den wenigen Tagen ein paar Kilogramm abgenommen. Doch ihre Verzweiflung gab ihr Kraft.

Hoffentlich ist Greta nicht im Stall, dachte sie. Sonst würde sie die Zofe doch noch einweihen müssen.

Aber Damaris traf nur den Stallknecht.

„Hallo!", rief sie.

„Ja? Ja, Gnädiges Fräulein, was machen sie denn hier?"

„Kannst du mir Lissy satteln? Ich habe etwas zu erledigen. Aber beeil dich."

Er kratzte sich verlegen am Kopf.

„Jo!", brummte er unwillig. Es war offensichtlich, dass ihm der Wunsch ganz und gar nicht behagte – vielleicht weil er unsicher war, ob sie ihren Wunsch mit Clemens abgesprochen hatte? Aber das war ihr wirklich gleichgültig. Damaris ging zu ihm und half selbst mit, damit das Satteln schneller ging.

Sollte er sich ruhig darüber wundern, dass eine Dame beim Satteln half, weil sie es eilig hatte. Mochte er nachher ruhig erzählen, dass sie angegeben hätte, etwas erledigen zu müssen und dass sie ihn zur Eile angetrieben hatte.

Wenn sie gleich auf Lissy dieses Grundstück verlassen hatte, war das alles sowieso gleichgültig. Sie würde nicht zurückkehren.

Endlich war die braune Stute fertig. Sie schnaubte und stupste Damaris an. Als würde sie sich auf den bevorstehenden Ausritt freuen.

Der Knecht half ihr in den Damensattel und sie preschte sogleich davon. Sie spürte, dass er ihr nachstarrte und war sich sicher, dass er noch lange hinter ihr hersah und entrüstet den Kopf schüttelte.

Sie ritt, so schnell sie nur konnte in Richtung Stadt.

Sie wusste nur ungefähr, wo die Kanzlei Thiele und Partner zu finden war. Aber sie war sicher, dass sie das Haus schon finden würde. Sie atmete auf, als ihr klar wurde, dass sie außer Sichtweite des Hauses gekommen war.

Sie fühlte sich frei.

*****

Damaris hielt erst an, als sie in der Stadt angekommen und von Häusern umgeben war. Aber wohin sollte sie sich nun wenden?

Einige Menschen liefen auf der Straße herum und sie hielt an, um nach dem Weg zu fragen. Nein, wo das Büro von Oliver Thiele war, konnten sie nicht sagen.

Sie trabte auf Lissy gemächlich dahin, ihr Blick schweifte suchend umher.

Es musste doch hier irgendwo sein. Oliver hatte gesagt, es befände sich mitten in der Stadt. Aber so leicht war es dann doch nicht.

Sie musste noch einige Male fragen, bis ihr endlich eine junge Frau den Weg zum Anwaltsbüro Thiele zeigen konnte. Sie war gar nicht weit davon entfernt.

Nach der Beschreibung der Frau war es ganz leicht zu finden. Nur wenige Minuten später stand Damaris vor dem Haus. Schon vor dem Eingang stand ein großes Schild mit der Aufschrift:

Thiele und Partner
Anwaltskanzlei
Oliver Thiele, Rechtsanwalt
Konrad Meisner, Rechtsanwalt
Karl Wegener, Notar.

Sie sprang von Lissy und legte die Zügel um den Zaun, bevor sie die paar Stufen hinauf stieg und den großen, schmiedeeisernen Türklopfer betätigte.

Sie wartete.

Niemand öffnete.

Sie klopfte noch einmal. Dieses Mal kräftiger.

Nichts.

Sie trat ein paar Schritte zurück, suchte die Front nach einem offenen Fenster ab, fand aber keines.

Sie klopfte noch einmal.

Es rührte sich nichts.

Sie stieg die Stufen wieder hinunter und ging um das Haus herum in der Hoffnung, irgendeinen Anhaltspunkt zu finden. Aber sie fand keine Hausöffnung und keinen Menschen.

Ein alter Mann kam mit gebücktem Rücken, auf einen Krückstock gestützt, den Weg entlang.

„Entschuldigen sie", sprach sie ihn an.

Er versuchte, sich aufzurichten, schaffte es aber gerade, seinen Kopf so zu drehen, dass er ihr ins Gesicht sehen konnte.

„Hier ist doch die Anwaltskanzlei Thiele?", fragte sie.

„Steht doch auf dem Schild", erwiderte er mit rauchiger, alter Stimme.

„Es ist niemand da", erklärte sie etwas unbeholfen.

„Aber Fräuleinchen, es war doch letzte Nacht Walpurgis. Heute arbeitet kaum jemand."

Sie schlug vor Schreck die Hand vor die Stirn.

„Das hatte ich vollkommen vergessen. Heute ist ja der erste Mai. Aber wissen sie, ich war krank und habe so wohl die Zeit etwas durcheinander gebracht."

Was plapperte sie da eigentlich? Das interessierte den Mann bestimmt nicht.

„Ja, ja", brummte er. „Da müssen sie wohl morgen wieder kommen."

Morgen wieder kommen? Nein, das ging nicht. Sie konnte ja nicht zurück nach Bergen. Inzwischen würde die Familie von ihrem Ausritt erfahren haben. Sie würden sie gewiss nicht sehr freundlich aufnehmen, wenn sie zurückkam. Und sie kam vielleicht nicht noch einmal weg.

Vielleicht fürchtete die Familie, dass sie, Damaris, noch mehr von dem Geheimnis herausfand und flößten ihr mehr von diesem Beruhigungsmittel ein. In hohen Dosen konnte so etwas tödlich sein, auch wenn es nicht direkt Gift war.

Oh Gott, ihre Fantasie ging mit ihr durch!

Der Alte stuffelte schon wieder weiter, aber ihre Stimme hielt ihn zurück.

„Das geht nicht!", schrie sie verzweifelt.

Er blieb stehen und drehte abermals den Kopf.

„So? Dann ist es wohl sehr wichtig?"

„Lebenswichtig. Sagen sie, wissen sie vielleicht, wo Herr Thiele wohnt?"

Er musterte sie aus zusammengekniffenen Augen von oben bis unten. „Sie wollen doch wohl nicht alleine einen alleinstehenden Herrn besuchen?", fragte er vorwurfsvoll.

„Ich will nur mit ihm als Anwalt sprechen. Es ist wirklich sehr wichtig. Ich wüsste nicht, an wen ich mich sonst wenden könnte."

„Wo ist ihre Familie?"

Der Alte ging ihr allmählich auf die Nerven mit seiner Moral. Was ging es ihn an, was sie tat?

„Ich habe keine Familie", erwiderte sie und schickte sofort ein Stoßgebet zum Himmel, damit er ihr diese Lüge verzieh. Es war eine Notlüge. Sie war wirklich verzweifelt.

„Es ist sehr wichtig", drängte sie.

Es musste etwas in ihrer Stimme gelegen haben oder in ihren Augen, das ihn rührte. Denn der Alte schien seine Bedenken beiseite zu schieben. Er kam ein paar Schritte näher. „Na ja, Fräulein, wenn es so wichtig ist. Seine Mutter lebt ja schließlich auch noch dort." Und dann erklärte er ihr den Weg zum Privathaus der Familie Thiele.

Damaris bedankte sich überschwänglich. Sie hatte wirklich das Gefühl, er hätte ihr das Leben gerettet.

Sie beobachtete, wie er kopfschüttelnd davon schlurfte. Sie war sicher, dass er sich über die heutigen jungen Leute aufregte.

Ihr konnte das gleichgültig sein.

Sie kletterte wieder auf Lissy und ritt davon.

Sophia rauschte durchs Haus. Gerade hatte sie Damaris wieder ein Glas Milch bringen wollen und war nur in ein leeres Zimmer geraten. Wo war sie? Sophia lief in die Küche, um zu sehen, ob sie sich vielleicht einen kleinen Imbiss bestellt hatte. Es wäre natürlich Unsinn gewesen, dafür in die Küche zu gehen, sie hätte ja nur die Klingelschnur über ihrem Bett ziehen müssen. Aber bei dieser Damaris konnte man nie wissen.

In der Küche traf sie Damaris' unselige Zofe Greta. Schon wieder hing eine Strähne aus ihrem Häubchen heraus. Meine Güte, war diese Frau denn nicht fähig, sich einmal vernünftig zu frisieren?

„Weißt du, wo deine Herrin ist?", fragte Sophia ohne Umschweife.

Greta knickste etwas unbeholfen. Man merkte deutlich, dass sie so etwas auf Hohenfeld nicht gelernt hatte. „Nein, ich habe sie heute überhaupt noch nicht gesehen", gestand Greta.

Sophia stöhnte und rauschte wieder hinaus. Das konnte doch nicht wahr sein. Sie verdrehte die Augen. Zum wievielten Mal wünschte sie sich gerade, dass sie sich gegenüber Clemens konsequenter durchgesetzt hätte.

Diese Damaris hatte hier viel zu viel Durcheinander angerichtet. Nicht nur in der Familie – auch bei ihren Freunden. Wie oft war sie alleine auf dem Fest auf die „neue Imogen" angesprochen worden. Sie konnte es einfach nicht mehr hören.

Sie wischte die Gedanken beiseite. Sie hatte jetzt andere Sorgen. Die Frau war verschwunden.

Sie versuchte, Clemens zu finden, in der Hoffnung, dass er ihr weiterhelfen konnte, aber er war nicht in seinem Zimmer und auch nicht in der Bibliothek. Schließlich traf sie Veronika und Arnim mit dem kleinen Simon im Hof. Der Kleine ritt auf seinem Steckenpferd und juchzte vor Vergnügen.

Veronika hatte sich gut mit Damaris verstanden, vielleicht wusste sie tatsächlich etwas.

„Weißt du, wo Damaris ist?", fragte Sophia direkt. „Ich wollte ihr gerade ihre Milch bringen, aber sie ist nicht in ihrem Zimmer."

„Oh, ich traf sie tatsächlich heute Morgen in der Nähe des Stalles", erzählte Veronika. „Sie meinte, sie fühle sich besser und wollte ein wenig die frische Luft genießen – einen kleinen Spaziergang machen."

„Und wohin?", fragte Sophia mühsam beherrscht. Verdammt, hatte denn die Milch nicht geholfen? Wieso war sie so munter und konnte draußen herumspazieren?

Die Milch hätte sie doch ruhig stellen sollen. Ach, das mit der Milch war ja auch gar keine Lösung. Sie hatte ihr nur einen kleinen zeitlichen Aufschub verschafft, mehr nicht. Etwas Zeit, in der sie versuchte, auf Clemens einzuwirken, die Hochzeit abzusagen. Aber irgendwann musste sie Damaris ja gestatten, wieder gesund zu werden. Oder etwa nicht?

„Ich habe ihr angeboten, sie zu begleiten, aber sie wollte alleine sein."

Sophia kam plötzlich ein furchtbarer Gedanke. Sie lief schneller, als es eine Dame tun sollte, hinaus und bis in den Stall hinein. Das tat sie eigentlich nie. Selbst wenn sie ein Pferd oder eine Kutsche brauchte, schickte sie einen Dienstboten, der es dem Pferdeknecht auftrug.

So war der auch mehr als überrascht, als Sophia selbst auftauchte. Er wusste gar nicht, wie er sich verhalten sollte. Er machte einen tiefen Diener und knetete nervös seine Mütze in der Hand.

„Ja, ja, schon gut. Ich will nur wissen, ob das Fräulein von Seyrich heute Morgen hier war. Sie war sehr krank und sie ist verschwunden." Ach, was redete sie da? Das ging ihn doch überhaupt nichts an.

„Ja ja, gnädige Frau. Die war hier. Ich musste ihr Lissy satteln. Sie hatte es sehr eilig, hat sogar selbst mit angefasst beim Satteln."

„Was?", kreischte Sophia ungehalten.

„Aber gnädige Frau…"

„Ja ja, du kannst nichts dafür. Schon gut."

Damit rauschte sie wieder davon. Sie glaubte nicht, dass Damaris nur einen kleinen Ausritt unternahm.

Es dauerte wieder nicht allzu lange, bis Damaris vor dem Fachwerkhaus der Familie Thiele stand. Sie war überrascht, wie groß es war. Ein armer Mann konnte Oliver Thiele nicht sein.

Wieder band sie Lissy am Zaun fest, ging zum Eingang und betätigte den Türklopfer. Eine Frau in den Dreißigern mit weißer Schürze um die Taille und Häubchen auf dem blonden Haar öffnete.

„Guten Tag. Ich würde gerne Herrn Thiele sprechen", grüßte Damaris.

Die Frau musterte die Besucherin ungeniert. Sicherlich fragte sie sich, was eine Dame alleine hier tat. In der Kanzlei war das eine Sache. Da ging es in Ordnung, aber hier im Privathaus war es doch etwas anderes.

Sie trat trotzdem beiseite und ließ sie eintreten. Es stand ihr nicht zu, das zu verwehren. „Einen Augenblick, ich werde Herrn Thiele

Bescheid geben", sagte sie und ließ die Besucherin einfach in der Halle stehen.

Damaris sah sich um. Das Haus wirkte gemütlich. Die Halle war hoch und von einer Galerie gingen mehrere Zimmer aus. An den Wänden hingen verschiedene Bilder. Portraits, Landschaften, Stillleben.

„Damaris, welche Überraschung", begrüßte Oliver sie und kam mit großen Schritten auf sie zu. Er trug beige Hosen und eine gemusterte Hausjacke. Sein Haar war etwas wirrer als sonst. Offenbar war er nicht auf Besuch eingestellt.

Vielleicht hatte er sich sogar ausgeruht, weil er Walpurgis gefeiert hatte?

Damaris fand, er sah so sogar noch besser aus.

„Ich freue mich, dass sie hergefunden haben", sagte er.

„Das war gar nicht so einfach", gestand sie und berichtete ihm kurz die Geschichte ihrer Suche durch die Stadt.

„Sie haben wohl Kummer?", fragte er sanft.

Sie nickte.

„Nun, dann kommen sie erst mal mit in mein Arbeitszimmer. Dort können sie mir alles genau erzählen."

Er fasste sie am Arm und zog sie mit sich. Er führte sie in einen Raum, in dessen Mitte ein mächtiger dunkler Schreibtisch stand - mit einem hohen Ledersessel dahinter und zwei Stühlen davor.

Eine weitere gemütliche Sitzgruppe befand sich vor dem Kamin. Das hohe Regal war prall gefüllt mit Büchern. Damaris versuchte, ein paar Titel aufzuschnappen, es waren fast alles juristische Werke.

Oliver nahm ihr den Mantel ab und hängte ihn an einen Haken an der Wand. Er wies auf einen Platz am Kamin und sie ließ sich in einen der Sessel fallen.

Oliver zog an der Klingelschnur neben seinem Schreibtisch und sofort erschien wieder die Frau, die Damaris herein gelassen hatte.

„Ellie, bring uns bitte etwas Kaffee und Gebäck. Und zwei Cognac", fügte Oliver nach einem Blick auf seinen Gast hinzu.
Ellie war offensichtlich nicht erfreut über diese Wünsche. Sie knickste mit offenem Widerwillen im Gesicht und verschwand wieder.
Oliver gesellte sich lachend zu Damaris. Ellie ist die Ehefrau unseres Majordomus. Sie ist schon seit zwölf Jahren hier im Haus. Eine gute Seele, nur etwas prüde.
„Ja. Ich bemerkte bereits ihre Missbilligung, als sie mir die Tür öffnete."
Er schmunzelte. „Ja, etwas geradeaus ist sie obendrein. Nehmen sie es ihr nicht übel. Es bedeutet ja auch nichts. Ich freue mich auf jeden Fall, dass sie hier sind. Obwohl ich mir einen anderen Grund gewünscht hätte."
Damaris blickte ihn fragend an.
„Nun, sie haben gesagt, sie hätten Kummer."
„Aber sie sagten doch…"
Er hob die Hände.
„Ich weiß, was ich gesagt habe. Und das habe ich ehrlich gemeint. Aber ich hätte mich noch mehr gefreut, wenn sie her gekommen wären, nur um mich zu sehen. Außerdem tut es mir leid, dass es ihnen nicht gut geht."
Sie antwortete nicht. Einfach so wäre sie wohl niemals gekommen. Aber sie hätte sich immer gewünscht, ihn wieder zu sehen.
Die Türe ging auf und Ellie erschien wieder. In der Hand balancierte sie ein Tablett, auf dem zwei Tassen, eine Kaffeekanne, Milchkännchen, Zuckerdose, ein Teller mit Gebäck sowie die beiden Gläser Cognac standen. Sie räumte alles auf den kleinen runden Tisch und verschwand dann wortlos wieder.
„Es wäre zum Beispiel schön gewesen, wenn sie mir einfach einen Gegenbesuch gemacht hätten", fuhr Oliver fort.
Sie runzelte die Stirn. „Sie haben mich besucht?"

„Aber sicher. Ich wollte zwar das Haus nicht mehr betreten, weil ich sowieso damit rechnete, hinaus geworfen zu werden, aber schließlich waren sie dort." Er lächelte. „Und es zog mich unwiderstehlich zu ihnen. Nun ja, ich wurde dann tatsächlich hinaus geworfen. Hat man ihnen nichts von meinem Besuch erzählt?"

Er bemerkte ihre Überraschung und hielt ihr ihren Cognac entgegen, den sie gierig ergriff und in einem Zuge austrank.

Ihr wurde etwas schwindelig. In ihrem Kopf spielte sich die Szene wieder ab, die sie zu träumen geglaubt hatte.

Laute Stimmen. Türenknallen. Schritte vor ihrer Tür.

Wer hat denn wieder die Tür zu Damaris' Zimmer aufgelassen? Die Tür ist ja nur angelehnt.

Sie hatte nicht geträumt. Sie hatten mit Oliver gestritten, der sie besuchen wollte.

„Sie haben mir nichts gesagt", murmelte sie.

Er lachte über ihren verwirrten Gesichtsausdruck und entschärfte die Situation ein wenig durch seine Fröhlichkeit.

„Nun, jetzt sind sie ja hier, das ist das wichtigste. Hier, trinken sie."

Er schenkte Kaffee ein und reichte ihr eine Tasse. Sie nahm einen tiefen Schluck, der Kaffee war heiß, aber ein bisschen zu stark. Trotzdem tat er ihr gut. Sie griff nach einem Plätzchen und biss hinein. Einige Krümel fielen in den Sessel und sie wischte sie emsig fort. Doch Oliver hielt ihre Hand fest.

„Nicht doch, nicht doch", lachte er. „Es ist doch jetzt völlig unwichtig. Erzählen sie lieber, was sie hergeführt hat."

Stockend berichtete sie also von ihrem Streit mit Clemens nach dem Ausritt. Sie erzählte, dass sie in der Nacht bemerkt hatte, dass sie Fieber bekam und wie sie am nächsten Morgen die Nachricht vom Tod ihrer Großmutter gelesen hatte. Er hörte aufmerksam zu ohne sie zu unterbrechen. Mit ganz erstem Gesicht, das irgendwie so gar nicht recht zu ihm passte.

„Und dann, gestern Morgen ging es mir etwas besser. Nicht richtig gut, aber ich war nicht mehr ganz so schlapp und vor allem war ich zum ersten Mal seit Tagen wieder richtig wach. Von Greta erfuhr ich, dass ich vier Tage lang im Dämmerzustand verbracht hatte. Dennoch hatte sich die Familie geweigert, einen Arzt zu rufen. Greta schalt mich, weil ich meine Milch nicht getrunken hatte..."

Damaris schluckte schwer.

Jetzt, da sie es offen aussprach, kam ihr dieser Verdacht so ungeheuerlich vor. Aber sie berichtete weiter. „Mir kam der Verdacht, dass es genau daran lag, dass es mir besser ging. Eben weil ich die Milch nicht getrunken hatte. Als Greta fort war, schüttete ich sie in den Kamin. Sophia brachte mir später frische Milch, die ich auch wieder weg schüttete."

Damaris war am Ende ihrer Geschichte. Oliver hatte tiefe Falten auf der Stirn bekommen, die ihr vorher gar nicht aufgefallen waren.

„Das ist unglaublich", brachte er schließlich hervor. „Wissen sie, was sie da sagen?"

Sie hob die Schultern. „Nun ja, ich will keine falschen Beschuldigungen äußern. Aber immerhin hat Sophia zugegeben, mir ein Beruhigungsmittel in die Milch gegeben zu haben. Weil ich soviel durchgemacht hätte und so durcheinander war. Aber sie hat zuviel hineingetan. Oder es war ein zu starkes Mittel."

„Das denke ich auch. Von Johanniskraut oder Baldrian geraten sie nicht in einen tagelangen Dämmerzustand." Er schüttelte bedächtig den Kopf. „Es ist wirklich unglaublich."

Damaris umfasste mit beiden Händen ihre Tasse mit heißem Kaffee.

„Jetzt sind sie erstmal hier. Sie werden doch nicht nach Bergen zurück wollen? Das lasse ich nämlich auf keinen Fall zu. Auch wenn nur ein vager Verdacht besteht, es wäre zu gefährlich, wenn sie zurückgingen. Wir wissen ja nicht, was dort vorgeht."

Sie lächelte dankbar für seine Besorgnis, die ihr so gut tat.

„Nein, das habe ich nicht vor."

Er atmete erleichtert auf. „Gut. Dann schicke ich jemanden hinüber, der ihre Kleidung abholt. Oder sind sie bereits mit ihrem Gepäck her gekommen?"

„Nein, natürlich nicht." Jetzt musste sie wirklich lachen. „Wie hätte das denn gehen sollen. Ich war froh, möglichst unauffällig verschwinden zu können."

„So ist es recht. Lachen ist die beste Medizin. Wir werden sie schon wieder aufpäppeln. Ich schicke noch heute jemanden nach Bergen. So oder so – die Familie muss auch wissen, wo sie sind. Bevor sie ein Suchkommando losschicken. Gleichgültig wird es ihnen nicht sein, dass sie verschwunden sind."

„Der Bote muss auch mein Pferd mit zurück nehmen."

Oliver nickte und schenkte sich eine frische Tasse Kaffee ein. „Mögen sie auch noch etwas?"

Sie nickte. „Ja, gerne. Sie reichte ihm ihre leere Tasse und er füllte sie noch einmal bis zum Rand.

Sie klammerte sich an die heiße Tasse als könnte sie ihr Schutz geben.

„Und was haben sie jetzt vor?", fragte Oliver.

„Was ich vorhabe? Wie meinen sie das?"

„Nun, ich schlage vor, sie ruhen sich erst einmal ein paar Tage hier aus. Das ist nicht ganz so unschicklich, wie sie vielleicht meinen. Meine Mutter lebt auch noch im Haus. Und dann wollen sie sicher zurück nach Hohenfeld. Ich werde sie in ein paar Tagen mit meiner Kutsche hinbringen."

Nach Hohenfeld? Soweit hatte Damaris noch gar nicht voraus geplant. Wollte ich nach Hause? Ja! schrie es in ihr. Nach Hause! Aber da war eine andere Stimme, eine andere Person in ihr, die nicht nach Hause wollte. Es gab immer noch dieses Geheimnis. Ihr Instinkt sagte ihr, dass sie noch immer nicht alles entdeckt hatte. Mit unwiderstehlicher Kraft zog es sie an, dieses Geheimnis um Imogen. Sie musste es aufdecken. Sie musste! Aber wie? Und wo?

Wo?

Plötzlich sah sie ganz klar.

„Nein, ich will nicht nach Hohenfeld. Ich fahre zu den Lindaus."

„Bitte wohin?", fragte Oliver irritiert.

„Zu den Lindaus. Sarah hat mich sogar eingeladen. Ich werde sie besuchen."

„Sie sind wohl von allen guten Geistern verlassen!", fuhr Oliver sie so heftig an, dass sie zusammenschrak. Sofort entschuldigte er sich für seinen barschen Ton. „Aber sie müssen verstehen, ich habe Angst um sie. Kaum sind sie einer Gefahr entkommen, rennen sie in die nächste. Sie wissen doch, wie sich Joana und Roland ihnen gegenüber verhalten haben."

„Ja, sicher. Aber Sarah hat mich ins Herz geschlossen."

„Sarah ist ein Kind."

„Ein Grund mehr, sie zu besuchen und ein bisschen Freude in ihr tristes Leben zu bringen. Ich habe es ihr versprochen. Sie wird sich freuen."

„Davon bin ich überzeugt", gab er zu. „Trotzdem – es ist zu gefährlich."

„Wir wissen ja nicht genau, was Sophia vorhatte. Sie wollte mich sicher nicht umbringen." Damaris lächelte gekünstelt.

„Was sie getan hat reicht, um wenigstens vorsichtig zu sein. Sicher wollte Sophia gerade ihre Geheimnissuche verhindern."

Damaris sah ihn an. In seinem Gesicht stand echte Besorgnis. Ihr Herz machte einen kleinen Freudensprung. Er sorgte sich um sie. Es interessierte ihn, dass es ihr gut ging.

„Ich glaube wirklich, dass es ein Geheimnis um Imogen gibt, das ich noch nicht entdeckt habe", bekannte sie leise.

„Was!", schrie er erschrocken aus. „Sind sie verrückt? Das wird ja immer schlimmer. Wo soll das hinführen? Was soll das für ein Geheimnis sein?"

„Das weiß ich nicht", lächelte sie. „Aber ich kann einfach nicht anders."

„Aber das bringt doch nichts. Gehen sie wieder nach Hohenfeld und leben sie ihr Leben weiter. Vergessen sie Clemens. Vergessen sie, was passiert ist."

„Das soll ich vergessen?"

„Was ist denn schon passiert", drängte er. „Gehen sie zurück."

„Nein. Ich habe viel erlebt in diesen Tagen und ich habe erkannt, dass mein Bräutigam – mein ehemaliger Bräutigam nicht der Mann ist, für den ich ihn hielt."

„Das passiert vielen."

„Sicherlich. Aber nicht alle entdecken ein ungeklärtes Geheimnis."

„Damaris! Das ganze Geheimnis ist, dass ihr ehemaliger Bräutigam schon einmal verheiratet war. Seine Frau sah ihnen ausgesprochen ähnlich. Ich habe einmal gehört, wir alle haben irgendwo einen Doppelgänger. Mehr gibt es nicht zu entdecken."

Sie schüttelte hartnäckig den Kopf.

„Nein, nein. Das ist noch nicht alles. Das fühle ich. Um so etwas muss man kein solches Getue machen. Es gibt mehr zu entdecken, das habe ich schon gefühlt, als ich auf Bergen angekommen bin. Noch bevor ich von Imogen erfahren habe. Ach, ich kann es nicht erklären, aber es ist mehr als ein Gefühl. Es ist eine unsichtbare Kraft. Ich bin ganz sicher. Ich muss es tun, Oliver. Ich muss zu den Lindaus."

Er seufzte schwer und schüttelte verständnislos den Kopf.

Damaris war klar, wie wirr sie sich anhören musste. Eine unsichtbare Kraft – er musste sie für verrückt halten.

Aber er unternahm keine weiteren Versuche, sie von ihrem Vorhaben abzubringen. Ihre Stimme war so drängend gewesen, so unnachgiebig, dass er wissen musste, dass es zwecklos wäre.

„Ist gut", stöhnte er schließlich. „Ich werde nach Ellie läuten, damit sie ihnen ihr Zimmer zeigt. Wenigstens bleiben sie ein paar Tage hier, damit sie wieder zu Kräften kommen. Und dann werde ich jemanden nach Bergen schicken."

„Das ist sehr lieb von ihnen. Aber ich habe noch eine Bitte."

Er hob die Augenbrauen.

„Ich habe einen Brief an meine Eltern in der Tasche meines Mantels. Können sie den wohl für mich aufgeben? Ich wollte ihn niemandem auf Bergen geben. Ich traue einfach dort niemandem mehr. Und da ich krank war, ist schon zu viel Zeit vergangen, ehe ich den Brief überhaupt schreiben konnte."

Er nickte. „Natürlich tue ich das. Ich werde ihn dem Boten mitgeben. Ich werde ihn anweisen, zuerst beim Postamt vorbei zu reiten.

Damaris ging ein paar Schritte durch den Raum und kramte in ihrem Mantel, während Oliver an der Klingelschnur zog.

Sie reichte Oliver den Brief.

Da ging schon die Tür auf und Ellie erschien wieder.

„Ah, Ellie. Zeigen sie bitte Fräulein von Seyrich ein Zimmer und richten sie ihr ein Bett. Sie wird ein paar Tage bei uns bleiben."

Ellie schnappte hörbar nach Luft. Die Missbilligung stand ihr ins Gesicht geschrieben. Aber sie wagte nicht, etwas zu sagen. Sie nickte nur.

„Damaris", sagte Oliver sanft und hielt den Brief in die Höhe. „Danke für ihr Vertrauen."

*****

Damaris blieb zwei Tage in Olivers Haus. Sie lernte seine Mutter kennen. Sie war eine reizende ältere Dame, die sie herzlich willkommen hieß. Beide – Oliver und seine Mutter - kümmerten sich rührend um sie. Sie fühlte sich so wohl, dass sie am liebsten niemals wieder fort gegangen wäre.

Aber sie musste. Sie wusste, dass sie keine Ruhe finden würde, solange sie nicht das Geheimnis von Imogen aufgedeckt hatte. Sie konnte sich nicht wirklich erklären, warum es ihr so wichtig erschien, aber dieser Drang war stärker als alles, was sie bisher erlebt hatte.

Sie konnte sich absolut nicht vorstellen, was es sein konnte. Aber es musste mehr sein als die frühere Ehe von Clemens. Es musste auch mehr sein als die zufällige Ähnlichkeit mit ihr.

Gut, das erklärte das Erschrecken der Menschen auf dem Ball. Aber es erklärte keineswegs Clemens' und Sophias Verhalten. Und auch nicht das der Lindaus. Sie alle hatten vorher gewusst, dass sie Imogen ähnlich sah. Und es erklärte vor allem nicht dieses völlig sinnlose Verbot für Sarah, über ihre tote Schwester zu sprechen.

Clemens hatte ihre Sachen ohne jeden Widerstand packen lassen und Olivers Kutscher mitgegeben. Er war nicht hergekommen, hatte keinen Brief geschickt. Damaris war ein wenig gekränkt, dass er sie so einfach aufgab. Sicher hatte Sophia verstärkt auf Clemens eingewirkt.

Aber Damaris litt mehr an gekränkter Eitelkeit, als an Liebeskummer. Sie hatte kein wirkliches Interesse mehr an Clemens. Ihre Gefühle waren einfach erloschen. Wie eine Flamme, die durch einen plötzlichen Windhauch ausgeht. Es war sicher das Beste so. Großen Kämpfen fühlte sie sich zurzeit sowieso nicht gewachsen. Auf diese Art war auch wie von selbst die endgültige Entscheidung gefallen. Sie würde Clemens nicht heiraten.

Greta war mit dem Kutscher und ihren Sachen hergekommen. Hochherzig hatte sie angeboten, mit Damaris zurück nach Hohenfeld zu fahren.

Greta war traurig, denn auch ihr war klar gewesen, dass Damaris nicht nach Bergen zurückkehren würde. Aber Damaris versprach ihr, sich für eine Verbindung mit ihrem Pferdeknecht einzusetzen. „Notfalls", so versprach sie, „werben wir ihn einfach ab und ihr lebt zusammen auf dem Schloss."

Über diese Aussicht war Greta so begeistert, dass sie ihre Erleichterung darüber, dass sie nicht sofort mitkommen musste, nicht weiter verbergen konnte. Damaris musste innerlich darüber schmunzeln. Die Gute. Sie hatte sich solche Mühe gegeben, zu verbergen, dass sie lieber bleiben wollte. Aber Damaris verstand sie. Greta war wirklich verliebt in den Mann und wollte nicht von ihm getrennt sein.

Die Zofe blieb über Nacht im Haus, bevor Oliver sie am nächsten Vormittag nach Bergen zurückbringen ließ.

*****

Am Mittag des vierten Mai verabschiedete Damaris sich von Oliver. Seine Mutter hatte sich bereits verabschiedet. Sie hatte versichert, wie gerne sie Damaris hier gehabt hatte und sich dann diskret zurückgezogen. Damaris war ihr dankbar dafür. Sie wollte diese letzten Minuten mit Oliver allein verbringen. Der Abschied fiel ihr schwerer, als sie gedacht hatte.

Sie stand bereits draußen an der Kutsche. Sie trug ihr royalblaues Reisekleid über einer Tournüre, ein helles Cape darüber und einen passenden, breitkrempigen Hut auf dem Kopf.

Oliver fasste sie bei den Schultern und gab ihr unvermittelt einen Kuss auf die Wange. „Pass auf dich auf, Damaris."

„Ja, das werde ich."

„Ich meine es ernst. Ich halte es immer noch für keine gute Idee, was du vorhast. Noch kannst du zurück. Ich weiß nicht, warum ich mir solche Sorgen um dich mache. Ich weiß auch nicht genau, warum ich dein Vorhaben für gefährlich halte. Aber ich habe ein ungutes Gefühl. Bitte bleib hier, Damaris. Lass die Vergangenheit ruhen. Sie hat doch nichts mit dir zu tun."

Damaris sah ihn traurig an. „Das eben weiß ich nicht. Ich habe das Gefühl, sie hat eben doch etwas mit mir zu tun."

„Wie sollte sie. Du hast diese Leute doch erst auf Bergen kennen gelernt. Und Clemens kennst du auch noch nicht sehr lange."

„Ein halbes Jahr."

„Du warst an deinem Geburtstag zum ersten Mal auf Bergen."

„Ja."

„Na also. Es kann nichts mit dir zu tun haben. Kehr einfach Bergen den Rücken, verlass Clemens, tu was du willst, aber bleib hier. Du verrennst dich da in etwas.

Sie schüttelte den Kopf. Ihr Herz war schwer. Sie fühlte Tränen in ihren Augen. Verdammt, wieso heulte sie in der letzten Zeit andauernd?

„Es geht nicht", hauchte sie.

Er sah sie eine Zeitlang schweigend an. Sie fürchtete schon, er würde weiter versuchen, sie zum Bleiben zu überreden.

Doch dann nickte er nur leicht. „Pass auf dich auf."

Sie schaute ihm direkt in die Augen. Wo war nur dieser ewig schmunzelnde Zug in den Mundwinkeln geblieben? Wieso strahlten seine Augen nicht mehr?

Sie drehte sich wortlos um und stieg in die offene Kutsche.

„Wir sehen uns wieder, oder?", fragte Oliver.

Sie nickte nur. Allerdings war sie nicht wirklich überzeugt davon.

Er gab dem Kutscher ein Zeichen und dieser trieb die beiden Pferde an. Damaris sah zurück und winkte ihm zu, bis sie sich nicht mehr sehen konnten.

Sie lehnte sich in den Sitz zurück und seufzte.

Erst jetzt fiel ihr auf, dass er sie die ganze Zeit geduzt hatte.

Kapitel 8:
Besuch bei Sarah
04. bis 08. Mai

Damaris saß in der Kutsche, den Rücken hatte sie angelehnt und die Augen geschlossen. Aber entspannt war sie nicht. Selbst ihr Gesicht war angespannt. Ihre Besorgnis wuchs mit jedem Meter, den sie ihrem Ziel näher kam.

Dass sie nicht willkommen sein würde - außer natürlich bei Sarah - war ihr von Anfang an klar gewesen. Doch wie groß würde die Ablehnung wirklich sein? Würden die Lindaus sie überhaupt hinein lassen? Und was sollte sie tun, wenn sie sie zurückwiesen?

Nun, in dem Fall konnte sie natürlich sofort nach Hohenfeld aufbrechen. Ach, wie gut es doch tat zu wissen, wo man sein Zuhause hatte. Früher hatte sie das überhaupt nicht richtig zu schätzen gewusst. Es war immer so selbstverständlich gewesen.

In der Mittagssonne war es bereits sehr warm und Damaris legte die Wolldecke, die Oliver ihr mitgegeben hatte, zur Seite. Sie sah in den hellen Sonnenschein. Die Häuser der Stadt lagen bereits hinter ihnen. Sie fuhren jetzt an saftig grünen Wiesen vorbei, an Büschen und Bäumen, deren Zweige das junge Grün des Frühlings trugen. Sie lehnte ihren Kopf zurück und streckte der Sonne ihr Gesicht entgegen. Ihr fiel ein, dass sie ihren Sonnenschirm vergessen hatte, aber das war jetzt auch gleichgültig.

Die Sonnenstrahlen auf ihrer Haut waren ein wundervolles Gefühl. Sie waren nicht brennend heiß, aber wärmend und wohltuend und der leichte Wind streichelte ihr Gesicht wie eine zarte Hand.

Der Frühling war doch die schönste aller Jahreszeiten. Die Natur erwachte, die Tage wurden wieder länger und die Sonne bekam jeden Tag mehr Kraft.

In diesem Jahr hatte im Mai ihr Hochzeitstag sein sollen.

Die Fahrt ging weiter. Einzelne Gehöfte standen einsam inmitten der Felder. Kühe und Schafe grasten auf ihren Weiden und vereinzelt sah sie auch Pferde auf ihren Koppeln.

Ihr Ziel kam immer näher. Viel zu schnell wie ihr schien. Sie fühlte sich noch nicht bereit, Joana und Roland gegenüber zu treten.

Doch die Kutsche rollte unbarmherzig weiter. Und schon bald bog sie in den Hof eines großen Hauses ein.

Waren sie angekommen?

Damaris staunte. Sie wusste nicht genau, was sie erwartet hatte. Doch das, was sie jetzt sah, auf jeden Fall nicht. Das Haus war riesig. Es konnte sich an Größe durchaus mit Schloss Hohenfeld messen. Natürlich war es in einer jüngeren Epoche erbaut worden und es sah auch nicht aus wie ein Schloss.

Damaris befand sich auf einem mit Kopfsteinpflaster ausgelegten Vorhof. Vor ihr stand das Haus in Form eines großen ‚L'. Ein turmartiges rundes Gebäude in der Ecke mit spitzem Dach verband die beiden Gebäudeteile miteinander. Der längere Teil war sicher das Hauptgebäude. Es war in einem dunklen rosa gestrichen – ein Farbton, der irgendwie nicht recht zur Familie Lindau passte. Ein breites Eingangsportal lud sie gleichzeitig zum Nähertreten ein und stieß sie ab.

Neben der Treppe standen Statuen, aber Damaris konnte noch nicht erkennen, was sie darstellten.

Genau über der Tür befand sich ein kleiner, runder Balkon mit schmiedeeisernem Gitter, seitlich davon befand sich ein größerer.

Der kürzere Gebäudeteil an der linken Seite des Längeren war weiß getüncht und wirkte nicht ganz so prachtvoll.

„Wir sind da, Fräulein", sagte der Kutscher überflüssigerweise, sprang ab und öffnete die Tür. Damaris raffte ihre Röcke mit einer Hand, ergriff mit der anderen die hilfsbereite Hand des Kutschers und stieg die beiden Tritte herab.

Ihr Blick schweifte etwas hilflos umher. Meine Güte, Gut Bergen war nichts im Vergleich zu diesem Haus und schon von dem war sie beeindruckt gewesen.

Ihr war überhaupt nicht bewusst gewesen, dass die Lindaus reiche Leute waren. Aber sie hätte es trotz der einfachen tristen Kleidung ahnen müssen – Clemens hätte sicher niemals die Tochter einfacher Leute geheiratet.

Damaris fröstelte plötzlich.

Ein eiskalter Wind wehte ihr entgegen, obwohl es hier im Hof völlig windstill war. Nicht einmal die Blätter an den Bäumen bewegten sich.

Ein unheimliches Gefühl stieg in ihr auf, ihre Kehle war trocken und wie zugeschnürt.

Was war das nur?

Das war mehr als nur Unsicherheit wegen Joanas Reaktion.

Das war nicht nur Beklommenheit.

Das war Angst. Pure, nackte Angst.

Das war das Empfinden eines bösen Vorzeichens.

Entsetzen. Als gehe jemand über ihr Grab.

Sie fasste bebend an ihren Hals.

Ihr Körper zitterte. Mein Gott, was befand sich hinter diesen Mauern? Hinter dieser schönen Fassade?

Ihr Gesicht wurde von einer Eiseskälte zerschnitten, obwohl die Sonne immer noch unvermindert schien.

Der helle Tag schien plötzlich dunkler zu werden.

Die Baumkronen schienen unheimlich zu heulen.

Schauer der Angst rannen über Damaris' Rücken.

Ihre Hände waren kalt und verschwitzt zugleich.

Hier war das Geheimnis. Sie fühlte es ganz deutlich. Sie war ihm ganz nahe und es würde sie mehr erschüttern, als sie es je für möglich gehalten hatte.

Woher kam dieses unheimliche Gefühl?

Woher kam dieses Grauen?

Sie ging vorsichtig, Schritt für Schritt auf den Eingang zu. Das Herz schlug ihr bis zum Hals. Sie fühlte, dass Blicke auf sie gerichtet waren und drehte sich in Panik um. Sofort atmete sie erleichtert auf. Es war nur der Kutscher. Wie musste er sich über ihr Zögern wundern. Sie hob die Hand und winkte ihm zu. „Kommen sie mit. Sicherlich gibt man ihnen einen Kaffee und etwas zu essen", rief sie.

„Nein danke, Fräulein. Ich fahre gleich zurück. Ich bringe nur ihr Gepäck zum Dienstboteneingang. Er ist sicher dort drüben." Er wies auf eine kleinere Tür an dem weniger prachtvollen Teil des Gebäudes.

Damaris nickte. Im Grunde froh darüber, allein zu bleiben und genauso ängstlich darüber.

Ganz allmählich arbeitete sie sich vor.

Das Tor kam immer näher, wurde größer und bedrohlicher. Jetzt erkannte sie auch die beiden Figuren vor dem Eingang. Es waren Löwen mit weit aufgerissenem Maul.

Sie ließen sie einen Augenblick lang innehalten, sie erschreckten sie, sie wirkten wie eine Bedrohung. Als würden sie rufen: *Bleib diesem Haus fern, Damaris. Komm nicht näher. Fahr wieder zurück.*

Und doch ging sie weiter. Schritt für Schritt. Schon hatte sie die erste Stufe erreicht, setzte ihren Fuß darauf. Jetzt war sie auf gleicher Höhe mit diesen fürchterlichen Löwen.

Sie nahm die zweite Stufe.

Und die dritte.

Sie hatte es geschafft. sie war an diesen bedrohlichen Gestalten vorüber.

Noch eine Stufe und sie stand vor dem mächtigen Portal und ließ den Türklopfer auf das dunkle Holz niederprallen.

Es klang hohl und dröhnte laut in ihrem Kopf wider.

Jetzt konnte es sich nur noch um Sekunden handeln und sie würde Joana und Roland gegenüber treten.

Sie strich ihr Kleid glatt, rückte ihren Hut zurecht, wischte nicht vorhandene Haarsträhnen aus der Stirn. Sie straffte sich, atmete tief durch, reckte ihr Kinn in die Höhe.
Sie war bereit.

Sarah brütete über französischen Verben, als sie draußen Geräusche hörte. Sie sprang auf und blickte aus ihrem Zimmerfenster im ersten Stockwerk des Hauses. Doch was sie dort sah, das konnte doch gar nicht sein. Sie kniff die Augen fest zusammen und riss sie dann wieder auf. Kein Zweifel, die Frau, die sich da so zögerlich dem Haus näherte, war Imogen.
Sarah jubelte innerlich. Ihre Schwester war zurückgekehrt. Ach Imogen, sie hatte sie so geliebt. Ihr erster Impuls war, aus dem Zimmer zu rennen und Imogen entgegen zu laufen. Aber das würde Mama nicht gerne sehen. Sie würde Ärger bekommen und womöglich die nächsten Tage dort verbringen müssen und Imogen gar nicht sehen dürfen.
So beobachtete sie Imogen lieber weiter aus dem Fenster.
Jetzt war sie an der Treppe angekommen.
Imogen.
Irgendetwas machte Klick in ihrem Kopf. Als wäre ein Schalter umgelegt worden. Nein, Imogen war tot. Die Frau war Damaris.
Damaris von Seyrich, die ihrer Schwester so unglaublich ähnlich sah. Nein, es war wirklich kein Wunder, dass sie für einen Moment in der Vergangenheit gefangen gewesen war.
Damaris war gekommen.
Hoffentlich würden die Eltern sie nicht wieder fortschicken.
Es kostete Sarah unendlich viel Überwindung, nicht einfach aus dem Zimmer zu stürmen. Aber die Angst, dadurch alles schlimmer zu machen oder erst recht zu verursachen, dass Damaris wieder fortgeschickt wurde, war größer.

Sie hatte nicht einmal zu hoffen gewagt, dass Damaris wirklich kommen würde. Und jetzt war sie hier.

Auf die französischen Verben konnte sie sich jetzt nicht mehr konzentrieren. Sie lief nervös im Zimmer herum und rannte immer wieder zum Fenster und sich zu vergewissern, dass ihre ältere Freundin auch nicht wieder abfuhr.

Als die Kutsche schließlich wirklich wieder abfuhr, war sie leer. Nur der Kutscher saß auf dem Bock. Damaris war hier.

Sarah atmete erleichtert auf.

Nur Minuten später saß Damaris in einem kleinen Salon Joana und Roland gegenüber. Sie saß da, als wäre sie eine Bittstellerin, nicht ein geladener Gast.

Der Salon war unpersönlich eingerichtet. Um einen runden Tisch herum standen ein paar wuchtige Stühle. Teppiche lagen auf dem Boden und ein Wandbild an der getäfelten Wand. Es wirkte zweckmäßig, aber nicht einladend.

Ihre Gastgeber waren dunkel gekleidet, wie offenbar immer. Ihre Minen waren streng. Kein bisschen Freundlichkeit ging von ihnen aus. Nicht einmal Kaffee hatten sie Damaris angeboten.

Stocksteif und kerzengerade saß Joana da, neben sich Roland mit abweisendem Gesichtsausdruck.

„Wie kommen sie nur auf die Idee, hierher zu kommen?", fragte Joana kühl.

„Nun, ich wurde eingeladen!", antwortete Damaris fest.

„Von meiner Tochter. Sie ist noch ein Kind. Sie ist hier nicht die Hausherrin."

„Aber Frau Lindau, wir hatten über diese Einladung gesprochen. Ich fragte sie ausdrücklich, ob ich in ihrem Haus willkommen sei, falls ich die Einladung ihrer Tochter annähme und ihr Mann bejahte das."

Darauf wussten beide nichts zu erwidern. Natürlich war Damaris bewusst, wie heuchlerisch, wie unehrlich diese Antwort neulich gewesen war. Aber immerhin konnte sie sich jetzt darauf berufen. Es dürfte ihnen schwer fallen, sich selbst der Heuchelei zu bezichtigen.

Joana seufzte unwillig.

Roland gab noch immer keinen Ton von sich.

„Nun gut, wenn sie schon mal hier sind und Sarah sie offenbar gern hat. Ich kann sie schlecht wieder fortschicken."

Damaris hatte eine heftige Erwiderung auf der Zunge, aber sie schluckte sie herunter. Am Ende würden sie sie wirklich noch fortschicken und das wollte sie lieber nicht riskieren.

Joana läutete und nur Sekunden später stand ein Mädchen auf der Schwelle, das artig knickste.

„Rosi, richte ein Zimmer für Fräulein von Seyrich. Sie wird für ein paar Tage bei uns bleiben. Das Gepäck...", sie sah mich fragend an.

„...hat mein Kutscher zum Dienstboteneingang gebracht", ergänzte Damaris.

Joana wandte sich wieder an das Mädchen. „Du hast es gehört. Lass also das Gepäck auf das Zimmer bringen. Feuer brauchst du nicht zu machen."

Damaris hob die Augenbrauen. Die Abende waren noch ziemlich kühl, die Wärme war noch nicht durch die dicken Wände der Häuser gedrungen. Aber für sie schien es wohl nicht der Mühe wert zu sein. Ach egal. Sie würde sich in eine Decke wickeln und auf diese Art warm halten.

Das Mädchen knickste abermals und verließ den Raum.

„Kann ich jetzt Sarah sehen?", fragte Damaris. Denn schließlich war es ja Sarah, die sie besuchen wollte.

„Immer mit der Ruhe", fauchte Joana. „Wenn ich es für richtig halte, werden sie sie schon treffen. Also wirklich, ich kann mir überhaupt nicht vorstellen, was sie von ihr wollen."

150

„Ich sagte schon…"

Sie hob gebieterisch die Hände. „Wer's glaubt… Sie sind eine fünfundzwanzigjährige Frau kurz vor ihrer Ehe und wollen ein fünfzehnjähriges Kind besuchen? Also wirklich!"

„Warum nicht? Sarah mochte mich und ich habe sie auch ins Herz geschlossen.

„Sentimentaler Unsinn."

Damaris wusste wirklich nicht, was Sie darauf antworten sollte. So eine Mutter hatte Sie noch nie erlebt. Wieso konnte Joana nicht glauben, dass sie Sarah gern mochte?

Eins war klar: Joana mochte Damaris nicht und sie machte auch keinen Hehl daraus. Was also war wirklich der Grund, warum sie bleiben durfte? Wegen Sarah? Ja, vermutlich. Wenn Sarah mitbekam dass Damaris hier gewesen war und ihre Eltern sie fortgeschickt hatten, wäre das nicht leicht zu erklären. Ganz so gleichgültig waren Joana und Roland die Gefühle ihrer Tochter vielleicht doch nicht.

„Rosi wird ihnen gleich ihr Zimmer zeigen", erklärte Joana weiter in etwas steifem Tonfall. Heute Abend beim Essen werden sie Sarah treffen."

„Ist sie jetzt nicht da?"

„Sie ist in ihrem Zimmer."

„Sie muss mitbekommen haben, dass ich gekommen bin."

„Anzunehmen. Aber sie weiß, was sich gehört und würde niemals einfach hier herein platzen. Wir mögen so etwas nicht."

Aha, sie mochten so etwas nicht. Wie viele derartig unsinnige Regeln gab es hier wohl noch?

Roland saß noch immer stumm und abweisend da, überließ das Gespräch vollkommen seiner Frau.

Rosi kehrte zurück und knickste schon wieder. „Das Zimmer ist fertig."

„Schön." Joana erhob sich und auch Roland stand auf.

„Fräulein von Seyrich!" Es war eine deutliche Aufforderung. Damaris erhob sich also auch. Zwar mochte sie keine Bitten, die eher wie ein Befehl klangen, aber sie war auch froh, dieser Atmosphäre zu entrinnen. Mit einer bloßen Handbewegung machte Joana ihr klar, dass sie Rosi folgen sollte.

*****

Ihr Gepäck war bereits gebracht worden. Das Zimmer war prächtig, aber Damaris fühlte sogar hier diese kalte Atmosphäre. Wohl fühlen würde sie sich in diesem Haus nicht, auch wenn es noch so prächtig war.

Rosi knickste wieder einmal und zog sich zurück.

Damaris zog die Hutnadel aus ihrem Hut, den sie noch immer trug und warf ihn achtlos auf das Bett. Ihr Umhang flog gleich hinterher. Sie selbst blieb vor dem breiten Bett mit dem Baldachin darüber stehen und sah sich um. Was um Himmels Willen suchte sie nur hier, wo sie niemand haben wollte? Nach einem Geheimnis, das vielleicht nur in ihrer Fantasie existierte und – wenn es wirklich da war – sie nicht das Geringste anging.

Aber nein, so war das ja gar nicht. Zu stark waren die Gefühle gewesen, die sie bei ihrer Ankunft gehabt hatte. Das hatte etwas zu bedeuten. Sie war jetzt nur resigniert.

Der Empfang war mehr als kühl gewesen. Geradezu hasserfüllt.

Aber warum sollten Joana und Roland sie hassen?

Unverhofft flog die Tür auf und fiel gleich wieder ins Schloss.

Damaris schrak bei dem Geräusch zusammen und wirbelte herum. Dabei verlor sie das Gleichgewicht und kippte seitwärts aufs Bett. Vor ihr stand Sarah. Strahlend, geradezu glücklich, mit dieser fürchterlichen, viel zu strengen Frisur, mit ausgebreiteten Armen und plötzlich wusste Damaris wieder, warum sie hier war.

Damaris stand auf und Sarah lief ihr entgegen. Das Mädchen fiel ihr regelrecht in die Arme und drückte sie so fest, dass sie kaum noch Luft bekam.

„Sachte, sachte, du erdrückst mich ja", japste Damaris.

Sofort ließ sie ihre ältere Freundin los. „Entschuldige. Aber ich bin so froh, dass du wirklich gekommen bist. Ich habe dich vermisst."

Sie fasste nach Damaris Hand und sie setzten sich nebeneinander auf das Bett. Ihre Hände bleiben freundschaftlich ineinander liegen.

„Du hast mich vermisst?"

„Oh ja", erwiderte Sarah aufrichtig und ein wenig zu bewundernd. Damaris mochte das nicht. Sara sollte sie mögen, sie gerne als große Schwester ansehen, aber sie sollte sie nicht bewundern. Ihr fiel auf, dass die Jüngere jetzt beim vertrautem *Du* blieb. Aber das war in Ordnung.

„Bist du nicht froh, wieder zu Hause zu sein?"

Sarah zog die Nase kraus. „Meine Eltern sind so streng. Oh, sicher, sie wollen nur das Beste für mich. Aber es ist sehr, sehr schwer sie zufrieden zu stellen."

Damaris nickte verständnisvoll. „Das kann ich mir vorstellen."

Sarah legte den Zeigefinger auf den Mund. „Wir müssen sehr leise sein. Ich darf eigentlich nicht hier sein. Wenn sie mich erwischen, werde ich sicher Stubenarrest bekommen. Ich sollte über meinem Französischbuch sitzen und lernen."

Sie flüsterte völlig unnötigerweise, denn durch diese dicken Wände und Türen drangen sicher keine Stimmen nach draußen. Aber sie kamen sich in diesem Augenblick beide wie Verschwörer vor und das brachte sie einander sehr nahe.

„Oh, Mademoiselle Lindau", sagte Damaris mit französischem Akzent. „Tu apprends français? Vraiment? C'est fantastique. Je parle français aussi." (Du lernst französisch? Wirklich? Das ist fantastisch. Ich spreche auch französisch)

Sarah juchzte vor Vergnügen.

„Vielleicht solltest du wirklich lieber gehen, bevor sie uns erwischen und dich einsperren und mich hinauswerfen", schlug Damaris vor.

Sarah hielt die Hand vor den Mund und kicherte wie ein kleines Mädchen.

„Aber nein, ein bisschen Risiko ist die Sache schon wert. Ich bin ja so froh, dass du da bist. Je suis heureuse." Sie hob die Hände und streichelte über Damaris langes dunkles Haar, das diese nur seitlich mit Kämmchen zurückgesteckt hatte.

„Du hast schönes Haar", schwärmte das Mädchen.

„Oh nein", wehrte Damaris lächelnd ab. „Du hast schönes Haar."

„Nein."

„Doch. Du musste es nur anders frisieren. Neulich im Wald, da warst du hübsch. Dein Haar war offen und hing dir weit über die Schultern."

Sarah schlug beschämt die Augen nieder. Offenbar konnte sie zwar Anderen Komplimente machen, war aber völlig unfähig, eines anzunehmen.

„Das ist unschicklich. Sie erlaubt nicht, dass ich es so trage."

„Sie? Deine Mutter?"

„Wer sonst."

Dann ist sie wirklich sehr streng. Meine Mutter hatte niemals etwas dagegen."

Sarah nickte. Sie tat Damaris so leid. Sie hatte auch Eltern, die auf Sitte und Moral hielten, aber niemals hatten sie sie so sehr in ihrer Freiheit eingeschränkt. Sarah kam ihr in ihrem kindlichen Wesen jünger vor als fünfzehn, was sicher darauf zurückzuführen war, dass sie sich in diesem Elternhaus nicht frei entfalten konnte. Dafür sah sie mit ihrer Kleidung und Frisur älter aus.

Ein problematisches Ungleichgewicht.

Damaris fühlte sich mit einem Male sehr glücklich, weil sie ein so umkompliziertes, liebevolles Elternhaus hatte. Es war ihr als Kind immer selbstverständlich vorgekommen. Erst heute verstand sie, dass es das nicht war.

„Wirst du bald heiraten?", fragte Sarah unvermittelt.

Die Frage traf Damaris unvorbereitet. Sie hatte nicht mit ihr gerechnet, denn sie dachte, das sei jetzt sowieso für alle klar.

„Nein!", antwortete sie ehrlich. „Ich werde Clemens nicht heiraten. Wir passen nicht zusammen."

„Nein? Obwohl er das große Fest für dich gegeben hat?"

„So ist das Leben manchmal. Heute erscheint dir eine Entscheidung als richtig und schon morgen erweist sie sich als falsch."

Sarah legte ihren Kopf auf die Seite und zog wieder die Nase kraus.

„Das verstehe ich nicht."

„Das glaube ich dir aufs Wort. Dazu bist du auch noch zu jung."

Damaris stupste ihr mit dem Finger auf die Nase, wie man es gelegentlich bei kleinen Kindern tat.

„Das sagt Mutter auch dauernd."

Das erschreckte Damaris. Sie wollte nicht gerne mit Joana verglichen werden. Das konnte wahrlich kein Kompliment sein.

„Bist du traurig, dass ihr nicht heiratet?", fragte Sarah.

„Nein. Es war meine Entscheidung."

Sarah sah die Ältere mit ihren großen Augen verständnislos an.

„Wieso tust du das? Wenn ich heiraten könnte, dann würde ich es sofort tun."

„Doch nicht jeden x-beliebigen Mann?"

„Oh doch. Nur um aus diesem Haus heraus zu kommen."

„Es ist dein Elternhaus."

„Eben."

Wie schrecklich, dachte Damaris. Hier saß dieses junge Mädchen, fast noch ein Kind und wartete darauf, ihrem Elternhaus entrinnen zu können. Wie unglücklich musste sie sein.

„Ich hatte ein sehr liebevolles Elternhaus, in dem ich bis an mein Lebensende wohnen kann, wenn ich will. Aber dennoch träume ich von einem netten Mann und eigenen Kindern. Aber nicht um jeden Preis."

„Oh, Kinder will ich aber nicht", erklärte Sarah entschieden.

„Nicht?"

„Nein. Schau dir meine Eltern an. Ihre älteste Tochter haben sie bei einem Unfall verloren. Oh, sie war wunderschön und klug. Und ich – ich bin nicht klug und auch nicht schön. Ich habe sie immer nur enttäuscht."

„Aber nein!", widersprach Damaris vehement. Was hatten diese Menschen Sarah nur angetan?

„Doch."

„Nein. Du bist sehr hübsch. Wir werden eine andere Frisur für dich finden. Eine, die nicht so streng ist. Die Frisurenmode ist heutzutage so wunderschön. Und du bist auch nicht dumm."

„Ich schaffe es einfach nicht, diese französischen Verben zu lernen."

„Du hast doch eben verstanden, was ich auf französisch gesagt habe?"

Sarah lachte. „Das war ein ganz einfacher Satz. Und das Verstehen ist auch viel leichter als es selbst zu sprechen."

„Du kannst das sicher. Und selbst wenn nicht – jeder Mensch hat Stärken und Schwächen. Wenn du willst, kann ich dir dabei helfen. Ich spreche französisch recht gut. Aber dafür kann ich nicht sehr gut rechnen."

Sarah lachte Damaris aus. Aber das störte sie nicht.

„Das kann ich gut. Im Kopf."

„Na siehst du. Dann kannst du gar nicht dumm sein, sonst wäre ich es auch."

Das Mädchen sagte nichts mehr. Sie stand auf und streifte verträumt mit den Fingern über die Bettpfosten.

„Soll ich dir beim Auspacken helfen?"

Damaris überlegte einen Moment. Sie hätte gerne noch ein wenig mit Sarah geplaudert. Aber dann schüttelte sie den Kopf.

„Nein. Es ist besser, du gehst wieder zu deinem Französischbuch. Am Ende werden wir sonst doch noch erwischt und bekommen Ärger."

Sarah lachte. „Ja, das ist möglich. Aber ich musste dich unbedingt sehen. Ich habe dich schon vom Fenster aus beobachtet und war ganz ungeduldig. Oh, Damaris, ich war ja so glücklich, als ich dich sah. Hast du eigentlich vorher geschrieben?"

„Nein. Ich wollte dich überraschen."

„Das ist schön." Sie strahlte und Damaris fragte sich, wann Sarah wohl das letzte Mal so glücklich gewesen war.

Das alleine war Grund genug zu bleiben und Joanas und Rolands Feindseligkeiten zu ertragen. Einen flüchtigen Moment graute ihr schon jetzt vor dem Tag, an dem sie das Mädchen wieder allein lassen musste.

„Was sagst du eigentlich zu dem Haus?", fragte Sarah.

„Oh, ich bin schwer beeindruckt."

„Ja, es ist riesig, nicht wahr?"

„Ja."

Sie kam wieder näher und schlang ihre Arme um Damaris Hals.

„Es ist ja gut, Sarah. Wir sehen uns beim Essen. Und vielleicht können wir morgen einen schönen langen Spaziergang zusammen machen. Du magst doch Spaziergänge auch so gern, nicht wahr?"

„Oh ja. Darauf freue ich mich." Sie löste sich von Damaris und ging auf die Tür zu. Sie öffnete sie leise und vorsichtig - gerade so weit, dass sie auf den Gang hinaus spähen konnte. Dann drehte sie sich noch einmal um.

„Die Luft ist rein", flüsterte sie und schon im nächsten Moment war Sarah verschwunden.

Leise und spurlos wie ein Geist.

*****

Am nächsten Morgen holte Sarah ihre schwesterliche Freundin zum Frühstück ab und sie gingen gemeinsam die Treppe hinunter durch die schmucklose Halle und betraten das kleine Speisezimmer. Joanas offene Feindseligkeit und Rolands Resignation prallten Damaris entgegen.

„Guten Morgen", grüßte sie so unbeschwert sie konnte. Aber sie bemerkte sogar selbst das Zittern in ihrer Stimme. Joana nickte ihr nur pflichtschuldig entgegen. Roland reagiert überhaupt nicht. Sarah wirkte etwas hektisch und übertrieben fröhlich. Die Gegenwart ihrer Eltern schien sie zu hemmen, schon beim Abendessen hatte Damaris das bemerkt.

Das Frühstück schmeckte ihr in dieser Atmosphäre nicht besonders gut, dabei genoss sie es für gewöhnlich sehr und war ein guter Esser. Sie wurde vermutlich nur nicht dicker, weil sie ein sehr aktiver Mensch war, oft ausritt und ihre geliebten Spaziergänge unternahm.

An diesem Morgen brachte sie allerdings nur zwei Tassen Kaffee herunter.

Nach dem Frühstück verzog sie sich mit Sarah auf ihr Zimmer, um französische Vokabeln und Grammatik zu lernen. Damaris ermunterte sie immer wieder. Aber innerlich musste sie deren eigenem Urteil Recht geben. Sarah war wirklich kein Sprachgenie.

Das Mittagessen ließ sie ausfallen, obwohl Sarahs Versuche, sie zu überreden, immer drängender wurden.

„Aber du musst unbedingt etwas essen. Du hast schon zum Frühstück nur Kaffee getrunken. Du wirst noch verhungern", meinte Sarah besorgt.

Damaris lachte sie ein wenig aus. „So schnell verhungert man nicht. Ich werde einen schönen langen Spaziergang machen und später etwas Obst essen", erklärte sie.

Sarah schüttelte den Kopf. „So etwas mögen meine Eltern gar nicht. Wer nicht zum Essen kommt, bekommt auch kein Obst oder Süßigkeiten."

Damaris stemmte kampflustig ihre Hände in die Hüften.

„Ich befinde mich keineswegs unter der Befehlsgewalt deiner Eltern. Ich bin euer Gast und nicht euer Leibeigener. Und bisher haben deine Eltern sich nicht sehr gastfreundlich gezeigt!"

Damaris sah das Mädchen zusammenzucken und sie tat ihr leid. Sie legte fürsorglich ihren Arm um Sarahs Schultern.

„Es ist schon gut, Sarah. Ich werde nicht verhungern. Geh du hinunter und iss. Ich werde einen schönen, langen Spaziergang machen. Die frische Luft wird mir gut tun."

„Aber das wollten wir doch eigentlich zusammentun? Weißt du noch, haben wir gestern auf deinem Zimmer drüber gesprochen. Aber wenn ich jetzt nicht weiter lerne, bekomme ich Ärger." Sie schmollte ein wenig.

„Wir sagten vielleicht", warf Damaris ein. Doch sofort kam sie sich ein wenig ungerecht vor. „Sei nicht traurig. Ich bin ja noch eine Weile hier. Wir werden gemeinsam noch viel unternehmen können."

„Bleibst du lange fort?"

„Ja!", erwiderte Damaris jetzt unbarmherzig. Sie mochte Sarah, aber sie hatte nicht vor, ihr ganzes Tun nach ihr zu richten. Sie wollte – nein, sie musste dieser Stimmung hier unbedingt ein paar Stunden entfliehen, bevor sie noch schwermütig wurde. Bevor diese Stimmung sie eher umbrachte, als ihr Hunger.

Denn Hunger hatte sie schon. Und sie musste auch etwas essen. Sie hatte sich gerade erst von einer Krankheit erholt.

Außerdem musste sie darüber nachdenken, wie es weiter gehen sollte. Wenn sie brav in ihrem Zimmer blieb und nur Sarah Nachhilfe in Französisch gab, würde sie kaum ihr Ziel erreichen.

Sie nahm also ihren leichten Umhang – nur vorsichtshalber – und trat wieder aus dem großen Tor, durch das sie am Vortag eingetreten war. Jetzt, da ihr die beiden versteinerten Löwen ihr Hinterteil zukehrten, wirkten sie nicht mehr so furchterregend wie gestern. Doch Damaris fühlte auch heute Mittag im hellen Sonnenschein diese eisige Kälte, die sie gestern in solches Grauen gestürzt hatte.

Sie ließ ihren Blick schweifen, um zu bestimmen, in welche Richtung sie spazieren wollte. Schließlich lief sie einfach geradewegs vom Haus weg.

Sie ging schnell. Instinktiv wollte sie sich möglichst schnell möglichst weit von diesem Haus entfernen. Das Gefühl drohenden Unheils verließ sie mit jedem Schritt ein wenig mehr. Sie war jetzt vollkommen sicher, dass es mit dem Haus zusammenhing. Mit diesem großen, prächtigen, reichen Haus der Familie Lindau. Darin barg sich Unheil, darin war Angst und ein düsteres Geheimnis.

Plötzlich wurde ihr bewusst, dass sie fast schon rannte. Als würde sie verfolgt. Sie blieb stehen und sah sich um. Das Haus war nur noch ein schwacher Schatten in der Ferne. Sie atmete auf und blieb eine Weile einfach stehen, den Blick starr auf den Schatten gerichtet, bevor sie gemächlicher weiter spazierte.

Immer wieder hinterfragte sie ihre Motive, in dieses Haus gekommen zu sein. Natürlich kam ihr dabei Sarah in den Sinn. Aber sie durfte sich nichts vormachen. Sie mochte Sarah und sie tat ihr leid. Aber für das Mädchen war es nicht gut, sich zu stark an sie, Damaris, zu binden. Sie konnten keine dauernde Freundschaft aufbauen. Das würden Joana und Roland niemals erlauben. Und sie konnte schließlich nicht ewig bleiben. Ein paar Tage, vielleicht eine Woche. Dann musste sie zurück nach Hohenfeld. Und Sarah würde hier bleiben.

Nein, ihr ging es hauptsächlich um dieses Geheimnis. Aber was erwartete sie? Und wie wollte sie ihm auf die Spur kommen? Joana und Roland würden ihr nicht helfen. Und Sarah? Ja, Sarah würde ihr vertrauen. Und wenn sie behutsam vorging, würde sie ihr vielleicht noch mehr entlocken können. Aber durfte sie das Mädchen auf diese Art benutzen? So einen Vertrauensbruch hatte sie nicht verdient. Und das entsprach auch nicht Damaris' Natur.

Sie seufzte laut. Aber wenn sie dieses verfluchte Geheimnis nicht aus Sarah heraus locken konnte, wie sollte sie es dann erfahren?

Sarah war doch die einzige Möglichkeit. Und vielleicht war es ja auch für Sarah das Beste, wenn es endlich ans Licht kam, wenn sie es nicht mehr in ihrem Herzen verbergen musste.

Und immer wieder kam ihr der Gedanke, dass die Dinge in diesem Haus sie nicht das Geringste angingen.

*****

In der Ferne erkannte sie eine Häusergruppe. Wie weit war sie wohl schon gelaufen? Sie sah sich um, doch das Haus der Lindaus konnte sie nicht mehr sehen. Sie ging gemächlich weiter. Verirren konnte sie sich nicht. Sie war ein paar Hügel rauf und runter gewandert, der Weg hatte ein paar Windungen genommen, aber sie war nicht ein einziges Mal abgebogen.

Vor ihr tauchte ein Dorf auf.

Vor lauter Grübeleien hatte sie völlig vergessen, dass sie den ganzen Tag noch nichts gegessen hatte. Jetzt meldete sich ihr Magen mit einem sehr undamenhaften Geräusch. Sie hatte entsetzlichen Hunger.

Sicher würde es in dem Dorf ein kleines Gasthaus geben, in dem sie etwas essen konnte. Der Gedanke stimmte sie fröhlich und sie marschierte gut gelaunt auf das Dorf zu.

Es dauerte auch gar nicht lange, bis sie wirklich ein kleines Gasthaus gefunden hatte.

Zum stolzen Schwan prangte in großen, goldenen Lettern auf einem Schild, das selbst die Form dieses Vogels hatte, über der Tür.

Damaris trat ein und sofort schlug ihr eine anheimelnde Behaglichkeit entgegen. Die Tische waren mit sauberen, weißen Tischtüchern bedeckt, eine Kerze stand auf jedem einzelnen davon und an den Wänden hingen zwar keine wertvollen, aber hübsche Bilder. Sicher waren sie liebevoll ausgesucht worden.

Merkwürdig, was die Gebäude neuerdings für Wirkungen auf sie hatten. Als wären sie lebendig. Düsternis – Angst – Beklommenheit – Behaglichkeit.

Hier drin war eine Gemütlichkeit, die sie nicht erwartet hatte. Sie ließ sich an einem der kleineren Tische nieder. Das Gasthaus war ziemlich leer. Es war ja bereits Nachmittag und der Wirt war schnell bei ihr.

„Gott zum Gruß, junge Frau, was darf ich ihnen bringen? Wir haben…"

Sie sah zu ihm auf und das Wort blieb ihm im Halse stecken. Er wurde bleich und taumelte erschrocken einen Schritt zurück.

„Madonna!", entfuhr es ihm.

Damaris wusste nicht, was sie sagen sollte und so starrte sie ihn nur verständnislos an.

Er wischte mit seinen fleischigen Fingern über seine schweißnasse Stirn.

„Sie müssen entschuldigen, junge Frau. Aber – aber sie erinnern mich an jemanden, der schon vor langer Zeit gestorben ist."

Er beruhigte sich allmählich, trat wieder an den Tisch und wischte mit einem karierten Tuch, das in seiner Schürze steckte, ein paar Krümel weg.

„Das junge Fräulein vom Gut drüben. Die Arme – sie ist schon seit Jahren tot – ihre arme Seele ruhe in Frieden. Aber als sie mich gerade ansahen, Madonna, ich dachte, es wäre ihr Geist."

„Ihr Geist? So ähnlich sehe ich ihr?"

„Ich schwöre, sie könnten sie selbst sein. Ein paar Jahre älter mögen sie sein als sie damals. Aber sie selbst wäre heute ja auch älter. Zwanzig Jahre alt war sie, das arme Ding. Dann starb sie bei diesem schrecklichen Unfall. Gerade ein paar Monate verheiratet war sie erst, da stürzte sie diese Treppe hinunter. Oh, sie kam oft her. Ist zwar ziemlich weit vom Gut, aber sie liebte lange Spaziergänge oder Ausritte. Und immer allein. ‚Für ihren Rinderbraten laufe ich schon ein paar Kilometer', hat sie immer gesagt. Ach Gott, wie stolz war ich dann. Und meine Frau erst. Die hat den Braten schließlich zubereitet. Aber ich rede und rede, sicher interessiert sie das überhaupt nicht."

„Oh, doch, doch. Sogar sehr“, versicherte Damaris ihm schnell.

„Ich habe einmal gehört, jeder Mensch hätte irgendwo einen Doppelgänger.“

„Na, ihrer ist aber bestimmt das Fräulein Imogen. Das steht mal fest.“

Damaris hatte fast ihren knurrenden Magen wieder vergessen. Hier war sie, die Möglichkeit, nach der ich so verzweifelt gesucht hatte.

„Es interessiert mich sogar sehr, denn ich wurde schon einige Male auf die Ähnlichkeit angesprochen. Um ehrlich zu sein, ich bin gerade zu Besuch bei der Familie Lindau. Besser gesagt, bei Sarah. Wir haben uns auf einem Ball auf Bergen kennen gelernt.“

„Auf Bergen? Madonna. Das wird ja immer mysteriöser. Das junge Fräulein Imogen war nämlich mit dem Clemens von Bergen verheiratet. Dort im Haus ist es doch passiert, das Unglück.“

„Ja, das weiß ich schon.“

Sie verschwieg ihm, dass sie selbst im Begriff gewesen war, Clemens zu heiraten. Der dicke Wirt ließ sich schwerfällig auf einen Stuhl ihr gegenüber nieder und sie dankte dem Himmel in einem kurzen Stoßgebet für diesen schwatzhaften Mann.

„Dabei rankten sich immer seltsame Gerüchte um das Fräulein Imogen.“

„Gerüchte? Was denn für Gerüchte?“

„Nun ja, ich weiß nicht recht, ob ich darüber sprechen sollte. Ich weiß auch gar nicht, was dran ist. Aber – na, es schadet ja wohl auch niemandem mehr. Wird ja sowieso drüber getratscht. Die junge Frau Lindau – also die Joana Lindau – damals war sie ja noch jung – hatte plötzlich ein Baby. Sie war bereits seit fünf Jahren verheiratet. Nun, das passiert natürlich manchmal, aber niemand, wirklich niemand, hat eine Schwangerschaft bemerkt. Entschuldigen sie, dass ich so offen über solche Dinge spreche. Vor einer jungen Dame. Aber es war damals alles etwas sonderbar. Ist bestimmt schon fünfundzwanzig Jahre her.“

„Aber wie sollte sie denn sonst zu einem Kind gekommen sein?"
Er beugte sich über den Tisch, um seinem Gast näher zu sein und
instinktiv beugte auch Damaris sich etwas vor.

„Man erzählte sich, dass sie ein Findelkind sei, die kleine Imogen.
Auf der Schwelle des Hauses gefunden", flüsterte er verschwörerisch. „Aber die Leute erzählen viel. Wahrscheinlich ist nichts
dran an der Geschichte. Immerhin hat die Frau Lindau später ja
noch ein Kind bekommen. Die kleine Sarah. Ach Gott, sie hat so
an ihrer Schwester gehangen. Ich glaube, sie ist sehr einsam seit
damals. Nun ja, man kann erzählen was man will, eines stimmt
ganz sicher - die Lindaus sind sehr seltsame, reservierte Leute.
Sie hegen nicht sehr gute Kontakte zu anderen Menschen, außer
zu den von Bergens. Das ist natürlich nicht weiter ungewöhnlich,
denn immerhin waren sie ja die Schwiegereltern ihrer Tochter.
Nachdem Imogen gestorben ist, wurde das alles noch schlimmer."
Er lehnte sich wieder entspannt zurück.

„So, jetzt habe ich aber genug geredet. Was darf ihn ihnen bringen, Fräulein?"
Damaris lächelte ihm zu. „Natürlich von dem vorzüglichen Rinderbraten ihrer Frau. Wenn sie etwas davon haben."
Darüber freute er sich. „Eine sehr gute Wahl. Kommt sofort. Und
ein guter Becher Wein obendrein."
Er stand auf und wischte noch einmal über das Tischtuch, bevor
er sich entfernte. Das war ja ein sehr lohnender Spaziergang gewesen. Ein Findelkind, so, so. Was ihr diese Information bringen
würde, wusste Damaris allerdings noch nicht. Aber sie arbeitete
sich Stückchen für Stückchen vor. Irgendwann würde sie die bisher zusammenhanglosen Puzzleteile zu einem vollständigen Bild
zusammensetzen können. Sie musste nur etwas Geduld haben.
Leider war das nicht gerade ihre starke Seite.

*****

Den Rinderbraten mit Rotkohl und Kartoffeln und einem Becher
rot schimmerndem Wein servierten Wirt und Wirtin gemeinsam.

Die Wirtin stand stocksteif mit Entsetzen im Gesicht da. Eine Reaktion, die Damaris nun schon kannte und der sie jetzt, da sie den Grund dafür kannte, müde wurde.

Der Wirt deutete auf die korpulente, kleine Frau an seiner Seite.

„Das ist meine Frau. Ich habe ihr von ihnen erzählt und sie wollte sie unbedingt sehen."

„Maria Muttergottes!", rief die Frau plötzlich aus und bekreuzigte sich. Eine Geste, die Damaris nun doch für reichlich übertrieben hielt.

„Sie ist es!", flüsterte sie ihrem Mann laut genug zu, dass Damaris es noch verstehen konnte. Ihr liefen eiskalte Schauer über den Rücken.

„Aber nein", beruhigte der Wirt seine Frau. „Sie ist nur eine Doppelgängerin."

Die Wirtin schüttelte angstvoll den Kopf. „Nein, nein. Sie ist zurückgekommen."

„Nun rede keinen Unsinn. Wie kann eine Tote zurückkommen?"

„Es gibt Dinge zwischen Himmel und Erde, die wir nicht verstehen, Otto. Sie ist zurückgekommen. Vielleicht zu ihrer Schwester, damit sie nicht so alleine ist."

Der Wirt legte seinen Arm um seine Frau. „Du redest wirr, Weib. Dies ist…"

„Damaris von Seyrich", stellte sie sich vor.

„Siehst du. Beruhige dich. Sie sieht ihr nur ähnlich."

Die Frau nickte, aber überzeugt schien sie nicht. Sie starrte ihren Gast ungläubig an, als wäre sie ein aus dem Jenseits zurückgekehrter Geist. Ihr Entsetzen schreckte Damaris nun doch.

„Nun wollen wir aber wieder in die Küche gehen, damit das Fräulein in Ruhe essen kann. Du machst ihr Angst, Weib."

Er wandte sich seinem Gast zu. „Entschuldigen sie, aber meine Frau hat eine zu lebhafte Fantasie."

„Ich verstehe das", antwortete Damaris halbherzig. Der Wirt hatte immer noch seinen Arm um seine Frau gelegt und führte die völlig verwirrte Frau aus dem Gastzimmer. Damaris starrte ihnen nach. Minutenlang unfähig, an etwas so belangloses wie den Rinderbraten vor ihr auf dem Tisch zu denken.

Sie nahm einen kräftigen Schluck Wein und versuchte, sich auf ihre Atmung zu konzentrieren, bis sie wieder ruhig und gleichmäßig war. Das Entsetzen der Frau hatte sie schwer erschüttert.

Nach dem zweiten Schluck Wein bemerkte sie bereits seine Wirkung. Kein Wunder bei ihrem leeren Magen.

Sie leerte den Becher, obwohl sie genau wusste, dass dies nicht der richtige Weg war, ihr inneres Gleichgewicht wieder zu finden.

Sie winkte dem Wirt, der ihr sofort einen neuen Becher brachte.

„Sie sind erschrocken, nicht wahr?", fragte er besorgt und deutete mit dem Kopf auf den leeren Becher.

„Ja, schon. Ich bin ja schon gewohnt, dass die Leute vor mir erschrecken, aber…"

„Ich verstehe schon. Wenn ich gewusst hätte, dass meine Frau so heftig reagiert…"

Damaris lächelte ihn matt an. „Es geht schon. Machen sie ihr bitte keinen Vorwurf."

„Ist das Essen noch warm genug oder sollen wir es noch einmal aufwärmen?"

Sie sah hinunter auf ihren noch immer nicht angerührten Teller.

„Es wird schon gehen."

Er nickte gutmütig und ließ sie wieder allein.

Sie begann in den Speisen herum zu stochern.

Allmählich merkte sie wieder ihren leeren Magen. Beim Essen kehrte ihr Appetit zurück und sie leerte problemlos den ganzen Teller.

Als sie gehen wollte, winkte sie den Wirt wieder zu sich.

„Haben sie noch einen Wunsch?", fragte er.

„Ich möchte bezahlen."

Er nannte seinen Preis. „Der Wein geht auf Kosten des Hauses. Für den Schrecken, den wir ihnen eingejagt haben."

166

„Ich habe sie offensichtlich ebenso erschreckt. Vor allem ihre Frau."

„Nun ja", er zuckte die Schultern.

„Das Essen war wirklich sehr gut. Ich werde sicher noch einmal wiederkommen."

Und es ist hier viel gemütlicher und freundlicher als im Hause Lindau, fügte sie in Gedanken hinzu.

„Das würde uns freuen."

„Ich hoffe, beim nächsten Mal erschrecke ich sie nicht mehr so."

Es sollte ein Scherz sein, aber sie war nicht sicher, ob ihre Stimme fröhlich genug klang.

„Nein, sicher nicht. Beehren sie uns wieder. Wir freuen uns darauf." Er verbeugte sich ein wenig. Nicht zu viel, so untertänig war dieser Wirt nicht. „Auf Wiedersehen."

Damaris erhob sich und nahm ihren Umhang von dem leeren Stuhl neben sich. „Auf Wiedersehen."

Auf dem Rückweg dachte sie über das nach, was der Wirt ihr anvertraut hatte. Ob an dem Gerücht ein Körnchen Wahrheit war? Die ganze Geschichte wurde immer geheimnisvoller.

Die Geschichte vom Geist der Imogen würde jetzt auch in dem Dorf die Runde machen. Dieser Wirt und seine Frau würden es sicher nicht für sich behalten. So schwatzhaft wie sie waren, waren sie gewiss die zuverlässigste Quelle für Neuigkeiten. Joana würde nicht erfreut sein über diesen Gesprächsstoff. Wenn sie ihn denn mitbekam. Ob sie wohl von den Gerüchten über Imogen wusste?

Damaris war so in Gedanken versunken, das sie gar nicht merkte, wie das große, L-förmige Haus immer näher kam. Sie war richtig überrascht, wie nahe es schon war. Und sie fürchtete sich davor, wieder hineinzugehen.

Wieder spürte sie diese eisige Luft und die Angst. Sie sah die beiden Löwengestalten näher kommen und schluckte schwer.

„Nun reiß dich zusammen, Damaris", befahl sie sich. „Du musst ja doch wieder hinein. Sarah wird sich sowieso schon fragen, wo du bleibst."

***** *

Ihre Vermutung war richtig. Sarah erwartete sie ungeduldig und war schon sichtlich nervös. Damaris berichtete ihr, dass sie einen sehr langen Spaziergang gemacht und im „Stolzen Schwan" zu Mittag gegessen hatte.

Sarahs Blick schweifte in die Ferne und ihre Augen nahmen einen merkwürdigen Glanz an. „Dorthin ging Imogen auch oft", erzählte sie.

„Ja, ich weiß. Der Wirt hat es mir gesagt. Die Wirtsleute waren sehr erschrocken. Die Wirtin hielt mich sogar für Imogens Geist."

Sarah lachte. „Ja, das kann ich mir denken."

Ihr fiel ein, dass sie selbst gestern, als Damaris angekommen war, einen Moment geglaubt hatte, es sei ihre tote Schwester.

„Haben deine Eltern mich beim Essen vermisst?"

Sarah schüttelte den Kopf. „Sie haben nicht einmal gefragt."

„Ich glaube auch nicht, dass ich hier willkommen bin. Am besten wäre es, ich würde so schnell wie möglich wieder abreisen."

Sarah starrte ihre ältere Freundin entsetzt an. „Oh nein, Damaris. Das darfst du nicht."

„Keine Sorge. Habe ich eigentlich auch nicht vor. Schließlich besuche ich dich und nicht deine Eltern.

Das Mädchen atmete erleichtert auf.

Damaris fragte sich flüchtig, ob Sarah wirklich sie so sehr mochte oder nur das Ebenbild ihrer toten Schwester.

*****

Nach dem Abendessen fragte Damaris Joana, ob ihre Zofe auch ihr behilflich sein könnte.

Joana reagierte heftiger, als sie erwartet hatte. „Nein, das erlaube ich nicht!" Ihr barscher Ton ließ keinerlei Widerspruch zu. Damaris war schon klar, dass Joana sie nicht mochte, aber diese Ablehnung verstand sie nicht.

„Ich möchte überhaupt nicht, dass meine Angestellten mit ihnen zusammentreffen. Sie sind Sarahs Gast, nicht unser.

„Ich kann mich unmöglich alleine schnüren", versuchte Damaris an Joanas gesunden Menschenverstand zu appellieren.

Aber die zuckte nur gleichgültig die Schultern. „Das ist ihr Problem und nicht meines. Verzichten sie auf ein Korsett."

Was sollte man dazu sagen? Offenbar wollte Joana sie schikanieren, ihr immer wieder deutlich vor Augen führen, dass sie hier unwillkommen war. Doch dann kam ihr eine andere Idee.

„Sie wollen nicht, dass ihre Zofe mich sieht, nicht wahr? Wegen Imogen!"

Joanas Augen waren weit aufgerissen und starrten ihre Besucherin sekundenlang blicklos an. Dann warf sie mit einer heftigen Bewegung ihre Servietten auf den Tisch, stand auf und verließ wortlos den Raum. Niemand machte einen Versuch, sie zurück zu halten.

„Das hätten sie nicht sagen sollen", warf Roland Damaris vor, kaum dass sich die Tür hinter seiner Frau geschlossen hatte.

„Warum nicht? Warum ist Imogen ein verbotenes Thema? Warum darf niemand auch nur ihren Namen aussprechen?"

„Man sollte die Toten in Frieden ruhen lassen."

„Ohne jemals wieder von ihnen zu reden?", schrie Damaris verzweifelt. „Über seine Erinnerungen zu reden, lindert den Schmerz, lässt die Verstorbenen in Gedanken weiter leben. Aber niemand in diesem Haus darf ihren Namen auch nur erwähnen. Und was haben sie gegen mich? Ist es nur, weil ich ihr ähnlich sehe? Ist es, weil ich sie an ihre Tochter erinnere?"

Er schlug wütend mit der flachen Hand auf den Tisch. Ein Gefühlsausbruch, den man diesem Mann, der seiner Frau so widerstandslos das Regiment überließ, niemals zugetraut hätte.

„Halten sie den Mund!", schrie er. „Reden sie nie wieder in dieser Art mit mir und erst recht nicht mit meiner Frau, wenn sie nicht auf der Stelle aus diesem Haus gewiesen werden wollen. Wir dulden dieses Gerede nicht."

„Aber wieso..."

„Halten sie den Mund! Sie wissen überhaupt nicht, was sie anrichten. Meine Frau ist fast zerbrochen an Imogens Tod. Sie war ihr ein und alles."

„Und was ist mit Sarah? Glauben sie, sie und ihre Frau haben das Recht, über ihren Schmerz ihre zweite Tochter zu vergessen?" Die Worte sprudelten einfach aus ihr heraus. Sie hatte sie nicht zurückhalten können.

„Und sie haben kein Recht, uns Vorwürfe zu machen. Sie haben kein Recht, sich in unser Leben einzumischen. Es ging uns besser, als wir sie noch nicht kannten. Sie fragen, ob es an ihrer Ähnlichkeit mit Imogen liegt und ich antworte ihnen: Natürlich! Sie zu sehen, heißt, täglich neu an unsere Tochter und an die Katastrophe erinnert zu werden. Und deshalb sind sie hier auch nicht willkommen. Und deshalb wollen wir nicht, dass Dienstboten, die Imogen kannten, mit ihnen zusammen treffen. Wir wollen kein neues Gerede im Dienstbotentrakt. Allerdings glaube ich sowieso nicht, dass sich das vermeiden lässt."

Er seufzte, als hätte die kleine Rede ihn übermäßig erschöpft. Sarah saß stumm daneben. Vermutlich hatte sie noch niemals erlebt, dass jemand so mit ihren Eltern sprach wie Damaris es tat.

Roland erhob sich nun ebenfalls.

„Herr Lindau?"

Er sah Damaris an.

„Ja?"

„Es tut mir leid, wenn ich alte Wunden wieder aufreiße. Aber ich kann nichts für mein Aussehen."

Er antwortete nicht, sondern ging schweigend zur Tür.

„Herr Lindau?"

170

„Ja?" Es klang ziemlich gereizt.

„Ich würde gerne baden. Könnten sie wenigstens veranlassen, dass man mir Badewasser bereitet? Vielleicht jemand, der Imogen nicht kannte? Zum Beispiel das Mädchen von gestern – Rosi – die hat mich doch sowieso schon gesehen."

Er ging einfach aus dem Raum und Damaris wusste nicht, ob er ihre Bitte erfüllen würde.

Sarah kam zu ihr, beugte sich zu ihr herunter und umarmte sie leicht.

„Mach dir nichts draus, Damaris. Ich helfe dir, dich zu schnüren."

Damaris fasste nach ihrer Hand und tätschelte sie ein wenig. „Es ist halb so schlimm, Sarah. Ich werde einfach darauf verzichten. Ist sowieso bequemer. Kann nur sein, dass die Kleider nicht so gut sitzen."

Sie sah zu Sarah auf. „Und wehe, deine Mutter wirft mir liederliches Verhalten vor, weil ich mich nicht schnüre."

Sie lachte, aber Sarah stimmte nicht ein.

Eine Stunde später kam Rosi auf ihr Zimmer, um ein Bad einzulassen.

*****

Die folgenden zwei Tage verbrachte Damaris müßig, ohne recht zu wissen, was sie eigentlich tun sollte. Sie lernte mit Sarah zusammen französisch und unternahm mit ihr lange Spaziergänge. Sie kehrte noch einmal in dem „Stolzen Schwan" ein. Der Wirt erschreckte dieses Mal natürlich nicht wieder, aber seine Frau ließ sich nicht blicken.

„Ich glaube, ich werde allmählich abreisen müssen", sagte Damaris zu Sarah.

„Aber nein. Auf keinen Fall darfst du mich wieder verlassen!", schrie das Mädchen leidenschaftlich. Damaris seufzte und zwang sich zur Ruhe.

„Dies ist das Haus deiner Eltern. Und die wollen mich nicht hier haben. Ich bin hier unwillkommen und irgendwann muss ich ja sowieso wieder fort."

„Aber jetzt noch nicht", rief Sarah angstvoll aus. „Jetzt noch nicht!"

Damaris sah sie besorgt an. Sie war beunruhigt, weil das Mädchen so heftig reagierte. Sarah schien sie am liebsten überhaupt nicht mehr fortlassen zu wollen.

Damaris erhielt zwei Briefe. Einen von ihren Eltern und einen von Oliver Thiele. Sie öffnete den Brief ihrer Eltern zuerst. Er war an Gut Bergen adressiert. Sie gingen natürlich davon aus, dass sie sich noch immer dort aufhielt.

Liebe Damaris,

wenn du diesen Brief in den Händen hältst, sind wir sicher schon beim Packen. Allmählich müssen wir unsere Heimreise vorbereiten, denn deine Hochzeit rückt immer näher. Wir hoffen also, dich bei unserer Heimkehr auf Schloss Hohenfeld anzutreffen.

Hier läuft allmählich alles wieder seinen normalen Gang, obwohl Großmutter uns allen sehr fehlt. Aber so ist eben der natürliche Verlauf des Lebens. Der Tod ist nur ein Teil davon.

Im Augenblick ist es für uns natürlich am wichtigsten, dass du glücklich bist.

Bis bald,

deine dich liebenden Eltern.

Damaris ließ den Brief sinken. Oh je, da hatte sie ja überhaupt nicht mehr dran gedacht. In acht Tagen sollte ihre Hochzeit sein und ihre Eltern ahnten noch nicht, dass die nicht stattfinden würde. Sie musste die beiden unbedingt über ihre Entscheidung informieren. Aber wie würden sie möglichst schnell Post bekommen? Eine Telegraphenstation gab es in dem Dorf sicher nicht und ein Brief würde eine Weile unterwegs sein. In Augsburg würde er sie sicher gar nicht mehr erreichen.

Sie strich sich nervös über die Stirn. Sie musste nachdenken. Was sollte sie tun? Am besten schrieb sie einen Brief direkt nach Schloss Hohenfeld. Sie würden ihn vorfinden, wenn sie das Schloss erreichten. Das war sowieso am besten, denn wenn sie dort eintrafen, würden sie sich sonst fragen, wo ihre Tochter war. Sie würde ihnen von der geplatzten Hochzeit berichten und von ihrem Besuch bei Sarah.

Ja, das war das Beste. Sie atmete auf. Es tat immer gut, eine Lösung für ein Problem gefunden zu haben. Erst jetzt fiel ihr ein, dass sie ja noch einen Brief von Oliver bekommen hatte.

Liebe Damaris,
ich sende dir einen Brief, der, wie ich annehme, von deinen Eltern stammt. Ein Bote von Bergen brachte ihn mir. Man scheint dort zu vermuten, dass du dich noch in meinem Haus aufhältst (schade, dass es nicht so ist).
Ich hoffe, es geht dir gut und du findest, was du dir erhoffst. Vor allem den inneren Frieden und Ruhe. Reib dich bitte nicht zu sehr an Geheimnissen auf, die vielleicht überhaupt nicht existieren. Und denk manchmal an mich, so wie ich an dich denke.
In Freundschaft
Dein ergebener Oliver Thiele.

Damaris lachte unfreundlich auf. In Freundschaft. So, das war es also, was er empfand. Freundschaft?

Im nächsten Augenblick wunderte sie sich über sich selbst. Was war denn mit ihr los? War sie etwa beleidigt, weil er nur Freundschaft empfand?

Was empfand sie denn selbst? War das mehr als Freundschaft? Sie war doch gerade noch mit Clemens verlobt gewesen.

Was war los?

Bis jetzt, da sie diesen Brief in der Hand hielt, hatte sie nur sehr flüchtig an Oliver gedacht. Doch jetzt übermannte sie die Erinnerung an ihn stürmisch. Sie sah sein Gesicht ganz deutlich vor sich. Sein etwas zu langes braunes Haar, seine strahlenden Augen, sein immer fröhliches Lächeln, das das ganze Leben nicht so recht ernst zu nehmen schien.

Vielleicht hatte er Recht damit.

Man durfte das Leben nicht allzu schwer nehmen. Würde sie ihn wieder sehen? Es wäre schön, wieder mit ihm reden zu können.

Wie würde ihr Leben weiter gehen, wenn sie hier abgereist war?

Ach, sie konnte das jetzt nicht entscheiden. Ihr schwirrte so entsetzlich viel im Kopf herum. Erst einmal musste sie die Gegenwart bewältigen, bevor sie an die Zukunft denken konnte.

Zuerst würde sie jetzt den Brief an ihre Eltern schreiben. Und den würde sie selbst am nächsten Tag im Dorf aufgeben. Sie konnte in diesem Haus niemandem trauen.

Sie holte Briefpapier, Feder und Tinte aus einer Schublade des Frisiertisches, wo sie diese Utensilien gefunden hatte und setzte sich an das kleine Tischchen unter dem Fenster in ihrem Zimmer.

Sie tauchte die Feder in das kleine Fässchen und begann schwungvoll zu schreiben.

Liebe Eltern...,

Doch so schwungvoll sie begonnen hatte, so schnell gab ich wieder auf. Es war gar nicht so einfach, ihren Eltern auf einem einfachen weißen Papier mitzuteilen, dass ihre Hochzeit, die bereits in einer Woche stattfinden sollte, geplatzt war. Sie stellte sich die beiden vor, wie sie den Brief lasen. Würde es sie entsetzen? Oder wären sie traurig? Würden sie etwa gar ihr ‚armes Kind' bemitleiden? Sie konnte ihre Mutter vor sich sehen, wie sie mit Tränen in den Augen ihrem Vater zu verstehen gab, dass sie unbedingt sofort zu ihrer Tochter eilen müssten, um ihr in dieser schwierigen Situation beizustehen.

Das fehlte noch. Damaris durfte auf keinen Fall den Eindruck erwecken, dass sie unter der Trennung litt.

Sie begann einige Male von vorn. Mehrere zerknüllte Bögen lagen bereits auf dem Fußboden verstreut.

Doch endlich hatte sie einen Brief fertig.

Sie las ihn noch einmal durch. Ja, so ging es. Sie erklärte ihnen einfach und ganz sachlich, dass sie sich entschieden hatte, Clemens nicht zu heiraten, dass es ihr gut ging und sie sich keine Sorgen machen bräuchten.

Sie teilte ihnen mit, dass sie sich zurzeit bei einer neuen Freundin aufhalte, von der sie ihnen bereits berichtet hatte.

Sie atmete auf. Morgen würde sie direkt nach dem Frühstück ins Dorf gehen und den Brief aufgeben.

*****

Beim Frühstück bekam sie kaum einen Bissen herunter, wie immer in Joanas und Rolands Gegenwart. Die Familie unterhielt sich darüber, gegen Mittag in die Stadt fahren zu wollen, um Einkäufe zu erledigen.

„Möchtest du mitkommen?", lud Sarah Damaris ein.

Die fing den ablehnenden Blick von Joana auf und grinste etwas in sich hinein.

„Keine Sorge", antwortete sie mehr in Joanas Richtung als zu Sarah. „Ich habe nicht die Absicht, sie zu begleiten."

„Aber warum denn nicht?", quengelte Sarah.

„Ich habe schon andere Pläne. Zum Beispiel muss ich einen Brief aufgeben", erwiderte sie.

„Das kann doch das Mädchen tun", meinte Sarah. „Oder du nimmst den Brief mit in die Stadt."

Damaris stöhnte.

Aber Joana kam ihr zu Hilfe. Was für ein Glück, dass die mich so ablehnt, dachte Damaris ironisch.

„Wenn Fräulein von Seyrich uns nicht begleiten möchte, dann lass sie bitte", fuhr Joana Sarah an. „Es kann nicht schaden, wenn die Familie mal wieder unter sich ist."

Damaris verstand die Spitze, aber sie ließ sich nichts anmerken und lächelte süffisant weiter.

Eine halbe Stunde später war sie wieder auf dem Weg ins Dorf.

Inzwischen war schon der 8. Mai, es war bereits der fünfte Tag ihrer Anwesenheit bei den Lindaus. Lange konnte sie deren Geduld nicht mehr strapazieren. Und sie hatte noch nichts erreicht.

Sie gab den Brief im Postamt auf und kehrte wieder im „Stolzen Schwan" ein, um eine Kleinigkeit zu essen.

„Sie sind ja in den wenigen Tagen schon eine richtige Stammkundin geworden", grüßte der dicke Wirt freundlich.

Damaris hob die Schultern und rümpfte die Nase. „Um ehrlich zu sein, in Joanas Gegenwart bleiben mir die Bissen im Hals stecken."

Er lachte gutmütig. „Erzählen sie es nicht weiter, aber das kann ich gut verstehen. Eine sehr angenehme Dame ist das nicht. Dass sie überhaupt noch dort sind."

„Sarah hängt sehr an mir. Sonst wäre ich schon längst abgereist."

„Ach ja, das arme Ding. Gut hat sie es nie gehabt, aber richtig schlimm wurde es erst nach dem Tod der Älteren."

„Man kann natürlich verstehen, dass eine Mutter der Tod ihres Kindes aus der Bahn wirft."

„Natürlich, natürlich. Aber wir – mein Weib und ich – haben auch ein Kind verloren. Und vielen Eltern geht es so. Sie trauern sehr, denn es gibt wohl nichts Schlimmeres als ein Kind zu verlieren - aber sie verändern ihren Charakter nicht. Und sie sind weiterhin für ihre anderen Kinder da."

„Hat Joana denn ihren Charakter geändert?", wunderte Damaris sich.

Er wiegte vorsichtig den Kopf hin und her.

„Na ja, nicht völlig. Sie lebte immer schon ziemlich zurückgezogen. Aber danach hat sie sich völlig von der Außenwelt verabschiedet. Sie wirkte noch viel strenger und die kleine Sarah scheint sie überhaupt nicht zu interessieren. Nun ja, das wird eben erzählt. Direkt bekommen wir das natürlich nicht mit. Aber mein Weib und ich sind gut mit der Köchin der Lindaus bekannt.

Damaris nickte. Das waren auch nicht wirklich Neuigkeiten.

Er rückte ihr einen Stuhl ab. „Ich bin schwatzhaft. Nehmen sie erst einmal Platz und ich bringe ihnen einen Becher Wein. Heute haben wir Lamm. Würde ihnen das zusagen?"

Sie nickte erfreut. „Sehr. Es ist zwar noch ein wenig zu früh für ein Mittagsmahl, aber ich bin hungrig."

Er zwinkerte ihr verständnisvoll zu.

„Nur einen Augenblick."

Kapitel 9:
Das verbotene Zimmer
08. Mai

Als sie ins Haus zurückkehrte, war die ganze Familie ausgeflogen. Ach ja, die hatten ja geplant, in die Stadt zu fahren. Wie schön war es, Niemandem zu begegnen, als sie durch die Halle schritt.

Auf einmal schoss ihr ein Gedanke durch den Kopf. Sollte sie nicht die Gelegenheit nutzen, mit dem Personal zu sprechen, um vielleicht mehr über Imogen zu erfahren?

Sie knetete ihren verspannten Nacken, sie hatte leichte Kopfschmerzen. Sicher lag das an der psychischen Belastung.

Sie beschloss, zuerst in die Bibliothek zu gehen, um sich ein Buch auszusuchen. Sie hatte immer gerne und viel gelesen und vermisste es. Natürlich war es nicht ganz in Ordnung, wenn sie sich ungefragt ein Buch nahm, aber die Familie würde es vermutlich nicht einmal bemerken und sie würde es ja zurücklegen.

Doch sie konnte sich kaum auf den Text konzentrieren. Ihre Kopfschmerzen wurden heftiger und sie legte sich mit dem Buch aufs Bett. Schließlich schloss ich die Augen. Sehr bald darauf war sie eingeschlafen.

Als sie wieder aufwachte, waren die Kopfschmerzen verschwunden. Sie sah sich verwirrt um, bevor ihr bewusst wurde, wo sie sich befand. Hastig rappelte sie sich auf.

„Verdammt", fluchte sie vor sich hin. „Wie viel Zeit habe ich jetzt verschlafen? Ich wollte doch nur eine kleine Pause machen."

Sie sah an sich herunter. Ihr Popelinkleid war ziemlich zerknittert und ein Blick in den Spiegel verriet ihr, dass ihre Frisur dabei war, sich aufzulösen. Doch das war gleichgültig. Sie zog die wenigen Haarnadeln heraus und schüttelte ihre Mähne. So, das genügte.

Jetzt musste sie herausfinden, ob die Familie inzwischen zurück war. Wenn sie nur wüsste, wie lange sie geschlafen hatte. Sie sah aus dem Fenster. Es war noch ganz hell. Es konnte noch nicht sehr spät am Nachmittag sein.

Sie verließ ihr Zimmer, schlenderte den Gang entlang und klopfte an die Tür zu Sarahs Zimmer. Niemand rührte sich. Sie öffnete leise die Tür und schob ihren Kopf durch den Spalt. Das Zimmer war leer.

Sie ging die Treppe hinunter und sah ebenso vorsichtig in den kleinen Salon und in das Speisezimmer. Leer. Hatte sie nun überall nachgesehen? Sie war fast sicher. In der Bibliothek konnte sie noch nachsehen. Nichts. Die Familie war noch nicht zurückgekehrt. Wie schön.

Die große Standuhr in der Halle zeigte vier Uhr.

Sollte sie es wagen und in die Küche hinuntergehen, um die Köchin auszuhorchen? Das würde sicher nicht einfach werden. Es war sehr wahrscheinlich, dass auch sie erschrecken würde. Darauf verspürte Damaris gerade wirklich nicht die geringste Lust. Diese Reaktionen hatte sie langsam satt.

Plötzlich fiel ihr ein, dass sie Joanas und Rolands Zimmer vergessen hatte. Bei den dicken Wänden und Türen im Haus hätte sie sie nicht gehört. Sehr wahrscheinlich war es nicht, dass Sarah mit ihren Eltern in deren Zimmer war, aber immerhin möglich. Besser, sie ging noch einmal hinauf und sah nach, bevor sie beim Schnüffeln erwischt wurde.

Damaris stieg also die Treppe wieder hinauf und klopfte an die Tür zu Joanas und Rolands Zimmer. Sie öffnete die Tür und spähte durch den Spalt. Nichts. Das Zimmer war leer. Sie schlüpfte hinein und sah vorsichtig in das angrenzende kleine Wohnzimmer, das, wie sie von Sarah wusste, nur für Zusammenkünfte im engsten Familienkreis genutzt wurde.

Sie hoffte, dass nicht ausgerechnet jetzt jemand zurückkehren würde. Es würde schwer werden, ihre Anwesenheit hier zu erklären. Hier hatte sie wirklich nichts verloren.

Aber es kam niemand und auch das Wohnzimmer war leer.

Sie ging beruhigt wieder hinaus.

Sie würde jetzt einfach alles auf eine Karte setzen und in die Küche gehen. Falls Joana dann zurückkehrte und sie überraschte, konnte sie immer noch behaupten, sie hätte Hunger bekommen und wollte sich in der Küche etwas geben lassen. Ganz einfach.

Sie schloss die Tür sorgfältig hinter sich. Ihr Blick fiel auf die Tür neben diesem Zimmer. Was sich wohl dort befand? Damaris war zwar inzwischen schon einige Tage im Haus, aber sie kannte nur ihr eigenes Zimmer und Sarahs, den kleinen Salon und den Speiseraum und natürlich die Bibliothek.

Niemand hatte sie je herumgeführt.

Sie wusste, es war nicht in Ordnung, aber sie konnte einfach nicht widerstehen. Sie war zu neugierig. Sie drückte die Klinke herunter.

Die Tür bewegte sich nicht.

Sie rüttelte daran.

Sie stemmte sich dagegen.

Die Tür ließ sich nicht öffnen.

Abgeschlossen.

Was könnte der Grund sein, ein Zimmer verschlossen zu halten?

Damaris überlegte, ob es auch auf Hohenfeld ein geheimes Zimmer gab, das immer verschlossen war, aber ihr fiel keines ein. Es konnte doch höchstens ein weiteres Wohnzimmer sein oder ein Gästezimmer. Wieso um alles in der Welt war es verschlossen?

Sie fuhr sich mit der Hand über die Stirn. Die Kopfschmerzen kehrten zurück.

„Denk nach, Damaris, denk nach", spornte sie sich selbst an. Eine verschlossene Tür – was hätte ihre Fantasie mehr anregen können?

180

Sie lief zu ihrem eigenen Zimmer und zog den Schlüssel ab. Dann rannte sie zurück. Dabei raffte sie ihre Röcke bis über die Knie zusammen.

Sie steckte den Schlüssel ins Schloss und versuchte ihn zu drehen. Viel Hoffnung hatte sie nicht. Es war nur so eine Idee gewesen, ihren Schlüssel auszuprobieren.

Aber es funktionierte tatsächlich.

Der Schlüssel drehte sich ganz langsam.

Sie drückte die Klinke herunter und schob die Tür ganz langsam und vorsichtig auf. Sie quietschte furchtbar. Wie eine Tür, die seit langer Zeit nicht mehr benutzt wurde.

Ihr Herz klopfte wild.

Aber sie schob die Tür weiter auf, bis sie schließlich weit geöffnet war.

Sie betrat das Zimmer.

Sie zog den Schlüssel sofort wieder ab, hob ihr Kleid hoch und schob den Schlüssel in die Tasche ihres Unterrocks.

Sie befand sich in einem vollständig eingerichteten Schlafgemach. Sie drehte sich ganz langsam um ihre eigene Achse und ließ alles auf sich wirken. Sie sah ein Bett mit Baldachin, eine Truhe und einen Frisiertisch. Unter dem Fenster sah sie einen kleinen Tisch mit Stühlen, wie es sie auch in ihrem Zimmer gab.

Und dann stockte ihr der Atem. Direkt vor ihr hing ein fast lebensgroßes Portrait. Sie hatte es nicht sofort bemerkt, weil es beim Eintreten hinter ihr hing. An der Wand, an der sich die Tür befand.

Aber jetzt stand sie da und starrte fassungslos auf dieses Gemälde.

Dieses Bild zeigte – sie selbst.

Sie stand sich selbst gegenüber.

*****

Sie war wie gelähmt. Sie starrte auf dieses Portrait, das sie beinahe lebensgroß zeigte. Als neunzehn- oder zwanzigjähriges Mädchen.

Aber sie war niemals hier gewesen.

Sie hatte die Menschen, die hier lebten, erst vor kurzem kennen gelernt.

Wie konnte also ein Bild von ihr in diesem Haus hängen?

Und doch: Das Mädchen auf dem Bild, das war sie.

Die langen braunen Haare waren offen und hingen fast bis zur Taille herab. Sie konnte sich gar nicht erinnern, jemals das Haar so lang getragen zu haben. Sie fasste instinktiv hinein. Ihr Haar reichte weit über die Schultern, aber nicht bis zur Taille.

Das Kleid war ganz offensichtlich für einen besonderen Anlass gekauft worden. Das Oberteil des Kleides war lila und weiß gestreift, der Rock war in einem kräftigen Lila gehalten. Die Krinoline begann nicht mehr direkt unter der Taille, sondern erst an den Knien, während das Kleid an der Hüfte eng anlag, wie es Anfang der 60er Jahre Mode gewesen war. Der Rock hatte eine ovale Form und lief nach hinten in eine lange Schleppe aus.

Sicher, sie hatte ganz ähnliche Kleider gehabt, aber niemals dieses hier.

Damaris schüttelte sich, um wieder zu sich zu kommen. Sie kniff sich selbst in den Arm, um das Trugbild zu verscheuchen.

Aber es ließ sich nicht vertreiben.

Nur ganz allmählich dämmerte es ihr. Das Mädchen auf dem Bild, das war gar nicht sie.

Das Mädchen, das für dieses Portrait Model gestanden hatte, war Imogen.

Damaris erstarrte. Mein Gott, sie hatte ja bereits gewusst, dass sie ihr ähnlich sah, aber das, was sie hier vor sich sah, war ihr genaues Ebenbild.

Sie sah zu ihr auf und betrachtete sie prüfend.

Sie stand etwas seitlich, den Blick jedoch nach vorn gerichtet.

Ihre Haltung war aufrecht, die Hände vor dem Körper in Höhe der Taille ineinander gelegt.

Ihr Gesicht war rund und hatte eine frische, gesunde Farbe.

Ihre grünen Augen blitzten unter etwas zu dichten Augenbrauen.

Alles stimmte.

Die Gesichtsform, der Teint, das Haar, die etwas zu dichten Augenbrauen. Und doch war dieses Mädchen jemand anderes. Sie war nicht einmal eine Verwandte. Doch wie konnte das sein? Eine Laune der Natur? Woher kam eine solche Ähnlichkeit?

Vor ihrem inneren Auge sah sie die Menschen auf dem Ball, wie sie vor ihr zurückwichen.

Sie sah die Lindaus, als sie am ersten Morgen auf Bergen das Frühstückszimmer betrat.

Sie sah den Wirt und vor allem die Wirtin, die sie für einen Geist hielt.

Sie strich sich mit der Hand über die Stirn, auf der sich bereits kleine Schweißperlen bildeten. Oh mein Gott, jetzt konnte sie all diese Menschen verstehen. Sie war ja selbst ganz versteinert.

Sie sah Clemens, bei ihrem ersten Kennenlernen, dachte an seine Werbung um sie. Glaubte er, er hatte seine tote junge Frau zurück?

Sie hörte Olivers Worte.

„Eine Frau, die Imogen nicht so ähnlich sehen würde, hätte natürlich nicht diese Schwierigkeiten. Allerdings glaube ich, dass Clemens sich gerade aus diesem Grund in sie verliebt hat.“

„Weil ich so aussehe wie sie?“

„Ja. Die beiden waren nur so kurz verheiratet gewesen, als sie starb. Und dann – Jahre später – kommen sie daher. Seine zweite Imogen.“

„Ich bin keine zweite Imogen! Ich bin Damaris!“

Ich bin Damaris!

Ja, sie war Damaris.

Und sie schien Imogen zu sein.

Dieses Bild zog sie ganz in seinen Bann. Sie sah sich suchend im Zimmer um, entdeckte eine Fußbank, zog sie heran und stieg darauf.

Ihr Gesicht war jetzt auf gleicher Höhe mit ihrem.

Zwei Gesichter. Völlig identisch.

Ihres nur ein paar Jahre älter als das Gesicht auf dem Bild.

Wie würde Imogen heute aussehen? Fünf oder sechs Jahre später?

Aber die Frage war einfach zu beantworten.

Sie, Damaris, war die zweite Imogen.

So war Imogen auch die zweite Damaris.

Die Ähnlichkeit war ihr unheimlich. Sie kam sich schon selbst vor, als wäre sie der Geist dieses Mädchens.

Wie von selbst hob sie ihre Hand und berührte das Gemälde.

Sie streichelte über ihr Haar, dessen Länge der einzige äußerliche Unterschied zu ihr selbst war.

Sie streichelte über Imogens nackten Arme.

Sie strich so zärtlich über ihre Stirn, ihre Wangen, ihre Lippen, als wollte sie sie liebkosen.

Ihre Finger strichen Imogens Hals entlang und blieben schließlich auf ihrem Dekolleté liegen. Um ihren schlanken Hals lag eine schmale, goldene Kette mit einem Perlenanhänger.

Das Schmuckstück kam ihr seltsam bekannt vor. Wo hatte sie es nur schon einmal gesehen? Aber ja, es war die Kette, die sie am Morgen nach ihrem Geburtstag auf dem Gabentisch gefunden hatte.

In Liebe, Clemens.

Damaris stampfte zornig mit dem Fuß auf. Verflucht, Clemens, dachte sie. Was bist du nur für ein Mensch? Habe ich dich jemals gekannt?

Wie konntest du mir zu meinem Geburtstag eine Kette schenken, die du einige Jahre zuvor deiner ersten Braut geschenkt hast?

Deiner ersten Braut, die du vor mir verheimlicht hast und die mir so unglaublich ähnlich sieht.

Wie war sie?

War sie auch charakterlich so wie ich?

War ihre Stimme der meinen ähnlich?

Hatte sie das gleiche Temperament oder war sie sanfter?

Tanzte sie so gerne wie ich?

Liebte auch sie Pferde wie sie selbst?

Der Wirt hatte ihr erzählt, dass Imogen oft lange Spaziergänge oder einen Ausritt unternommen hatte und dann im Stolzen Schwan eingekehrt war.

Hatte sie den gleichen Drang nach Unabhängigkeit?

„Was tun sie hier!" Die scharfe Stimme schnitt grausam durch die Stille und zerstörte Damaris' stumme Zwiesprache.

Sie wirbelte herum, stolperte von der Fußbank, fing sich aber wieder, bevor sie fiel.

Vor ihr standen Joana und Roland.

„Ent- Entschuldigung", stotterte sie. „Ich hatte nach Sarah gesucht und bin zufällig…"

„Dieses Zimmer ist immer abgeschlossen."

Damaris schielte auf das leere Schlüsselloch. Instinktiv fasste sie an die Tasche ihres Kleides. Wie gut, dass sie den Schlüssel wieder abgezogen hatte.

„Es war offen. Ich habe mich einfach in der Tür geirrt."

Joana sah sie ungläubig an.

„Ich glaube ihnen kein Wort", sagte Roland drohend.

„Das Zimmer war offen. Wie hätte ich sonst…"

„Die Schlüssel passen hier alle zu allen Zimmern. Nicht sehr glücklich, aber so ist es eben", erklärte Roland.

„Aber ich würde niemals versuchen, in ein verschlossenes Zimmer einzudringen."

„Aber natürlich würden sie das", stellte Joana ruhig fest.

Sie durchschaute Damaris genau. Sie wusste oder ahnte zumindest, dass es etwas zu entdecken gab und jedes Mittel, das zu entdecken, war ihr recht. Joana war wütend und enttäuscht. Dieses Fräulein von Seyrich war hier zu Gast und nutzte ihre Gastfreundschaft aus. Nun gut – sie hatten keinen Zweifel daran gelassen, dass sie kein sehr willkommener Gast war, aber dennoch ein Gast.

„Verschwinden sie jetzt!", befahl Roland.

Damaris konnte nichts mehr erwidern. Was hätte sie auch zu ihrer Verteidigung vorbringen können? Sie glaubten ihr – oder eben nicht. Und sie schienen ihr nicht zu glauben.

Damaris drückte sich vorsichtig an den beiden bedrohlichen Gestalten vorbei, die steif und unbeweglich dastanden wie Statuen. In der Tür hielt sie noch einmal kurz an und sah zu dem Portrait hinauf.

Zu Imogen.

Zu ihrem Spiegelbild.

„Sie sieht mir wirklich sehr ähnlich", unternahm sie einen Versöhnungsversuch.

„Ja, sehr", antwortete Joana, ohne sie anzusehen. Damaris verstand. Joana wollte keine Versöhnung.

Jetzt würden sie sie hinauswerfen, jetzt war es vorbei mit ihrer Freundschaft zu Sarah und auch mit dem Geheimnis.

Sie wollte noch etwas zu ihrer Verteidigung vorbringen, aber nach einem Blick auf diese beiden unversöhnlichen Gestalten schloss sie den Mund wieder und ging den Gang entlang in ihr Zimmer.

*****

Sie hatte kaum die Tür hinter sich geschlossen und sich mit allen Kleidern auf ihr Bett geworfen, als es klopfte. Im selben Moment trat Sarah ein, ohne auf ein Herein zu warten.

Damaris machte sich nicht die Mühe, aufzustehen, sondern blieb einfach auf dem Rücken liegen.

„Damaris, was ist geschehen?", fragte Sarah im Verschwörerton und setzte sich zu ihr aufs Bett.

„Deine Eltern haben mich in Imogens Zimmer erwischt."

„Ja, das habe ich mitbekommen. Damaris, wie konntest du nur?"

„Ich habe mich in der Tür geirrt", erwiderte sie lahm.

„Die Tür zu Imogens Zimmer ist immer abgeschlossen. Du wärest höchstens vor eine verschlossene Tür gerannt."

„Heute war sie auf", beharrte Damaris.

„Haben meine Eltern dir das geglaubt?"

„Nein."

„Siehst du. Und ich tue es auch nicht."

„Die Tür war auf", wiederholte Damaris bockig.

„Damaris, mir kannst du es sagen", beschwor Sarah sie. Endlich richtete Damaris sich auf und brachte ihr Gesicht ganz nahe an Sarahs. „In Ordnung. Die Tür war abgeschlossen. Aber gerade das reizte mich. Ich weiß nicht, wieso, aber es reizte mich. Ich kannte keine verschlossenen Türen im Schloss. Ich wollte herausfinden, weshalb man hier ein Zimmer verschlossen hält und ich probierte den Schlüssel zu meinem eigenen Zimmer aus. Frag mich nicht, warum. Nenn es Intuition."

Sie tastete mit der Hand in ihre Tasche, zog den Schlüssel heraus und hielt ihn Sarah provozierend unter die Nase.

„Er passte!"

„Natürlich. Hier passen alle Schlüssel zu jedem Zimmer."

„Ist mir nicht neu."

Sarah rückte ein wenig von ihr ab und Damaris entspannte sich ein wenig.

„Waren meine Eltern sauer?"

„Was denkst du wohl?"

Sarah sah ihre Freundin an ohne zu antworten.

„Was werden sie jetzt tun?", fragte sie nach einer Weile.

Damaris zuckte die Schultern. „Wahrscheinlich werfen sie mich jetzt endlich aus dem Haus. Ist sowieso schon lange überfällig."

„Nein!" Es war ein verzweifelter Aufschrei. „Das dürfen sie nicht."

„Natürlich dürfen sie. Und sie werden. Es ist schließlich ihr Haus."

„Dann nimm mich mit."

In Sarah stieg Panik auf. Sie hatte ein wenig die Tür zu ihrer Seele geöffnet - dieser fremden jungen Frau, die sie so sehr an ihre Schwester erinnerte. Sie hatte das Gefühl, nicht wieder zurück zu können. Nicht wieder ohne sie leben zu können. Nicht wieder alleine bleiben zu können mit ihren Eltern.

Sie sah Damaris so flehentlich an, dass diese von Mitleid überflutet wurde als wäre es eine Woge. Sie hob die Arme und zog Sarahs Kopf an ihre Brust. Ach, wie gerne würde sie dieses unglückliche Mädchen beschützen.

„Sarah, wenn es möglich wäre, würde ich dich mitnehmen. Aber das geht nicht."

„Warum nicht?", schluchzte das Mädchen.

Damaris hielt sie ganz fest.

„Deine Eltern würden es nicht erlauben."

„Meinen Eltern wäre es völlig gleichgültig."

„Aber Sarah, das kann ich mir nicht vorstellen. Keinen Eltern wäre das gleichgültig."

„Meinen schon."

Damaris sagte nichts mehr. Sie war davon überzeugt, dass Sarah recht hatte, trotzdem würden Joana und Roland nicht erlauben, dass sie mit ihr fort ging.

Sarah befreite sich aus Damaris' Armen und sah sie mit verweinten Augen an. Deren Kleid hatte an der Stelle, wo Sarahs Kopf gelegen hatte, schon einen nassen Fleck von deren Tränen.

„Wenn sie es aber doch erlauben, nimmst du mich dann mit?"

Damaris seufzte. Sarah bot einen jämmerlichen Anblick.

„Ja, Sarah. Dann nehme ich dich mit nach Hohenfeld", versprach sie.

188

„Und deine Eltern hätten nichts dagegen?"

„Nein. Sie sind sehr nett und liebevoll. Du würdest sie mögen."

Die Tür ging plötzlich auf und Joana trat ohne Anzuklopfen ein. Damaris richtete sich kerzengerade auf, blieb aber auf dem Bett sitzen.

„Sarah, lass uns allein!", befahl Joana.

Das Mädchen sah Damaris ängstlich an. Die nickte ihr zu. „Ist schon gut."

Daraufhin verließ sie das Zimmer.

„Und sie", fuhr Joana die junge Frau ohne Umschweife an, „wagen sie es niemals wieder, den Raum zu betreten."

„Warum darf ihn niemand betreten?", fragte Damaris herausfordernd. Sie glaubte nicht, noch viel zu verlieren zu haben.

„Weil wir es so wollen!"

„Es war Imogens Zimmer, nicht wahr?", tastete sie sich weiter vor.

„Ja. Und das wird es für immer bleiben. Das Zimmer wurde all die Jahre nicht verändert. Es ist unser Denkmal an die Erinnerung."

Das war ein Eingeständnis, das Damaris nicht erwartet hatte und das sie ermunterte, weiter zu fragen.

„Warum wollen sie die Erinnerung mit Niemandem teilen? Ist sie zu schmerzlich?"

„Ja", hauchte Joana und Damaris konnte fühlen, wie der Schmerz sie übermannte. Joanas Gesicht nahm einen seltsam weichen, verklärten Ausdruck an, den Damaris nie zuvor an ihr gesehen hatte. „Viel zu schmerzlich."

„Ich erinnere sie an Imogen, nicht wahr? Wir sehen uns nicht nur ähnlich, wir sehen genau gleich aus."

Mit einem Mal straffte Joana sich und alle Weichheit wich wieder aus ihrem Gesicht. Sie sah ihre Besucherin hart und unnachgiebig an.

„Ich möchte sie heute Abend beim Essen nicht sehen. Ich werde ihnen eine Kleinigkeit herauf bringen lassen."

„Aber…", begann Damaris, wurde aber sofort durch eine einfache Handbewegung zum Schweigen gebracht.

„Wir möchte sie nicht unten sehen", betonte Joana noch einmal.

„Haben sie das verstanden? Es ist wirklich nicht schwer."

Ja, Damaris hatte verstanden und sie wusste, dass sie sich lieber fügen sollte.

„Ich finde es schändlich, wie sie unsere Gastfreundschaft ausnutzen. Kaum sind wir einen Tag aus dem Haus, schnüffeln sie hier herum", warf Joana ihrem Gast vor und Damaris kam nicht umhin zuzugeben, dass sie diesen Vorwurf zurecht erhob.

Zwar hatten sich Joana und Roland ganz und gar nicht gastfreundlich verhalten, aber nichts desto trotz hatte sie in ihrem Haus herumgeschnüffelt, was – das konnte man drehen und wenden wie man wollte – ihr nicht zustand.

„Ich hatte mich in der Tür geirrt", versuchte sie es noch einmal.

„Ja, das sagten sie bereits. Und sie sollten meinen Mann und mich nicht obendrein durch ihre Lügen beleidigen. Wir vergessen niemals den Raum abzuschließen. Die Tür war nicht offen. Und jetzt händigen sie mir bitte ihren Schlüssel aus."

Damaris war überrascht.

„Nein, das tue ich nicht."

Joana zog fragend die Augenbrauen hoch. „Wie bitte?"

Offenbar war sie nicht daran gewöhnt, dass ihren Befehlen nicht Folge geleistet wurde.

„Frau Lindau, ich bin trotzdem immer noch Gast in ihrem Haus und möchte die Möglichkeit haben, mich nachts einzuschließen."

„Das ist völlig sinnlos, denn wenn sie jemand überfallen wollte, was nicht der Fall sein wird, könnte er jeden anderen Schlüssel benutzen.

„Nicht, wenn ich meinen Schlüssel von innen quer stecken lasse."

Joana nickte matt.

Damaris war überrascht, wie schnell sie nachgab.

„Na gut. Wenn sie noch einmal in Imogens Zimmer eindringen wollen, würde sie vermutlich sowieso irgendeine andere Möglichkeit finden. Behalten sie also ihren Schlüssel. Aber wagen sie es nicht noch einmal, den Raum zu betreten."

Ihre Stimme war leise und drohend.

Damaris schüttelte den Kopf, unfähig, ihr darauf wirklich ein Versprechen zu geben.

Joana nickte und drehte sich endlich um und ließ sie allein.

Damaris starrte auf die Tür, die sich hinter ihrer Gastgeberin geschlossen hatte. Sie hatte sie nicht hinaus geworfen, sie konnte es kaum glauben.

Warum eigentlich nicht? Wegen Sarah? Lag ihr doch etwas an ihrer Tochter? Ließ Joana sie hier, weil Sarah sie mochte?

Damaris verstand es nicht. Sie verstand diese ganze Familie nicht. Nur Sarah kam ihr allmählich etwas näher. Sie legte sich zurück aufs Bett und starrte an den Stoff des Baldachins.

*****

Die übliche Abendbrotzeit der Familie war bereits vorüber, als Rosi ein Tablett auf Damaris Zimmer brachte. Darauf standen Brote, etwas kaltes Hühnchen, Käse und Salat, ein Becher Weißwein sowie ein Krug Wasser und ein zweiter leerer Becher.

„Guten Appetit, Fräulein", wünschte sie etwas ironisch und verschwand sofort wieder. Damaris setzte sich an den kleinen Tisch unter dem Fenster und sah das Essen hungrig an.

Es war kaum zu glauben, aber ihr Appetit hatte sie eigentlich noch nie im Stich gelassen. Höchstens in der falschen Gesellschaft. Aber hier, in der Einsamkeit ihres Zimmers, machte sie sich hungrig über Brot, Käse und Hühnchen her.

Den Wein ignorierte sie. Sie musste einen klaren Kopf bewahren. Lieber schüttete sie sich einfach etwas Wasser in den leeren Becher.

„Brot und Wasser", murmelte sie vor sich hin. „Für die des Spionierens angeklagte Damaris von Seyrich."

Sie hatte kaum den letzten Bissen heruntergeschluckt, da flog die Tür zu ihrem Zimmer wieder auf. Sie würde sich wohl wirklich noch angewöhnen, die Tür abzuschließen. Die Leute hier schienen sich das Anklopfen allmählich abzugewöhnen.

Es war Sarah. Natürlich.

„Hallo Damaris."

„Sarah. Wie schön, dich zu sehen."

„Bist du sehr traurig?"

„Worüber?"

„Na, dass du ganz alleine in deinem Zimmer essen musst."

Damaris lachte auf. „Wirklich nicht. Im Gegenteil. Es schmeckt mir alleine sogar besser als in der Gesellschaft deiner Eltern."

„Oh Damaris, so darfst du aber nicht reden."

Jetzt war sie überrascht. „Und warum nicht?"

„Sie sind sehr streng, ich weiß. Aber sie meinen es nicht böse."

„Sie sind böse", antwortete Damaris ungnädig.

Gleich darauf taten ihr die harten Worte leid. Sarah sah so erbärmlich aus. Was auch immer Joana und Roland taten, wie auch immer sie sich verhielten und wie unwohl sich Sarah oft selbst fühlte – sie waren und blieben ihre Eltern. Und einzig aus diesem Grund nahm sie die beiden immer wieder in Schutz. Sarah saß zwischen allen Stühlen. Sie fühlte sich nicht wohl mit ihren Eltern und dennoch liebte sie sie. Pflichtschuldig. Weil Kinder ihre Eltern nun einmal liebten.

„Sie können die Erinnerung einfach nicht ertragen", erklärte Sarah zaghaft. „Oh Damaris, was soll ich nur tun?"

Sie fiel förmlich auf den Fußboden und bettete ihren Kopf in den Schoß der Älteren. Es war Damaris peinlich. Es war irgendwie – erniedrigend. Und das mochte sie nicht. Aber sie tat nichts dagegen.

„Wie meinst du das? Was sollst du tun?", fragte sie.

„Ich möchte nicht, dass du gehst. Ich will, dass du bleibst."

„Das wird wohl nicht möglich sein, Sarah. Und ehrlich gesagt, verspüre ich kaum Lust dazu, hier zu bleiben."

„Aber was soll ich dann tun?"

„Steh zuallererst mal von diesem Fußboden auf."

Sarah sah zu ihrer älteren Freundin auf. Einen Augenblick lang glaubte Damaris, sie hätte gar nicht verstanden, aber dann rappelte Sarah sich umständlich wieder auf.

Aber sie blieb mit dem Fuß im Saum ihres Kleides hängen und stolperte. Sie stützte sich am Tisch ab und fing sich wieder, doch der Becher Wein geriet ins Wanken. Damaris versuchte instinktiv, ihn aufzufangen, aber sie war zu ungeschickt. Er kippte um und die helle Flüssigkeit ergoss sich über den Tisch und Fußboden.

Sarah schlug sich erschrocken auf den Mund.

„Oh Jesus, was habe ich getan."

Damaris hob leichthin die Schultern. „Was hast du schon getan? Den Becher Wein umgestoßen. Ist doch nicht schlimm."

„Aber du wolltest ihn sicher noch trinken."

„Ich weiß nicht. Im Augenblick nicht. Komm, lass uns etwas suchen, womit wir die Pfütze aufwischen können."

Damaris stand auf und wühlte in ihren Sachen herum.

Sarah blieb unbeweglich vor dem Tisch stehen und starrte auf die kleine Pfütze, die unaufhörlich vom Tisch auf den Fußboden tropfte.

„Sarah, hilf mir."

Damaris verstand überhaupt nicht, wie eine solche Lappalie das Mädchen dermaßen aus dem Gleichgewicht bringen konnte.

„Ich habe deinen Wein verschüttet", stammelte sie.

„Und? Ist das ein Drama?"

„Du wirst keinen anderen bekommen."

Sie überstrapazierte allmählich gehörig Damaris Geduld.

„Es sollen schon Leute einen Tag ohne Wein überlebt haben. Sarah, was hast du nur?"

Langsam löste das Mädchen ihren starren Blick von der Weinpfütze und schaute ihre Freundin an. „Ich habe schon einmal Wein verschüttet", flüsterte sie.

„Ich auch. Es ist nie etwas passiert."

„Mir schon. Etwas Schreckliches. Imogen – sie -"

Ihre Stimme klang geradezu gespenstisch.

Damaris horchte nun doch auf. „Ja?"

Aber Sarah schien es sich schon wieder anders überlegt zu haben.

„Ach, es ist egal. Es ist gar nichts geschehen. Es ist ja nur ein Becher Wein."

Damaris sah sie misstrauisch an. Irgendetwas war doch geschehen, irgendetwas, das Sarah in Verbindung mit diesem verdammten Wein brachte.

Damaris fand endlich ein Tuch und begann, zuerst die Pfütze auf dem Tisch aufzuwischen.

„Imogen ist ein ungewöhnlicher Name, nicht wahr?"

„Nicht für mich. Er kommt in der Ahnenreihe meiner Mutter vor", erwiderte Damaris geistesabwesend.

Sarah nickte und Damaris verstand einfach nicht, was mit ihr los war.

Sie ging in die Hocke und machte sich daran, auch den Fußboden trocken zu wischen.

„Wirst du mich mitnehmen, wenn du fort gehst?"

Sie wirkte so ängstlich, so verunsichert.

„Darüber haben wir schon gesprochen. Wenn deine Eltern es erlauben."

„Das ist gut." Sie atmete erleichtert auf.

„Du weißt genau, dass sie es nicht erlauben werden."

„Dann reiße ich aus."

„Das geht nicht."

Damaris war dieses Gespräch allmählich leid. Sie drehten sich im Kreis.

Sarah lächelte sie so seltsam an, als wäre sie gar nicht ganz bei sich, irgendwie entrückt. Halb schien es, als wüsste sie etwas, das sie, Damaris, nicht einmal vermutete. Wie eine Hellseherin, die irgendetwas aus der Zukunft in ihrer Kristallkugel sieht. Halb wie ein verängstigtes Kind, das sich an den letzten Strohhalm klammert, den es hat. Und das war in Sarahs Fall, mit Damaris ihr Elternhaus zu verlassen.

„Ich muss jetzt gehen", sagte sie plötzlich.

„Du kannst gerne noch bleiben."

„Nein, ich muss gehen. Wenn meine Eltern mich hier erwischen…"

Damaris machte eine heftige Handbewegung.

„Was passiert dann? Schlimmstenfalls bekommst du Stubenarrest und ich werde aus dem Haus geworfen. Bis jetzt haben sie das seltsamerweise noch nicht getan."

„Du meinst, das könnte das Schlimmste sein?"

„Ja. Was glaubst du denn?"

Sie hob die Schultern und ließ sie wieder fallen. Doch es war keine Geste des Nichtwissens, sondern eher eine Geste der Überheblichkeit. Als wisse sie etwas, das sie nicht preisgeben wollte.

Damaris kam heute Abend einfach nicht an sie heran und sie war es müde, nach irgendwelchen Geheimnissen zu forschen.

Sie kannte das Geheimnis. Es war Imogen. Es war ihre Ähnlichkeit mit ihr. Joana und Roland hatten sich einfach zu sehr ihrer Trauer zugewandt und waren dadurch geradezu psychopathisch geworden.

Ihre Tochter litt darunter, das war schlimm, aber nicht mysteriös.

Und das war auch schon das ganze Geheimnis.

„Also: Was glaubst du, könnte passieren?"

„Imogen ist tot."

„Ich weiß, dass sie tot ist. Was hat das mit mir zu tun mit diesem verschütteten Wein. Verdammt noch mal!"

„Oh, oh Damaris. Verdammt…"

„Sagt eine wohlerzogene Dame nicht. Schon gut. Sarah, sprich mit mir oder lass mich wirklich allein. So geht es jedenfalls nicht."

Bei allem Verständnis für Sarah wurde Damaris allmählich richtig ärgerlich.

„Ja, ich muss jetzt gehen. Aber bitte, nimm mich mit, wenn du gehst. Auch wenn meine Eltern es nicht erlauben."

Damaris mied ihren Blick. Sie konnte ihr nicht in die Augen sehen und ihre Bitte ablehnen. „Das geht nicht, Sarah", antwortete sie so ruhig wie möglich.

„Bitte."

„Sarah!"

Sarah hob die Hand. „Es ist sowieso egal. Sie werden es erlauben. Sie sind doch froh, wenn sie mich los sind. Gute Nacht, Damaris."

„Gute Nacht, Sarah."

„Wenn ich auf euerem Schloss wohne, darf ich dann auch mein Haar offen tragen?"

Damaris lächelte matt.

„Ich werde dir eigenhändig die Nadeln aus dem Haar ziehen und du bekommst sie nur für hübsche, lockige Frisuren zurück."

Sie nickte. „Danke."

Dann war sie fort und Damaris sah minutenlang blicklos auf die geschlossene Tür. Sie hatte keine Ahnung, was sie von Sarahs seltsamen Benehmen halten sollte.

Sie schloss die Tür ab, drehte den Schlüssel quer und ließ ihn im Schloss stecken. Dann zog sie sich aus und legte sich in ihrem langen, weißen Nachthemd aufs Bett. Was war es nur, das Sarah so verängstigt hatte?

Der Wein – Imogens Tod – etwas schlimmes, das Joana und Roland tun könnten? Was für einen Unsinn redete dieses Mädchen? Ach, wäre sie doch nur niemals hergekommen. Ihr Besuch brachte nur Chaos in ihrer aller Leben. Sie selbst würde zufrieden im Schloss leben und schon gar nicht mehr an die Lindaus denken und Sarah würde ihr normales Leben weiter leben. Allerdings konnte sie nicht umhin, sich einzugestehen, dass Sarah auch damals schon unglücklich gewesen war. An ihrem ersten Tag auf Bergen, bei dem Spaziergang, auf der Bank vor dem Wald, war sie da etwa einem fröhlichen jungen Mädchen begegnet, das ihre Jugend genoss und sich auf ihr Leben freute? Nein, sie war schon damals unglücklich und verängstigt gewesen.

Aber heute Abend war trotzdem etwas anders. Was war mit ihr los gewesen? Hatte sie ihr etwas sagen wollen? Wieso war sie so sicher, dass ihre Eltern erlauben würden, dass sie fort ging? Was wusste sie von ihren Eltern, das für sie, Damaris, noch im Dunklen lag?

Damaris schloss die Augen und legte einen Arm über ihre schmerzende Stirn. Schon wieder hatte sie Kopfschmerzen. Sie dache einfach viel zu viel nach.

Sie musste fort. Es hatte alles keinen Sinn. Es war an der Zeit, wieder zu gehen. Nur fort aus diesem Haus. Zurück nach Hohenfeld.

Bestimmt waren ihre Eltern schon zurück. Vielleicht konnte sie Sarah wirklich mitnehmen, zumindest für einen Besuch. Sie wollte ihr zeigen, wie anders Familienleben sein konnte.

Es war viel Zeit vergangen, seit sie von Hohenfeld abgereist war. Am 23. April hatte sie das Schloss verlassen und jetzt war der 8. Mai. Nein, soviel Zeit war gar nicht vergangen, sie war nur so ereignisreich gewesen, dass es ihr so lang vorkam.

Oliver – sie musste an Oliver schreiben. Sie musste sich zumindest bei ihm melden und sich bedanken, weil er ihr den Brief ihrer

Eltern geschickt hatte. Ach, warum hatte er ihn nicht selbst gebracht?

Fürchtete er, auch hier nicht eingelassen zu werden wie damals auf Bergen, als er sie während ihrer Krankheit besuchen wollte?

Wieso hatte er sich überhaupt abweisen lassen?

In Freundschaft.

War es wirklich nur Freundschaft, die er empfand? Damaris sehnte sich nach Oliver. Seine Nähe tat ihr so gut. Seine Fröhlichkeit machte auch sie fröhlich. Seine Kraft machte auch sie stark.

Oh Oliver, warum besuchst du mich hier nicht, wo ich dich so sehr brauche. Muss wieder ich zu dir kommen? So etwas tut eine Dame eigentlich nicht, dachte sie.

Sein Gesicht erschien vor ihrem geistigen Augen. Klar und deutlich, als würde er vor ihr stehen. Und sie lächelte selig vor sich hin.

*****

„Ich bin viel mehr als dein Freund", sagte Oliver. „Ich liebe dich. Viel mehr, als es Clemens je getan hat. Clemens hat sich nur in dich verliebt, weil du Imogen ähnlich siehst. Weil du Imogen ähnlich bist."

„Nein!", schrie sie. „Ich bin ihr nicht ähnlich. Ich bin Damaris! Ich bin keine zweite Imogen."

„Doch, das bist du", sagte Clemens. „Du bist nichts weiter, als der Ersatz für Imogen, die der Tod mir genommen hat."

„Aber ich bin doch nicht tot. Ich bin doch hier."

Plötzlich war Imogen da. Leibhaftig.

„Imogen! Du lebst? Wo kommst du her?", fragte Damaris überrascht.

„Ich bin überhaupt nicht tot. Ich bin nur verschwunden. Es war nur Sarahs Strafe, weil sie den Wein verschüttet hatte."

„Eine so furchtbare Strafe für eine solche Lappalie?"

„Es können noch viel schlimmere Dinge geschehen, es können noch viel schlimmere Dinge geschehen, es können noch viel…"

Wie ein Echo hallten diese Worte durch den Raum.

„Dort ist sie! Der Geist von Imogen!", schrieen irgendwelche Leute dazwischen.

„Aber Imogen ist lange tot. Es gehen seltsame Gerüchte um. Man erzählt sich, dass sie ein Findelkind ist. Auf der Schwelle des Hauses gefunden…"

Plötzlich war Damaris inmitten fremder Menschen, umzingelt von übergroßen Köpfen mit verzerrten Gesichtern, die vor ihr erschraken. Die vor ihr zurückwichen. Die mit ihren großen Fingern auf sie zeigten und kreischten und schrieen.

„Der Geist! Schau, der Geist von Imogen!"

„Neiiiin! Ich bin nicht Imogens Geist! Ich bin Damaris!"

„Ein Gespenst. Der Geist von Imogen!"

Sarah tauchte zwischen den Fratzen auf. Ein hübsches Gesicht unter einer viel zu strengen Frisur.

„Es können noch viel schlimmere Dinge geschehen."

„Hättest du sie nur nie ins Haus gebracht", mischte sich Sophia ein.

„Eine Frau, die Imogen nicht ähnlich sieht, hätte es einfacher."

„Sie weckt schlimme Erinnerungen."

„Aber es könnten noch viel schlimmere Dinge geschehen."

Die Stimmen vermischten sich zu einem großen Gewirr und die Fratzen schwirrten um sie herum ohne dass sie einzelne auseinanderhalten konnte.

„Nein! Ich bin nicht der Geist von Imogen!", schrie sie.

„Doch, das bist du. Du bist ich und ich bin du. Wir sind völlig identisch. Wir sind ein und dieselbe Person. Du fühlst sogar meine Gefühle. Du hast es doch selbst schon gemerkt. Schon damals, als du hier eintrafst. Du und ich - wir sind eins. Imogen und Damaris."

„Nein! Imogen. Nein, lass mich in Ruhe!"

„Ich kann dich nicht in Ruhe lassen. Wir sind eins."

„Nein! Geh fort von mir!"

„Imogen ist ein ungewöhnlicher Name, nicht wahr?"

„Nicht für mich. Er kommt in der Ahnenreihe meiner Mutter vor."

In der Ahnenreihe meiner Mutter.

*****

Sie schlug die Augen auf. Sie war nass geschwitzt. Ihr Nachthemd klebte an ihrem Körper und ihr Haar lag feucht und strähnig auf dem Kissen. Sie sah sich im Zimmer um. Doch es war bereits finster und nur allmählich gewöhnten sich ihre Augen an die Dunkelheit.

Im Zimmer war nichts Auffälliges.

Sie atmete auf.

Ein Traum. Nur ein Traum. Es waren einfach zu viele Ereignisse und zu viele Fantasien um Imogen auf Sie eingestürzt. Sie verfolgte sie jetzt schon im Schlaf.

Damaris konzentrierte sich auf ihre Atmung, wie sie es immer tat, wenn sie aufgeregt war. „Ganz ruhig", redete sie sich zu. „Ganz ruhig. Es war nur ein Traum."

Sie schloss wieder die Augen.

Doch sofort riss sie sie angstvoll wieder auf. War es wirklich nur ein Traum? Oder hatte Sarah ihr am Abend zuvor etwas mitteilen wollen?

Es könnte Schlimmeres geschehen."

Was könnte schlimmeres geschehen? Was hatte es mit ihrer übertriebenen Reaktion auf den verschütteten Wein auf sich?

„Imogen ist ein ungewöhnlicher Name."

„Nicht für mich."

Es war ein ungewöhnlicher Name. Er kam eigentlich nur hin und wieder in Adelskreisen vor.

Man erzählt sich, sie sei ein Findelkind. Auf der Schwelle des Hauses gefunden.

In der Ahnenreihe meiner Mutter kommt dieser Name vor.

Sowie Damaris in der Ahnenreihe ihres Vaters vorkam.

Was hatte Sarah ihr sagen wollen?

Die Gedanken schwirrten wirr durch ihren Kopf. Fetzen aus Gesprächen, die sie mit Oliver, Sarah und dem Wirt geführt hatte, drangen von irgendwo in ihr Bewusstsein und verlangten eine Bedeutung, die sie ihnen nicht geben konnte.

Wie hing alles zusammen? Wie fügten sich die einzelnen Wahrheiten zu einer großen Wahrheit zusammen?

Wie groß war das Drama um Imogen wirklich?

Sie saß plötzlich aufrecht und hellwach im Bett.

Was war hier los? Sie dachte, sie kannte das Geheimnis? Wie hatte sie das nur jemals glauben können? Nein, sie kannte es noch nicht. Und es gab nur einen einzigen Weg, um das ganze Geheimnis aufzudecken:

Noch einmal in Imogens Zimmer gehen.

*****

Sie schlug die Bettdecke beiseite. Sie raschelte und sie hielt erschrocken in der Bewegung inne. Sie hatte die unsinnige Vorstellung, die ganze Familie stünde gleich in ihrem Zimmer, aufgeweckt vom Rascheln ihrer Daunen.

„Was für ein Unsinn, Damaris", beruhigte sie sich lautlos.

„Wie kann jemand in einem anderen Zimmer ein so leises Geräusch hören? Deine Nerven sind überspannt."

Sie zwang sich zur Ruhe und schob ganz vorsichtig die Bettdecke weiter fort, bis sie ihre Beine aus dem Bett schieben und aufstehen konnte.

Ein paar Sekunden lang blieb sie unschlüssig stehen. Es war stockfinster. Zwar hatten sich ihre Augen inzwischen an die Dunkelheit gewöhnt, aber trotzdem brauchte sie etwas Licht.

Sie tastete nach einem Kerzenständer auf der Konsole und entzündete die Kerze. Viel war es nicht, aber besser als nichts.

Barfuß und im Nachthemd schlich sie zur Tür.

Ihr Atem ging seltsamerweise jetzt ganz ruhig und diese Ruhe gab ihr die Kraft, zu handeln. Zu tun, was sie tun musste. Allein.

Erklären konnte sie ihren Gemütszustand nicht. Wie konnte sie gerade jetzt so ruhig sein?

Sie schloss die Tür auf, zog den Schlüssel ab, zog sie ganz vorsichtig auf und spähte auf den Gang. Frei. Alle schliefen noch – natürlich. Es war mitten in der Nacht!

Sie trat so wie sie war auf den Gang. Auf Schuhe verzichtete sie, schon weil sie glaubte, damit nicht leise genug zu sein.

Sie verschloss das Zimmer sorgfältig. Falls jemand nach ihr sah, sollte er denken, sie sei im Raum und hätte abgeschlossen. Im Nachhinein war es ein Glück, dass sie das sogar angekündigt hatte.

Auf Zehenspitzen schlich sie zu Imogens Zimmer.

Einen flüchtigen Moment lang dachte sie daran, wie es wäre, wenn sie sich dieses Mal wirklich in der Tür irren und plötzlich in Joanas und Rolands Schlafgemach stehen würde. Der Gedanke ließ sie zusammen zucken. Aber das war natürlich Unsinn. Ihre Fantasie ging mit ihr durch. So etwas konnte nicht passieren. Sie wusste genau, welches Imogens Zimmer war. Sie fragte sich, ob sie es schon vorher geahnt hatte. Wieso hatte sie dieser Raum so magisch angezogen? Wieso hatte sie überhaupt versucht, dort hinein zu gelangen? Sie hatte niemals in fremden Häusern auch nur den Hauch einer solchen Neugier verspürt.

Welche geheimnisvolle Kraft hatte sie es dieses Mal verspüren lassen?

Sie schob ihren eigenen Zimmerschlüssel sachte in die Tür und schloss sie auf. Sie achtete sehr darauf, nicht das geringste Geräusch zu machen. Doch so vorsichtig sie auch war, nervös war sie nicht. Sie war immer noch vollkommen ruhig.

Gespenstisch ruhig.

Sie schob die Tür auf. Ganz, ganz langsam. Schließlich wusste sie, wie sehr sie quietschte. Nur so weit, dass sie gerade hineinschlüpfen konnte.

Und da stand sie nun zum zweiten Mal in diesem Raum. Beim ersten Mal hatte sie das Portrait nicht sofort bemerkt, weil es ja beim Eintreten hinter ihr hing. Dieses Mal sah sie es sofort an.

Das Mädchen darauf faszinierte sie heute nicht weniger als gestern. Diese Ähnlichkeit war so unheimlich, dass sie sogar ihr selbst das Blut in den Adern gefrieren ließ.

Sie musste sich zwingen, den Blick abzuwenden und sich auf den eigentlichen Grund ihrer Anwesenheit in dem Raum zu besinnen.

Sie schloss die Tür vorsichtshalber wieder ab und sah sich im Zimmer um.

Wo sollte sie anfangen? Und wonach suchte sie überhaupt?

Sie wusste es selbst nicht. Sie hatte keine andere Wahl, als sich einfach umzusehen und zu hoffen, dass ihr zufällig etwas in die Hände fiel, das mehr über Imogen und ihr Schicksal aussagte.

Sie stellte die Kerze neben der Truhe ab und hob den Deckel.

Darin fand sie jede Menge feinste Wäsche, die sicherlich noch von Imogen stammte und nie wieder benutzt worden war. Welche Verschwendung. Seit Jahren lagen diese Sachen nun unangetastet in dieser Truhe.

Auch ein Denkmal an die Erinnerung?

Damaris schrak zusammen. Hatte sie nicht Schritte gehört? Ja, ganz deutlich. Draußen ging jemand über den Gang. Sie nahm die Kerze und hockte sich hinter das Bett. Am liebsten hätte sie sie gelöscht, damit kein Lichtschein durch den schmalen Spalt zwischen Tür und Fußboden dringen konnte. Aber hier gab es nichts, womit sie die Flamme wieder hätte entfachen können.

Plötzlich war es wieder still. Hatte sie es sich eingebildet?

Sie war nicht ganz sicher. Es war durchaus möglich, dass ihre überreizten Nerven ihr einen Streich gespielt hatten. Sie versuchte, wieder ruhig zu atmen, bevor sie sich erneut auf die Suche begab.

Sie suchte in allen Ecken. Sie öffnete jede Schublade.

Sie fand einfach nichts, gar nichts, was ein wenig Aufschluss über Imogens Leben geben konnte.

Damaris konnte es nicht glauben. Sie war so sicher gewesen, dass sie hier hinter ihr Geheimnis kommen würde. Ihre nächtliche Spionage war ein Fehlschlag gewesen. Nichts hatte sie erreicht, außer einer schlaflosen Nacht.

Sie schlich ebenso leise wieder zurück, wie sie gekommen war und legte sich ins Bett. Sie war tief deprimiert. Sie war immer noch sicher, dass es irgendetwas zu finden gab und zwar in Imogens Zimmer. Sie hatte nicht gründlich genug gesucht.

Woher kam diese Sicherheit? Wieso glaubte sie, so genau zu wissen, etwas in ihrem Zimmer zu finden?

Wieso fühlte sie sich so sonderbar mit ihr verbunden?

Wurde sie allmählich verrückt?

Ja, das war es wohl. Sie steigerte sich zu sehr in dieses Geheimnis hinein. Sie war ja schon ganz besessen davon.

„Du bist bockig, Damaris", sagte sie zu sich selbst. „Du konntest Fehlschläge noch nie gut eingestehen."

Sie schloss die Augen. Sie war vollkommen übermüdet.

Sie musste schlafen. Schlafen. Und dann würde sie so schnell wie möglich dieses Haus verlassen, bevor sie vollkommen verrückt wurde.

Kapitel 10:
Imogens Geheimnis
09. und 10. Mai

Am nächsten Tag unternahm sie mit Sarah einen Ausritt. Der erste, seit Damaris in dieses Haus gekommen war. Sie hatte ihre regelmäßigen Ausritte sehr vermisst, aber nicht gewagt, nach einem Pferd zu fragen.

Sie hatte am Morgen mit der Familie gefrühstückt. Joana und Roland waren sehr überrascht gewesen, sie zu sehen. Vermutlich hatten sie erwartet, sie würde es vorziehen, ab jetzt immer in ihrem Zimmer zu essen. Im Grunde war das auch so. Aber sie wollte demonstrieren, dass sie nicht so leicht unterzukriegen war.

Gleich nach dem Frühstück paukten Sarah und Damaris die unvermeintlichen französischen Vokabeln und Grammatik. Es war schon früher Nachmittag, als sie ihr Pensum geschafft hatten und Sarah selbst den Ausritt vorschlug.

Sie ritten nicht Richtung Dorf und auch nicht zur Stadt. Sie ritten einfach drauflos, schnell und frei. Sie sprangen über Zäune, Sarah lachte, wie Damaris sie noch niemals lachen gehört hatte. So unbeschwert konnte dieses Mädchen also sein. Wie schön, sie so anders zu erleben.

Sie kamen zu einem kleinen Wäldchen und hielten an.

„Setzen wir uns einen Moment dorthin?", fragte Damaris ein wenig atemlos.

„Ja gerne", stimmte Sarah zu.

Die beiden sprangen von ihren Pferden, banden sie an einen Baum und setzten sich selbst vor einen breitstämmige Eiche. Damaris musste daran denken, wie sie mit Oliver vor einem solchen Baum gesessen hatte. Damals, bei ihrem Ausritt in den Wald. Seitdem schien eine Ewigkeit vergangen zu sein.

„Sarah, ich muss mit dir reden", begann sie ernst.

„Ja?"

„Ich muss allmählich abreisen."

„Nein!"

Damaris versuchte, ganz ruhig zu bleiben. „Es geht nicht anders, Sarah. Wir haben das doch schon einige Male besprochen. Ich kann doch nicht ewig hier bleiben. Meine Eltern sind sicher längst wieder auf Hohenfeld und warten auf mich."

Sarah schüttelte hartnäckig den Kopf. „Nein, das glaube ich nicht. Sie wissen doch, wo du bist."

„Nicht genau. Nur, dass ich bei einer Freundin bin. So oder so - du musst doch verstehen, dass ich nicht ewig hier bleiben kann. Ich bin nun schon fast eine Woche hier."

„Eine Woche ist nicht lang."

„In einem Haus, in dem man unwillkommen ist, schon."

Sarah stöhnte und begann, geistesabwesend Haarnadeln und Klammern aus ihrer strengen Frisur zu lösen, bis ihr Haar locker über die Schultern fiel.

„Das sieht hübsch aus", murmelte Damaris.

„Du kannst jetzt nicht fort", sagte Sarah, ohne auf das Kompliment einzugehen.

„Ich kann nicht? Wieso kann ich nicht?"

„Du bist doch auf der Suche nach dem Geheimnis."

Es war keineswegs eine Frage, eher eine Feststellung. Damaris war wie vor den Kopf geschlagen.

„Wie bitte?"

„Stimmt es etwa nicht?"

„Wovon zum Teufel redest du?", fragte Damaris nicht sehr überzeugend.

„Aber Damaris, das weißt du doch genau. Du hast von Anfang an bemerkt, dass es ein Geheimnis gibt und du möchtest es entdecken. Oder habe ich Unrecht?"

Sarah legte den Kopf schief und sah ihre ältere Freundin erwartungsvoll an. Damaris strich verlegen ihren zusammengebundenen Haarzopf durch die Hände. „Was weißt du davon?"

„Och, gar nichts."

„Mach mir nichts vor", entgegnete Damaris schroff.

„Das tu ich nicht!", rief Sarah aus. Aber ihre Stimme klang schrill und strafte ihre Worte Lüge.

„Sarah, bitte. Ich dachte, wir sind Freundinnen. Was weißt du über das Geheimnis?"

„Nichts."

„Gibt es überhaupt ein Geheimnis?"

Sie nickte heftig. „Aber natürlich."

„Dann weißt du auch, worum es geht."

Sarah antwortete nicht. Damaris konnte in ihren Augen lesen, dass sie ihre ganze Suche mit ein paar Antworten beenden konnte.

„Du musst es schon selbst herausfinden, das ist doch gerade das reizvolle daran."

Damaris seufzte. „Kann ich nicht finden. Es ist nervenaufreibend."

„Ich habe bemerkt, dass du letzte Nacht noch einmal in Imogens Zimmer warst."

Damaris versuchte nicht, das abzustreiten. „Du warst das? Ich habe Schritte gehört, aber ich dachte schon, ich hätte es mir nur eingebildet."

„Nein, ich war das."

„Hör zu, Sarah. Ich habe allmählich den Eindruck, dass du sogar willst, dass ich dieses Geheimnis entdecke."

Das Mädchen hob scheinbar gleichmütig die Schultern, aber sie konnte Damaris nicht täuschen.

„Du wirfst mir dauernd irgendwelche Bröckchen Andeutungen hin, nur damit ich nicht den Mut verliere und weitermachen. Gestern Abend war es auch so, nicht wahr? Du wusstest, dass ich schon aufgeben wollte. Du wusstest, wie sehr Imogens Portrait mich erschüttert hatte. Und dann kamst du mit deinem sonderbaren Verhalten, mit deinem dummen Gerede über verschütteten Wein und schlimmen Dingen, die passieren können."

„Das war kein dummes Gerede."

„Da stimme ich dir zu, es war sogar ziemlich raffiniert. Und du bist sogar schon auf Bergen damit angefangen. Damals, als wir uns in dem Wald getroffen haben."

Sie nickte fast unmerklich.

„Sarah, erzähl es mir."

„Nein."

„Warum nicht?"

„Ich kann nicht."

„Ich dachte, wir sind Freundinnen."

„Sie war sogar meine Schwester."

Damaris stöhnte.

„Das Wissen belastet dich doch, stimmt es nicht?"

„Ja."

„Und du kannst es mir trotzdem nicht erzählen? Es wird dich erleichtern, wenn du darüber sprichst."

„Nein."

Damaris verlor die Geduld. „Sarah, ich habe langsam die Nase voll von diesem Getue. Entweder du erzählst mir jetzt alles oder ich fahre sofort heim. Noch heute."

Das Mädchen sah ihre ältere Freundin traurig an und die wusste, dass sie Sarah niemals so alleine lassen würde. Aber was sollte sie tun, wenn sie ihr nicht half?

„Du kannst mir vertrauen."

„Ja, das weiß ich."

„Dann verstehe ich nicht, dass du es nicht tust."

„Ich vertraue dir. Deshalb verhindere ich deine Suche nicht. Aber ich – ich kann dir einfach nicht helfen."

Damaris glaubte zu verstehen. Sie kannte das Geheimnis und wurde kaum allein damit fertig. Sarah wollte es gerne mit ihr teilen, aber sie wollte nicht diejenige sein, die es verriet. Ein ziemlicher Zwiespalt. Das Mädchen machte es einem wirklich nicht leicht.

Sollte sie weitersuchen?

Warum eigentlich? Es ging sie doch überhaupt nichts an.

Und wo und wonach sollte sie suchen?

„Wir müssen zurück", sagte Sarah auf einmal und begann geschickt, ihr Haar wieder in diese scheußliche Frisur zu verwandeln, die sie zu Hause immer trug.

Warum durfte Imogen eigentlich diese wunderschöne offene Haarpracht tragen wie auf dem Portrait, fragte sich Damaris.

*✦✦✦✦

Als sie das Haus wieder betraten, trafen sie sofort auf Roland. Stocksteif stand er in der Halle und wartete, bis Sarah und Damaris näher getreten waren.

„Hallo Vater", grüßte Sarah befangen.

Damaris beobachtete beide genau. Sarah war eingeschüchtert, geradezu ängstlich. Roland Lindau wirkte streng und unnachgiebig, ja sogar furchteinflößend.

„Wo ward ihr?"

„Wir haben einen Ausritt gemacht."

„Habe ich das erlaubt?"

„Nein, ich… wir…"

„Wir dachten nicht, dass das ein Verbrechen ist", kam Damaris Sarah zu Hilfe. Das Mädchen sah sie entgeistert an, aber Damaris achtete überhaupt nicht darauf.

„Ich habe nicht mit ihnen gesprochen, Fräulein von Seyrich."

Damaris hielt seinem Blick stand, antwortete aber nicht.

„Sarah, du hast mich nicht gefragt, ob ihr ausreiten dürft. Und ich hätte es auch nicht erlaubt. Ich nehme an, gerade deshalb hast du nicht gefragt?"

Sarah hielt ihren Blick starr zu Boden gerichtet. Damaris hätte sie am liebsten an den Haaren gezogen, um sie zu zwingen, ihren Kopf zu heben und ihrem Vater in die Augen zu sehen.

Diese Demut, diese Unterwürfigkeit machte sie so wütend. Sie konnte es nicht ertragen, wenn Menschen sich so erniedrigten. Und sie war auch nicht so erzogen worden.

Sicher hatte auch sie als Kind nicht zu allem, was sie wollte, die Erlaubnis bekommen. Auch ihr wurden Wünsche abgeschlagen und Befehle gegeben. Aber gedemütigt wurde sie nie.

„Wir sind beide keine kleinen Kinder mehr. Ich dachte nicht, dass wir um Erlaubnis fragen müssten", wiederholte Damaris hocherhobenen Hauptes.

„Ich sagte schon einmal, ich rede nicht mit ihnen. Meine Tochter hat gewusst, dass sie unsere Erlaubnis braucht."

Damaris fiel auf, dass er förmlich *meine Tochter* sagte. Nicht etwa Sarah. Und auch nicht unsere Tochter.

„Und wenn sie jetzt nicht auf der Stelle meine Autorität anerkennen und weiterhin in diesem Ton mit mir reden, werden hier ganz andere Dinge geschehen."

Damaris zuckte zusammen.

Es können noch viel schlimmere Dinge passieren.

„Ihr werdet beide euer Abendbrot auf eueren Zimmern einnehmen. Und zwar jeder in seinem Zimmer."

Damaris fühlte Sarahs Hand, die ihre warnend drückte und sie schluckte eine böse Erwiderung herunter, die ihr schon wieder auf der Zunge lag.

Verdammt, Sarah. Warum musst du nur so verflucht unterwürfig sein, dachte sie wütend.

Lange würde sie es hier nicht mehr aushalten. Entweder würde Roland sie umbringen oder sie würde den Verstand verlieren. Warum zum Teufel hatten die Lindaus sie eigentlich noch nicht hinaus geworfen? Nicht, dass sie das wollte. Schließlich gab es da immer noch das Geheimnis. Aber sie verstand es einfach nicht.

Oh verflucht! Sie musste hier raus. Sonst würden womöglich wirklich noch schlimmere Dinge passieren.

Sie fasste Sarahs Hand fest, so dass sie sich nicht wieder unauffällig von ihr lösen konnte und begann, die Treppe hinauf zu steigen. Die widerstrebende Sarah zog sie hinter sich her.

„Ich habe euch nicht die Erlaubnis gegeben, euch zu entfernen!", schrie Roland hinter ihnen her.

Hatte sie es doch geahnt, dass ihm das auch wieder nicht passen würde.

„Bleibt gefälligst stehen!"

Damaris ging immer weiter. Nicht sehr schnell, aber ohne zu zögern. Sarah wehrte sich nicht mehr. Sie hatte vielleicht eingesehen, dass es sinnlos war.

Oben angekommen steuerte Damaris direkt auf ihr eigenes Zimmer zu, das neben Sarahs lag.

Sie fühlte deren ängstlichen Blick auf sich gerichtet und Rolands wütenden von unten aus der Halle. Sie fühlte ihn fast körperlich, obwohl sie ihn schon längst nicht mehr sehen konnte.

Sie lächelte Sarah zu. „Keine Angst, Sarah. Es wird alles gut."

„Du verlässt mich nicht?"

„Nein. Ich verlasse dich nicht."

Damaris konnte sehen, wie erleichtert sie war. Sie drückte die Klinke zu ihrem Zimmer herunter und verschloss die Tür wieder. Einen Moment lehnte sie sich mit dem Rücken dagegen und schloss erleichtert die Augen. Die Situation überforderte sie inzwischen stark.

Die Lindaus, die ihr mit solchem Hass begegneten.

Sarah, die sich so sehr an sie klammerte.

Und dieses Geheimnis – das unbestritten da war.

Was war hier nur los?

Sie brauchte dringend ein paar Stunden Ruhe.

Hinter ihrem Rücken tastete sie nach dem Schlüssel und drehte ihn herum.

Das schon bekannte Tablett mit Brot, Käse, Wein und Wasser stand bereits auf dem kleinen Tisch unter dem Fenster. Doch Damaris verspürte keinen Hunger. Dazu war sie viel zu aufgeregt, aber sie ging langsam auf das Tischchen zu und schenkte sich noch im Stehen einen Becher Weißwein ein.

Sie trank ihn in einem Zug leer. Aah, das tat gut.

Ihr wurde schon ganz schwummerig zumute. Einen ganzen Becher Wein in einem Zug auszutrinken, war sie nicht gewöhnt. Sie musste unbedingt etwas essen. Sie nahm also etwas Brot, belegte es dick mit Käse und biss herzhaft hinein.

Sie schenkte sich einen zweiten Becher Wein aus der Karaffe ein und trank noch mit vollem Mund einen Schluck. Der Wein war trocken und schmeckte hervorragend zu dem herzhaften Brot und dem würzigen Käse.

Sie gähnte. Der Tag war ziemlich anstrengend gewesen.

Sie war müde.

Sie aß und trank und seltsamerweise wurde ihr Appetit beim Essen angeregt. Es ging ihr schon viel besser. Der Wein machte sie so herrlich gleichmütig. Zum ersten Mal seit sie dieses Haus betreten hatte – nein, eigentlich seit sie Hohenfeld verlassen hatte, ging es ihr gut. Sie lehnte sich zurück und schloss die Augen. Was ging es sie an, was in diesem Haus geschah! Gar nichts! Sie machte sich nur das Leben schwer mit diesen Grübeleien.

Damaris lächelte selig an die Decke und breitete die Arme aus. Eine wohlige Wärme durchflutete ihren Körper, eine wundervolle Müdigkeit ergriff von ihm Besitz.

Sie lehnte sich wieder vor und trank den Rest Wein.

Mm, er war gut. Aber jetzt hatte sie wirklich Durst, sie brauchte etwas Wasser. Sie schüttete sich also Wasser in einen zweiten Becher und leerte ihn in einem Zug. Das tat so gut. Aber – oh, sie war so unendlich müde.

Sie erhob sich, fiel zurück auf ihren Stuhl. Ihre Beine wollten sie einfach nicht tragen. Sie versuchte es noch einmal. Dieses Mal fiel sie zwar nicht zurück, aber es kostete sie unendlich viel Kraft. Ihre Beine zitterten heftig. Nur mühsam schleppte sie sich zum Bett, fiel mit all ihren Kleidern darauf. Gott sei Dank, dass sie nicht geschnürt war.

Sie war so müde. Ihre Gliedmaßen waren schwer, ihre Augen konnte sie schon gar nicht mehr öffnen.

Woher kam nur diese unglaubliche, bleierne Müdigkeit? Das konnte nicht nur am Alkohol liegen.

Die Milch von Bergen kam ihr siedend heiß in den Sinn.

Das Schlafmittel, das Sophia ihr hinein getan hatte.

Hatten auch die Lindaus etwas in den Wein getan?

Ja, das war durchaus möglich, aber es war ihr gleichgültig.

Wenn es so war, schlief sie eben, schlief die ganze Nacht und den ganzen nächsten Tag. Schlief alle Sorgen und Grübeleien einfach weg und wenn sie aufwachte, würde alles gut sein.

Sie würde fort gehen. Sie würde dieses Geheimnis vergessen und fort gehen.

Sie war so müde, so unendlich müde. Sie musste schlafen.

Schlafen, schlafen.

*****

„Aufwachen, Damaris! Wach auf!", schrie jemand. Aber sie war so müde. Sie wollte nicht aufwachen. Sie wollte schlafen.

Die Person zog an ihren Armen, zerrte so lange daran, bis sie auf dem Bett saß. Ihr Kopf fiel nach vorn, sie war unfähig ihn zu halten.

Wieso ließ dieser Mensch sie nicht schlafen? Wieso zerrte er so an ihr herum?

Er hielt ihren Körper mit seinem Arm aufrecht und schlug ihr mit der anderen mehrmals an die Wange. Nicht stark, aber immer wieder. Damaris spürte es kaum, aber es ärgerte sie trotzdem.

„Lassen sie das", lallte sie. „Lassen."

Sie war unfähig, die Augen zu öffnen. Sie wusste noch immer nicht, wer diese Person war, die sie so quälte.

„Steh auf, Damaris."

Die Person begann schon wieder an ihr zu zerren. Sie wollte doch nur schlafen, war das zuviel verlangt?

Sie ließ sich zurück aufs Bett fallen, aber der Mensch war schneller und hielt sie an den Armen zurück. Er würde sie ihr noch ausreißen.

„Du musst aufstehen! Damaris! Los, los!"

„Mmm", brummte sie unwillig. Was wollte er nur von ihr? Wieso konnte er sie nicht in Ruhe lassen? Fast nur im Unterbewusstsein bekam sie mit, wie der Mann – sie war sich inzwischen fast sicher, dass es ein Mann war - sie aufrichtete, bis sie schließlich vor dem Bett stand.

Er hielt sie fest, sonst wäre sie umgefallen, ihre Beine hätten sie nicht getragen. Er schleifte sie durch das Zimmer, ihre Beine schleiften kraftlos hinter ihr her.

Sie erlebte das alles wie im Traum.

Aus weiter Ferne.

Und doch störend und gequält.

„Damaris! Damaris! Wach auf. Verdammt noch mal! Du darfst nicht einschlafen."

Sie blinzelte.

„Oliver?", fragte sie ungläubig.

„Ja, ja natürlich. Ich bin es. Damaris, bitte, wach auf."

„Oliver", wiederholte sie lallend. Ihre Zunge war so schwer wie ihre Beine.

Er war gekommen.

„Damaris, du musst laufen. Nicht einschlafen, bitte!"

Ihr Kopf fiel nach vorn, ihre Augen fielen zu. Sie konnte sich nicht wach halten. Sie konnte es nicht!

Oliver war verzweifelt. Er setzte sie auf einen Stuhl, den Rücken angelehnt, damit sie nicht zurückfallen konnte. Er wusste, er

musste sie wach halten. Sie durfte nicht einschlafen. Sonst –
sonst... Darüber wollte er lieber gar nicht nachdenken. Hilfe hatte
er in diesem Haus bei seinen Bemühungen nicht zu erwarten. Er
war allein in seinem Kampf um Damaris Leben.

Er presste ihre Wangen zusammen, so dass ihr Mund sich automatisch öffnete. Er steckte ihr seinen Finger in den Hals.

Sie begann zu würgen.

„Ja, Damaris. Ja! Du musst dich übergeben. Oh, es tut mir so leid,
dass ich dich quälen muss, aber du musst brechen."

Damaris wurde übel. Ihr Oberkörper fiel nach vorne und plötzlich
erbrach sie in die Waschschüssel, die Oliver ihr unter das Gesicht
geschoben hatte.

Ihr war so übel, so unendlich übel.

Sie erbrach alles, was sie am Vortag zu sich genommen hatte.
Ihre Kehle brannte, der Geschmack bitterer Galle war entsetzlich.
Irgendwann war es vorbei. Ihr Magen war leer. Es gab einfach
nichts mehr, was sie hätte erbrechen können. Trotzdem war ihr
noch immer so schlecht. Sie hatte noch immer dieses Würgege-
fühl, aber es war nichts mehr da.

„Es ist gut, Damaris. Jetzt ist alles gut."

Seine beruhigende, sanfte Stimme redete auf sie ein.

Oliver hielt sie fest und wiegte sie in seinen Armen wie ein kleines Kind.

„Ich weiß, es geht dir jetzt nicht gut, aber bald ist alles vorbei.
Bald bist du wieder gesund."

„War ich denn krank?"

Er hob sie hoch und trug sie zum Bett.

Er legte sie darauf und breitete die Decke über sie.

„Schlaf jetzt. Schlaf jetzt ruhig, mein Liebling. Jetzt ist alles gut."
Er gab ihr einen Kuss auf die Stirn und sie schloss erschöpft die
Augen. Es ging ihr so schlecht. Sie war krank, sehr krank. Und
sie war immer noch so müde.

*****

Als sie das nächste Mal die Augen aufschlug, fühlte sie sich etwas klarer, aber immer noch matt. Sie rieb sich die Augen. Die letzte Nacht hatte sie in einer Art Halberinnerung. Sie schien unruhig gewesen zu sein, aber was genau geschehen war, wusste sie nicht. Vielleicht hatte sie auch nur geträumt.

Sie sah sich im Zimmer um. Als ihr Blick auf die schlafende Gestalt in dem Sessel vor dem Kamin fiel, stieß sie einen Schreckenslaut aus. Sofort erwachte der Mann und sah sie verwirrt an. Dann lächelte er.

„Oliver?"

„Ja, Damaris. Ich bin es."

Sie kramte in ihrer Erinnerung. Allmählich dämmerte es ihr. Sie konnte sich nur schwach erinnern, ihn letzte Nacht gesehen zu haben.

„Was machst du hier?"

„Oh, ich wollte dich besuchen."

„Aber hier? In meinem Schlafzimmer?"

„Du warst krank. Ich wollte dich nicht allein lassen."

Sie sah ihn misstrauisch an. Sie lugte unter ihre Bettdecke. Sie war vollständig bekleidet, nur ihre Schuhe fehlten.

„Du warst die ganze Nacht hier?"

„Ja."

„Aber das haben die Lindaus doch niemals erlaubt."

Er zwinkerte ihr zu. „Es blieb ihnen nichts anderes übrig."

Er setzte sich neben sie auf das Bett und sie zog verlegen die Decke bis unters Kinn.

„Keine Angst, ich habe die Tür abgeschlossen. Niemand wird uns überraschen." Er zwinkerte ihr zu.

Sie entdeckte wieder dieses amüsierte Zucken in den Mundwinkeln. Doch ihr war nicht zum Lachen zumute. Sie sah ihn ängstlich an.

„Damaris, du brauchst dir keine Sorgen machen. Ich bin ein Gentleman."

Er strich sanft ein paar Haarsträhnen aus ihrer Stirn.

„Hab keine Angst. Ich habe nichts Anrüchiges getan. Ich habe dir lediglich die Schuhe ausgezogen und dich zugedeckt."

„Es ist wahrhaftig schlimm genug, dass du hier bist", murmelte sie noch immer nicht ganz bei sich.

„Ach Damaris, lass doch. Dieses moralische Entsetzen steht dir nicht. Und überhaupt – wer sollte sich sonst um dich kümmern", grinste er.

Sie verstand ihn nicht. Was wollte er damit sagen? War sie so krank gewesen?

„Oh Damaris, wie gut, dass ich ausgerechnet gestern hergekom men bin. Ich habe dich vermisst und mir Sorgen gemacht. Wie gut, dass ich herkam und mich dieses Mal nicht habe abwimmeln lassen."

„Aber – aber wieso? Was ist denn nur passiert?"

„Kannst du dich an nichts erinnern?"

Sie kramte in ihrem Gedächtnis nach Erinnerungen an die letzte Nacht. Sie fühlte, dass ihr jemand auf die Wange schlug. Sie fühl- te, wie sie durch den Raum geschleift wurde und schmeckte den bitteren Geschmack von Galle.

„Ein wenig. Aber was ist wirklich geschehen?"

„Also - ich kam gestern Abend hier an, um dich zu besuchen. Die Lindaus wollten mich natürlich nicht herein lassen. Aber ich habe mich schon einmal – damals auf Bergen – abwimmeln lassen und es bereut. Dieses Mal hatte ich nicht vor, den Fehler zu wiederho- len. Sie sagten mir, es ginge dir nicht gut, aber das machte mich nur hartnäckiger. So kam ich also gegen alle Widerstände ins Haus und sogar in dein Zimmer."

In Damaris' Kopf arbeitete es fieberhaft.

„Aber ich habe doch die Tür abgeschlossen. Daran kann ich mich ganz genau erinnern."

„Ja, das stimmt auch", gab er zu. „Die Tür war verschlossen. Aber nach einem ziemlichen Tumult zwischen Roland und mir auf dem Gang wurde Sarah wach und erschien im Morgenmantel auf dem Gang. Es machte mir Sorgen, dass du von dem Krach direkt vor deiner Tür nicht wach geworden bist. Und ihr offenbar auch."

Sarah gab mir den Tipp, es mit ihrem Schlüssel zu versuchen, weil die Schlösser hier alle identisch seien."

„Ja, das stimmt."

„Tja und so kam ich in dein Zimmer."

„Aber ich habe doch darauf geachtet, dass der Schlüssel quer steckt, so dass er das Schloss wirklich blockierte."

„Nun, gestern Abend offenbar nicht. Ich bemerkte zwar, dass der Schlüssel steckte, aber ich konnte ihn ohne viel Mühe heraus-schieben und das Zimmer mit Sarahs Schlüssel öffnen. Zum Glück, kann ich nur sagen."

„Zum Glück?"

„Ja. Du lagst in voller Bekleidung auf dem Bett. Hattest von dem ganzen Krach direkt vor deiner Tür nichts mitbekommen. Dann bemerkte ich den leeren Weinkrug und dachte zuerst, du hättest einfach etwas zu viel getrunken. Aber auf dem Boden des Be-chers hatte sich ein weißes Pulver abgesetzt. Und da erinnerte ich mich, was du mir von der Milch auf Bergen erzählt hast. Du weißt schon, Sophia hatte dir ein Schlafmittel hinein getan. Da-maris, ich befürchte, dieses Mal wollte man dich nicht nur ruhig stellen. Dieses Mal wollte man dich umbringen."

Sie fuhr entsetzt auf. „Umbringen? Nein, das ist unmöglich."

Sie fühlte wieder diese bleierne Müdigkeit. Sie erinnerte sich, dass sie selbst, kurz bevor sie eingeschlafen war, an die Milch gedacht hatte.

„Ich habe so sehr versucht, dich aufzuwecken, aber nichts wirkte. Ich habe dir sogar ins Gesicht geschlagen."

„Ja, ich weiß."

„Verzeihst du mir?" Er sah sie so zerknirscht an – mit diesem unwiderstehlichen Lächeln – dass sie lachen musste.

„Oh ja. Ja, ich verzeihe dir."

„Ich habe es wirklich nicht böse gemeint. Aber ich musste dich wach bekommen. Dann habe ich dich durch das Zimmer geschleift, aber nichts…"

„Ich habe mich schließlich übergeben, ja?"

„Ja." Er rümpfte die Nase. „Ich habe dir den Finger in den Hals geschoben, um dich zum Würgen und Erbrechen zu bringen. Nicht sehr schön, nicht?"

„Nein. Nicht sehr schön."

„Aber es hat dir vermutlich das Leben gerettet. Ich meine, ich bin kein Arzt, aber ich glaube schon, dass sehr viel Schlafmittel im Wein war. Es hat sich ja nicht einmal vollständig aufgelöst. Und du warst einfach nicht wach zu bekommen."

Sie sagte nichts mehr. Sie war zutiefst erschüttert. Was für ein merkwürdiges Gefühl, dass man so sehr gehasst wurde.

Es genügte Joana und Roland offenbar nicht, sie aus ihrem Haus zu werfen, sie wollten sie töten. Warum? War sie dem Geheimnis so nahe? Und war es so schlimm, dass sie Mitwisser umbringen mussten?

Es können noch viel schlimmere Dinge geschehen.

Unvermutet zog Oliver sie in seinen Arm und hielt sie fest.

„Ich hatte solche Angst", sagte er.

Damaris fühlte, dass ihr Tränen die Wange entlang liefen.

Sie hatte auch Angst.

„Oh Oliver", schluchzte ich, „es ist so gut, dass du da bist."

Sie schlang ihre Arme um seinen Hals und genoss einen Augenblick lang unbeschwert die Geborgenheit, die sie bei ihm fand. Es tat so gut, Oliver hier zu haben.

Doch dann schob er sie sanft wieder zurück.

„Damaris, du musst fort von hier. Heute noch."

„Wie spät ist es eigentlich? Wie lange habe ich geschlafen?"

Er zog eine Taschenuhr aus seiner Weste. „Es ist fast Mittag. Halb Zwölf."

„So spät?"

„So früh. Wir können sofort packen und das Haus verlassen."

Doch da schüttelte sie heftig den Kopf.

„Das kann ja wohl nicht wahr sein, Damaris. Die Leute wollen dich nicht nur nicht als Gast, sie wollen dich sogar töten."

„Ich kann Sarah nicht allein lassen."

„Bring sie von mir aus auch hier weg. Nimm sie mit. Aber geh fort aus diesem Haus."

„Nein."

„Damaris, ich beschwöre dich."

Sie seufzte und setzte sich so im Bett auf, dass sie sich an das Rückenteil lehnen konnte. Es störte sie überhaupt nicht, dass sie im Bett saß, während Oliver direkt neben ihr saß. Es gab wirklich wichtigere Dinge, als kleinbürgerliche Moral.

„Nun hör mal zu, Oliver. Ich muss dir etwas erzählen. Und dann wirst du verstehen, weshalb ich noch nicht abreisen kann. Du wirst mir endlich glauben, dass es ein Geheimnis gibt und du wirst einsehen, dass ich es enthüllen muss.

Er stöhnte, aber er sah sie aufmerksam an. Bereit, ihrer Geschichte zuzuhören und sie begann, ihm die Erlebnisse der letzten zwei Tage zu berichten. Angefangen bei der Entdeckung des Portraits, von ihrer nächtlichen Durchsuchung von Imogens Sachen, von Sarahs undurchsichtigen Andeutungen, von ihrem sonderbaren Verhalten bei dem verschütteten Wein bis hin zu ihrer kleinen Unterhaltung mit ihr bei ihrem gemeinsamen Ausritt.

Seine Augen wurden immer größer und Damaris wusste, er war erstaunt über ihre Erzählungen. Er erkannte, dass sie recht hatte.

Als sie geendet hatte, sah er sie lange schweigend an. Dann zog er sie plötzlich wieder in seine Arme. Sie drückte ihr Gesicht an seine Schulter und genoss seine Zärtlichkeit und die Kraft, die von ihm ausging.

Es war völlig in Ordnung, dass sie allein in diesem Zimmer waren, dass sie sich in den Armen lagen, dass sie sich küssten. Es war völlig in Ordnung, dass ihr dieser Mann näher war, als es Clemens jemals gewesen war. Sie wusste mit einem Mal, dass sie Oliver liebte. Nein, sie wusste es nicht erst jetzt. Sie wusste es schon lange, aber sie gestand es sich erst jetzt ein.

„Na ja, du hast wohl recht, Damaris", sagte er auf einmal und riss sie damit aus ihren romantischen Träumen. „Irgendetwas Seltsames geht hier vor. Aber trotzdem: Ist es nicht besser, es ruhen zu lassen und diesem Haus den Rücken zu kehren? Was geht es dich an?"

„Aber Oliver, wenn du das Bild gesehen hättest…"

„Ich habe Imogen gesehen."

„Und du kannst trotzdem nicht verstehen, dass ich dieses Geheimnis aufdecken muss? Dass ich keine Ruhe finde, bis ich dahinter gekommen bin? Weißt du, dass es Gerüchte gibt, dass, Imogen nicht das leibliche Kind der Lindaus war?

Er sah sie entgeistert an. „Nein, das wusste ich nicht."

Sie nickte zur Bekräftigung ihrer Worte.

„Der Wirt vom Stolzen Schwan hat es mir erzählt. Die arme Frau des Wirtes war fest davon überzeugt, dass ich Imogens Geist war. Man erzählt sich, sie sei ein Findelkind. Auf der Schwelle des Hauses gefunden."

„Und das glaubst du?"

Darüber musste sie einen Moment nachdenken. „Nein, das glaube ich nicht. Aber ich habe ein ungutes Gefühl. Irgendetwas stimmt hier nicht."

Er seufzte schwer. „Ich kann dich wohl nicht davon abhalten? Obwohl du weißt, wie sehr diese Leute dich aus dem Weg haben wollen?"

„Nein." Sie brachte kaum ein Flüstern zustande.

„Weißt du überhaupt, worauf du dich einlässt?"

„Nein. Nicht genau", gab sie zögernd zu.

„Und trotzdem…"

„Oliver, es gibt keinen logischen oder vernünftigen Grund. Aber ich kann jetzt nicht zurück. Ich bin so nah dran. Und ich glaube, es geht mich etwas an. Wäre es anders, hätte ich nicht von Anfang an diese starken Gefühle gehabt."

Er seufzte und blickte sie skeptisch an. Vollkommen verstand er sie nicht. Aber dann nickte er. Er hieß ihr Vorhaben nicht gut, er hatte Angst um sie, aber er wusste auch, dass er es ihr nicht ausreden konnte.

„Aber wir müssen sehr vorsichtig sein." Er klang irgendwie schicksalergeben. „Ich werde uns erst einmal etwas zu essen holen und dann überlegen wir, wie es weitergeht."

„Wir, Oliver?"

„Ja, wir. Wenn es schon sein muss, lasse ich dich wenigstens nicht mehr allein. Aber zuerst besorge ich uns etwas zu essen."

Sie nickte. Sie war so glücklich über seine Besorgnis.

Oliver erhob sich und ging zur Tür. Er schloss auf und verließ das Zimmer.

*****

Kurz darauf hörte sie laute Stimmen vor der Tür. Vermutlich war er auf Joana oder Roland getroffen. Damaris legte sich müde zurück in die Kissen. Wie gut, dass Oliver gekommen war. Bei ihm fühlte sie sich sicher.

Es klopfte und noch bevor sie Herein rufen konnte, war Sarah ins Zimmer geschlüpft. „Guten Morgen, Damaris. Wie geht es dir?"

„Gut. Und dir?"

„Mir geht es gut. War Oliver die ganze Nacht hier?"

Sie kicherte hinter vorgehaltener Hand.

„Ja. Er hat drüben im Sessel geschlafen. Mir ging es letzt Nacht nicht gut."

„Oh, warst du krank?"

„Ja. Es – es war wohl alles etwas zu viel für mich in der letzten Zeit."

Damaris hielt es nicht für angebracht, sie in den heimtückischen Giftanschlag ihrer Eltern einzuweihen.

„Wird Oliver hier bleiben?"

„Ich denke schon."

Sarah lächelte in sich hinein. „Meine Eltern werden das nicht gerne sehen, aber er wird sich schon durchsetzen. Ich glaube, meinen Eltern hat schon gestern sein Besuch nicht gepasst. Aber er blieb hart. Hast du wirklich nichts von dem Krach mitbekommen?"

„Nein. Ich sagte doch, es ging mir nicht gut."

„Oh, es war aber sehr laut. Ich habe ihm den Schlüssel von meinem Zimmer gegeben, damit er aufsperren konnte."

„Ja, ich weiß."

„War das recht?"

„Es war genau richtig."

„Ich habe deswegen Ärger mit Mutter bekommen."

Sie ließ sich in dem Sessel nieder, in dem Oliver geschlafen hatte.

„Bist du in ihn verliebt?"

Damaris wusste nicht, was sie darauf antworten sollte. Die Frage traf sie unvorbereitet. Sie hätte niemals gedacht, dass Sarah darauf kommen würde. Und sie war nicht bereit, mit Sarah darüber zu sprechen.

„Er ist jedenfalls in dich verliebt", plauderte Sarah munter weiter.

„So?"

„Oh ja. Denkst du, sonst wäre er spät am Abend noch hergekommen? Obwohl er damit rechnen musste, abgewiesen zu werden? Denkst du, sonst hätte er sich die ganze Nacht mit dir im Schlafzimmer eingesperrt, obwohl er in Verruf kommen könnte?"

„Ich glaube, so etwas stört ihn nicht sehr."

„Mag sein. Aber er ist trotzdem in dich verliebt."

Damaris wurde Gott sei Dank einer Antwort enthoben, als die Türe wieder aufging. Dieses Mal erschien Oliver mit einem Tablett mit Haferflocken, Weißbrot, Butter, Kaffee und Käse.

„Mmm, das sieht aber gut aus", lobte Damaris.

„Ich musste hart dafür kämpfen. Roland und Joana wollen uns wohl aushungern. Ich sagte ihnen, du seiest krank und wir könnten die nächsten Tage ihr Haus nicht verlassen. Aber ich versprach ihnen auch, sofort zu verschwinden, wenn es dir besser geht."

Damaris sah, dass Sarah erschrak. Ihre Hände verkrampften sich um die Sessellehne.

„Na ja, sie werden uns in Ruhe lassen. Sie haben mir ein kleines Zimmer in der unteren Etage gegeben. Ist doch sehr nett, oder?"

Das Zucken um seine Mundwinkel erschien wieder. Er amüsierte sich über die Ablehnung der Lindaus. Er fühlte sich ihnen gewachsen.

„So, ich glaube, ich muss wieder gehen. Französische Vokabeln!", brachte Sarah gequält hervor und stand auf.

„Besser wird es schon sein. Bevor du noch erwischt wirst", meinte Damaris.

Sarah ging zu ihr und küsste sie freundschaftlich auf die Wange. Aber Oliver beachtete sie kaum. Clemens hatte ihr vor fünf Jahren ihre Schwester genommen und jetzt kam Oliver und nahm ihre ältere, schwesterliche Freundin.

Sie verschwand.

„Sie scheint etwas bedrückt zu sein", meinte Oliver, als die Türe hinter Sarah geschlossen war.

„Etwas? Sie ist geradezu verzweifelt. Sie will nicht alleine hier bleiben. Ich glaube, sie sieht in mir ihre tote Schwester und eine Chance, dieses lieblose Elternhaus zu verlassen."

„Diese Frisur ist fürchterlich", sagte Oliver zusammenhanglos und zog die Nase kraus.

Damaris musste lachen, obwohl ihr gar nicht danach zumute war.

„Ja, das sage ich ihr auch dauernd."

*****

Nach dem Frühstück ging Oliver wieder in die Küche und brachte das gesammelte Geschirr vom Vorabend und von ihrem verspäteten Frühstück zurück.

Damaris zog sich in der Zwischenzeit ein leichtes Popelinekleid an.

Bis zum Abend hatten sie beschlossen, noch ein letztes Mal in Imogens Zimmer zu gehen. Sie gab Oliver schweren Herzens das Versprechen, dass dies der letzte Versuch sein würde, das Geheimnis aufzuspüren. Aber sie wusste auch, dass es so nicht weiter gehen konnte. Sie war ja ganz besessen davon, das tat ihr nicht gut. Und sie musste auch fort aus diesem Haus.

Ja, es sollte der letzte Versuch sein. Sie konnte nicht das ganze Haus auf den Kopf stellen und womöglich auch noch Bergen, wo Imogen die letzten Monate ihres jungen Lebens verbracht hatte.

Wenn sie dieses Mal nichts fand, konnte sie nur noch darauf hoffen, dass Sarah doch noch reden würde. Ihr Verhalten der letzten Tage zeigte deutlich, dass sie Schlimmes erlebt und Angst hatte. Aber sie war kein kleines Kind mehr. Sie konnte sich entscheiden, ehrlich zu sein. Sie wusste, dass sie ihr und Oliver vertrauen konnte. Damaris konnte ihr nicht helfen, so lange sie sich so verhielt wie bisher. Und sie war es auch leid.

Am Abend ging Oliver wieder in die Küche, wo er ein kräftiges Abendbrot für sie beide bekam. „Ich glaube, die Köchin kann mich gut leiden", gestand er. „Aber keine Angst. Sie ist eine mütterliche, mollige Frau und ich habe ihr erzählt, ich wäre dein Verlobter und dass ich mir Sorgen mache, weil du so krank bist."

„Oliver!", rief Damaris empört. „Wie konntest du nur?"

Er sah sie spitzbübisch an und hob gleichgültig die Schultern. „Ich weiß nicht, worüber du dich beschwerst. Es hat doch gewirkt. Schau! Suppe, kalter Braten, Hühnchen, Brot, Wein. Außerdem habe ich eine Petroleumlampe bekommen und die können wir gut brauchen."

Damaris sah hungrig auf das Tablett, es sah wirklich verlockend aus und sie verspürte mächtigen Hunger.

*****

Als es dunkel war, versuchten Damaris und Oliver, sich ein wenig auszuruhen. Aber Damaris konnte nicht schlafen, sie hatte zu viel Angst, nicht rechtzeitig wieder aufzuwachen.

Gegen Mitternacht inspizierte Oliver das Haus. Er kam zurück mit der Meldung: „Es scheinen alle zu schlafen."

Sie nickte.

Zum zweiten Mal schlich sie barfuß und auf Zehenspitzen hinüber zu Imogens Zimmer. Doch dieses Mal war sie nicht allein. Dieses Mal schlich sie hinter Oliver her, der die Petroleumlampe in der Hand trug.

Sie kamen ohne Zwischenfälle in dem Zimmer an. Damaris verschloss wie beim letzten Mal die Tür sorgfältig hinter sich.

Sie sahen sich im Zimmer um. Die Petroleumlampe spendete wesentlich mehr Licht als die Kerze.

Vor dem Portrait blieb Oliver wie angewurzelt stehen. Er hob die Lampe hoch, um es noch besser sehen zu können. Dann hielt er plötzlich die Lampe genau auf Damaris' Gesicht. Sie kniff die Augen zusammen.

„Es ist erstaunlich", flüsterte er. „Sie ist dir tatsächlich noch viel ähnlicher, als ich es in Erinnerung hatte. Ist schon ein wenig unheimlich. Ihr könntet dieselbe Person sein."

Ihr Herz machte einen kleinen Hüpfer. Er war der erste Mensch, der sagte, sie sehe ihr ähnlich. Alle anderen behaupteten immer, sie selbst sehe Imogen ähnlich. Sie sei die zweite Imogen. Es war nur eine Kleinigkeit, eine Formulierung, aber für sie war sie bedeutend. Sie machte sie selbst zur Hauptperson, um die es gerade ging.

„Was hast du?", fragte er, als er ihr Lächeln bemerkte.

Sie schüttelte sich ein wenig. „Ach nichts. Wo beginnen wir?"

226

„Ich weiß auch nicht. Wir öffnen einfach wahllos alle Schränke und Schubladen."

„Das habe ich doch schon."

„Was wollen wir denn hier, wenn wir es nicht noch einmal probieren wollen? Vielleicht hast du etwas übersehen?"

„Ja, du hast recht. Fangen wir mit der Truhe an."

Er folgte ihr und sie schlug den Deckel der Truhe zurück. Oliver hielt die Lampe hoch, so dass sie alles genau sehen konnten.

Zum zweiten Mal durchsuchte sie also die Truhe, die Konsole, die Schubladen des Frisiertisches. Sie sahen unter dem Bett nach und unter der Matratze. Es war nicht das Geringste zu finden. Nichts, was für sie von Bedeutung sein konnte. Nichts, was ihnen etwas über Imogen erzählen konnte, das sie noch nicht wussten.

Das einzige, das sie erfuhren war, welche Vorlieben sie für bestimmte Farben oder Kleiderstoffe gehabt hatte. Und Damaris war ja bereits vor zwei Nächten überrascht gewesen, wie ähnlich ihre Garderobe der ihren zu jener Zeit war.

„Nichts von Bedeutung", stellte Oliver fest. „Das einzige seltsame ist, dass alles so völlig unangetastet daliegt. Über fünf Jahre lang.

„Ja, das ist ungewöhnlich."

„Lass uns gehen, Damaris. Hier gibt es nichts zu entdecken."

„Nein, Oliver."

„Damaris!"

„Ich weiß, ich habe versprochen, dass dies der letzte Versuch ist. Ich halte mein Versprechen, aber der Versuch ist noch nicht beendet."

Sie unterhielten sich flüsternd. Voller Angst, dass sie jemand hören könnte, obwohl sie genau wussten, dass das bei normaler Lautstärke völlig unmöglich war.

„Was willst du denn noch tun?"

„Ich weiß es nicht. Aber hier ist etwas, Oliver. Ich spüre es. Ich weiß es. Es ist ganz nahe."

„Damaris, du steigerst dich da hinein."

„Oliver, glaub mir. Es ist hier. Ich kann es fühlen. Ich kann es beinahe greifen."

Er sah sie völlig verwirrt an. Als hätte sie den Verstand verloren. Sie konnte ja selbst nicht erklären, was in ihr vorging, aber sie war ganz sicher. Es war, als würde Imogen selbst sie zurückhalten. Als riefe sie ihr zu: „Geh nicht ein zweites Mal, ohne dass du es gefunden hast. Du musst nur genauer hinsehen. Du hast etwas übersehen."

Ach Imogen, gib mir einen Tipp. Wenn du mich hören kannst, dann hilf mir bei der Suche, dachte Damaris inbrünstig.

Ihr gesunder Menschenverstand warnte sie, dass sie völlig überspannt sei, aber ihr Gefühl glaubte fest daran, dass Imogen sie sehen konnte, dass sie mit ihnen zusammen in diesem Raum war.

Sie stand an Imogens Frisiertisch und blickte sich selbst im Spiegel an. Ihr langes Haar hing ungekämmt und ohne eine einzige Nadel oder ein Kämmchen darin, über ihre Schultern. Sie war völlig ungeschminkt und ungeschnürt, ganz natürlich, wie sie gewachsen war. Ihr Blick war etwas wirr und ihre Lider flatterten nervös. Aber irgendetwas war doch dort in dem Spiegel, das ihr an dieser wirren, unordentlichen Frau gefiel.

Es war das Strahlen in ihren Augen und dieses leichte Lächeln um den Mund. War das wegen Oliver?

Such weiter, sagte ihr Spiegelbild. Du bist ganz nah. Tu es für Imogen, die so tragisch und viel zu früh gestorben ist. Tu es für die unglückliche Sarah.

Sie bückte sich, ihr Spiegelbild entglitt ihr, und sie sah unter dem Tisch nach. Nichts. Kein Fach, keine verborgene Lade.

Sie tastete mit den Fingern an der Seite des Möbelstückes entlang, sie versuchte, den Tisch abzuziehen, aber er war zu schwer für sie.

„Hilf mir mal", rief sie Oliver gedämpft zu. Sofort stellte er die Lampe auf den Boden und half ihr, den Frisiertisch vorzurücken.

Ihre Finger tasteten hinter dem Spiegel entlang und an der Rückseite des Möbels. Nichts.

„Es gibt nichts, Damaris. Gib es auf", beschwor Oliver sie.

Sie atmete schwer.

Sie zog wieder eine Lade auf – sie war völlig leer. Sie beugte sich darüber und betrachtete sie näher. Sie zog eine zweite Lade auf, verglich sie mit der ersten.

Und dann…

„Oliver!", rief sie aufgeregt. „Dieses Schubfach ist ungewöhnlich dick. Aber von innen nicht größer als die anderen."

Oliver hatte die Lampe wieder aufgehoben und beugte sich nun auch darüber. Sein Gesicht veränderte sich.

„Es stimmt", flüsterte er überrascht.

Er klopfte mit dem Finger dagegen. Das Holz klang seltsam hohl.

„Ein doppelter Boden. Hier, halt mal."

Er drückte Damaris die Lampe in die Hand und machte sich daran, die Lade näher zu untersuchen. „Irgendwo muss man den Boden doch anheben können. Hast du eine Haarnadel oder so was?"

„Nein."

„Mist. Gib mir die Lampe."

Er nahm ihr das Licht wieder ab und leuchtete in eine andere Lade hinein. Endlich fand er etwas Geeignetes. Eine Nagelfeile.

Er drückte ihr die Lampe wieder in die Hand und stocherte am Rand des Schubladenbodens herum.

„Ich glaube, sie löst sich."

Auf einmal gab der Boden nach und Oliver konnte ihn komplett herausnehmen. Darunter lagen - fein säuberlich aufeinander gestapelt und mit einer großen Klammer zusammengehalten - mehrere Seiten dicht beschriebenes Papier. Damaris nahm es heraus. Es war eindeutig eine weibliche Handschrift. Sie starrte darauf und las die erste Seite, auf der nur wenige Worte standen:

Mein Tagebuch – Imogen Lindau.

*****

Sie konnte ihren Blick nicht von der Schrift lösen, die der ihren so ähnlich war. Sie merkte, dass Oliver ihr über die Schulter blickte.

„Ihr Tagebuch – interessant", murmelte er.

„Interessant? Es ist überwältigend. Fantastisch. Das ist das Ende meiner Suche."

„Vielleicht."

„Nicht vielleicht. Ganz sicher."

„Du musst es erst lesen. Es ist möglich, dass nichts Besonderes drin steht. Aber es ist so oder so zu Ende. Nicht wahr?"

Sie verstand nicht, wie er so sachlich sein konnte. Sie sah ihn endlich an. In seinen Augen las sie Zweifel und Besorgnis.

„Ja. Es ist zu Ende", erwiderte sie.

„Dann komm. Lass uns diesen Raum verlassen und in Ruhe das Tagebuch lesen."

Damaris nickte. Er fasste nach ihrer Hand und zog sie zur Tür.

*****

In ihrem Zimmer saß sie im Sessel vor dem kalten Kamin. Die beschriebenen Tagebuchseiten lagen auf ihrem Schoß. Sie war unfähig, die Seiten zu wenden. Sie fror und Oliver legte ihr eine Wolldecke um die zitternden Schultern.

Er hatte sich einen Stuhl an den Kamin gezogen und saß an ihrer Seite.

„Oliver", flüsterte sie. „Ich habe Angst, es zu lesen."

„Es enthält vielleicht das, wonach du gesucht hast."

„Und ich habe Angst zu erfahren, was es ist. Und ich habe Angst, dass ich es nicht hier drin finde."

„Es gibt jetzt kein Zurück. Du musst es lesen."

Sie starrte darauf und wusste nicht, was sie tun sollte.

Es war auch eine gewisse Scheu da, so tief in das Leben von Imogen einzudringen. Sie hatte das Tagebuch so gut versteckt. Es war offensichtlich, dass es nicht zum Lesen für andere bestimmt war.

„Habe ich ein Recht dazu?"

Er hob die Augenbrauen. „Sie ist tot. Wer könnte etwas dagegen haben?"

Damaris erinnerte sich an ihre Gefühle in Imogens Zimmer. Wie sicher war sie gewesen, dass Imogen selbst wollte, dass sie ihr Geheimnis entdeckte. Und nun saß sie da, das Tagebuch auf dem Schoß. Voller Zweifel. Unfähig, es zu lesen.

Sie blickte Oliver direkt ins Gesicht. Was war mit ihm los? Er sah so ernst aus. „Wo ist der Schalk in deinen Augen?", fragte sie und er begann zu lachen.

„Er wird schon wieder zurückkehren, wenn das hier vorbei ist."

Er machte eine weit ausholende Geste. „Wenn wir dieses Haus verlassen haben. Komm, lies das Tagebuch. Ich bin ja hier."

„Danke. Aber lass es mich zuerst alleine lesen. Bitte. Schau mir nicht über die Schulter. Es ist – ich kann es nicht erklären – eine Sache zwischen Imogen und mir."

Er nickte.

„Ich verstehe es schon. Ich setze mich dort ans Fenster und lese das Buch, das auf deinem Nachttisch liegt. In Ordnung?"

„Welches Buch?" Einen Moment lang war sie verwirrt. Dann fiel es ihr wieder ein. Das Buch, das sie sich heimlich aus der Bibliothek geliehen hatte. Sie hatte es selbst noch nicht gelesen.

„Ja, sicher", stimmte sie zu.

Sie atmete noch einmal tief durch und legte die erste Seite des Tagebuches beiseite.

*****

Es begann mit Imogens Bekanntschaft mit Clemens von Bergen. Sie beschrieb, wie er ihr den Hof machte, von ersten heimlichen Spaziergängen zu Zweit, berichtete von seinem Heiratsantrag. Und von ihrem ersten Kuss.

Sie war offenbar wirklich sehr verliebt in ihn gewesen. Und sie beschrieb auch einen völlig anderen Clemens, als Damaris ihn kennen gelernt hatte. Er war damals längst nicht so steif gewesen.

Sie erfuhr auch, dass Sarah ebenso verzweifelt versuchte, Imogen im Haus zu behalten wie sie es heute mit ihr versuchte.

Damaris las von der Hochzeit, die in großem Stil gefeiert wurde und von Imogens Einzug auf Gut Bergen.

Sie schien Sophia nicht besonders zu mögen, aber sie hoffte, dass sie sich mit der Zeit aneinander gewöhnen, vielleicht sogar mögen würden.

Damaris überflog diese Seiten nur. Was sie bisher gelesen hatte, war nichts Neues. Es handelte von romantischen Träumen, der Liebe eines jungen Mädchens, von Schwierigkeiten mit der Schwiegermutter, die Damaris gut nachvollziehen konnte.

Etwas Geheimnisvolles war nicht dabei.

Ihr Herz schlug allmählich wieder ruhiger, als sie die nächste Seite umblätterte. Ihr fiel gleich auf, dass die Schrift etwas unregelmäßiger, sogar zittrig war. Irgendwie gehetzt.

Ich bin zu Besuch in meinem Elternhaus. Sarah macht mal wieder fürchterliches Theater, weil sie nicht will, dass ich wieder abreise. Es ist jedes Mal dasselbe mit ihr. Sie hat mir schon die Freude auf meine Hochzeit damit verdorben. Na ja, nicht ganz, aber ein bisschen getrübt schon.

Ich habe Sarah immer lieb gehabt, aber dieses Theater kann ich bald nicht mehr aushalten. Ich weiß selbst, dass meine Eltern sie weniger lieben als mich. Warum, das kann ich mir selbst nicht vorstellen. Sie sind zu ihr auch viel strenger als sie es jemals zu mir waren. Deshalb wohl hat sie sich so stark an mich gebunden. Aber ich bin jetzt eine verheiratete Frau, sogar glücklich verheiratet und kann mich nun einmal nicht mehr so viel wie früher um meine kleine Schwester kümmern.

Heute ist mein letzter Besuchstag, bevor ich wieder nach Bergen reise. Es ist etwas Schreckliches geschehen, liebes Tagebuch. Und ich kann es nur dir anvertrauen, obwohl ich es kaum in Wor-

te fassen kann. Ich kann es auch kaum glauben, aber vielleicht hilft mir das Schreiben dabei, es zu realisieren.
Ich bin so aufgeregt, meine Hand zittert. Aber ich werde es trotzdem versuchen.

Damaris wurde selbst ganz aufgeregt. Jetzt, jetzt würde sie es erfahren. Oliver sah auf. „Ist etwas?"
Sie schüttelte heftig den Kopf.
Er nickte ihr aufmunternd zu. Ich bin hier, wenn du mich brauchst, sagte sein Blick.

Unsere Eltern waren heute in der Stadt und Sarah und ich allein im Haus. Na ja, bis auf die Dienstboten natürlich. Sarah hatte schon immer eine Vorliebe für das kleine Wohnzimmer, das an das Schlafzimmer unserer Eltern grenzt. Es war auch nur von dort zugänglich und wir durften es von jeher nur betreten, wenn unsere Eltern anwesend waren. Zu dumm, dass ich mich von Sarah habe überreden lassen, eine Art Kaffeekränzchen dort abzuhalten. Sie hat eine ziemlich hartnäckige Art, wenn sie etwas erreichen will und so gab ich irgendwann nach. Ich konnte ja wirklich nicht ahnen, welche schlimmen Auswirkungen das haben würde.
Sie holte sogar ein Glas Wein aus der Küche, um mich ein wenig zu verwöhnen. Sie wollte auch mal probieren und ich erlaubte ihr einen winzigen Schluck. Als sie das Glas zurück auf den Tisch stellen wollte, stellte sie es so unglücklich auf den Rand des gestickten Deckchens ab, dass der Becher umkippte und sich über den Fußboden ergoss. Das Glas zersprang.

Das war es, das Geheimnis um den Wein. Damaris hatte doch gleich geahnt, dass es damit eine besondere Bewandtnis hatte. Dermaßen erschrocken konnte doch niemand wegen verschüttetem Wein reagieren.

Wir suchten sofort einen Lappen, um Tisch und Fußboden wieder trocken zu wischen. Da wir nur sehr selten und niemals allein dieses Zimmer betreten hatten, kannten wir uns auch nicht besonders gut aus. Sarah sammelte bereits die Scherben auf, während ich nach einem geeigneten Tuch suchte. Sicher hätten wir in die Küche gehen können, aber dann wäre unser verbotenes Kaffeekränzchen ja aufgeflogen.

Ich musste alle möglichen Schubladen und Schranktüren öffnen. Offenbar hatten meine Eltern keine Tücher, um Pfützen aufzuwischen. So ging ich ins Schlafzimmer und suchte nach einem Handtuch. Sie würden es sicher nicht einmal vermissen. Ich konnte mir nicht vorstellen, dass meine Eltern genau wussten, was sich in ihren Schränken befand. Und dann passierte es. In einer Schublade fand ich Papiere.

Damaris Herz begann laut zu schlagen. Sie dachte schon, Oliver müsste es hören können. Aber er sah nur kurz zu ihr hin und lächelte aufmunternd.

Ich nahm sie in die Hand. Warum, weiß ich selbst nicht mehr genau. Hätte ich es nur niemals getan. Aber ich tat es eben.
Es war eine Geburtsurkunde.
Imogen von Seyrich, geboren am 24. April 1843.
Ich war zuerst nur verblüfft. Ich konnte mir gar nicht erklären, was ich da entdeckt hatte. Ich hatte auch nicht bemerkt, dass Sarah hinter mich getreten war. „Was bedeutet das?", fragte sie mich. Aber ich wusste es doch selbst nicht.
Wir nahmen die Papiere mit in das kleine Wohnzimmer und blätterten sie durch. Es waren unzweifelhafte Beweise, Geburtspapiere, Schriftwechsel, dass ich nicht als Imogen Lindau geboren wurde. Ich bin geboren als Imogen von Seyrich auf Schloss Hohenfeld. Als zweite Tochter von Helene und Lenard.

Ich habe sogar eine Schwester. Eine besondere Schwester, denn sie ist nur zwanzig Minuten älter als ich. Eine Zwillingsschwester.

Wir brauchten einige Zeit, um uns wieder zu beruhigen. Dann schworen Sarah und ich uns, nicht darüber zu sprechen.

Ich war mir nicht ganz sicher, ob ich dieses Versprechen halten konnte. Ich musste darüber nachdenken. Hohenfeld war nicht weit entfernt. Und ich hatte dort eine Zwillingsschwester.

Aber was war damals geschehen? Wie war ich hierher gekommen?

Ach, es ist nicht zu glauben, wie viele Gedanken einem in wenigen Sekunden durch den Kopf fliegen können.

Wir legten die Papiere wieder dort hin, wo ich sie gefunden hatte. Kein Mensch würde bemerken, dass sie jemand herausgenommen hatte.

Noch immer war da der verschüttete Wein, der aufgewischt werden musste. Ich nahm wie in Trance wider die Suche nach einem Handtuch auf und wischte die Flüssigkeit auf.

Aber Sarah war so verwirrt. Sogar verwirrter als ich selbst. Sie ist erst zehn Jahre alt und konnte vermutlich keinen vernünftigen Gedanken fassen.

Ich selbst werde noch heute Abend abreisen. Ich glaube, ich könnte es nicht ertragen, meinen Eltern – Joana und Roland – gegenüberzutreten und so zu tun, als sei nichts geschehen. Und wenn ich sie zur Rede stelle? Das verbotene Wohnzimmer betreten zu haben, ist ein kleines Eingeständnis dafür, die Wahrheit zu erfahren.

Doch zuerst brauche ich Abstand. Ich muss darüber nachdenken, was ich tun werde. Ich muss hier weg.

Sarah wird natürlich noch mehr Theater machen als sonst. Immerhin lasse ich sie jetzt zusätzlich mit diesem Wissen zurück. Aber das nützt nichts. Ich kann nicht immer nur an sie denken.

Ich muss jetzt aufhören zu schreiben. Ich höre Schritte. Ich werde diese Seiten gut verstecken. Am besten in dem Geheimfach meines alten Frisiertisches. Niemand kennt dieses Fach, ich habe es selbst entdeckt und noch keinem davon erzählt. Nicht einmal Sarah.

Liebes Tagebuch, ich bin tief erschüttert und ich weiß nicht, was weiter geschehen wird. Ich kehre noch heute nach Bergen zurück und hoffe, weiter an der Seite meines Mannes leben zu können.

Vielleicht stelle ich Joana und Roland irgendwann zur Rede.

Vielleicht fahre ich irgendwann nach Hohenfeld. Vielleicht möchte ich meine Zwillingsschwester kennen lernen. Und meine wirklichen Eltern.

Sarah sollte wirklich nicht darüber sprechen. Aber ich muss doch das Geheimnis um meine Herkunft kennen. Oder etwa nicht? Das kann mir doch niemand verwehren.

Damaris war tief bewegt. Sie saß da, regungslos, die Blätter fielen ihr aus der Hand und schwebten zu Boden. Sofort war Oliver an ihrer Seite.

„Damaris, was ist los? Du weinst ja."

Erst jetzt merkte sie, dass ihr Tränen über die Wange liefen. Sie hatte noch nie soviel geweint, wie in den letzten zwei Wochen.

Alles ergab plötzlich einen Sinn.

Die Ähnlichkeit.

Clemens.

Der verschüttete Wein.

Sarahs Panik.

Sie sah ihn erschüttert an. „Oh Oliver. Es ist so furchtbar. Viel furchtbarer, als ich es je gedacht hätte. Imogen – sie war meine – meine Zwillingsschwester."

Kapitel 11:
Letzte Enthüllungen
10. Mai, 11. Mai

Nachdem auch Oliver die letzten Seiten ihres Tagebuches gelesen hatte, sahen sie sich lange betroffen an. Keiner sagte etwas, beide konnten ihre Gefühle nicht in Worte fassen.

„Es ist wirklich wahr. Sie ist deine Schwester", flüsterte er schließlich. Als könnten diese Worte das Ungeheuerliche bestätigen.

„Ja. Die Schwester, die ich nie hatte. Oh Oliver, alles bekommt einen Sinn."

„Ja. Die kleine Szene mit dem Wein, von der du mir erzählt hast. Jetzt wissen wir, warum Sarah deswegen so heftig reagiert hatte. Durch das Verschütten des Weines haben die Geschwister damals alles erfahren. Es war der Anfang vom Ende. Imogen kann danach nicht mehr lange gelebt haben."

„Tatsächlich", überlegte Damaris laut. „Daran hatte ich noch gar nicht gedacht. Ob es da einen Zusammenhang gibt?"

„Vielleicht erfahren wir das auch noch."

Plötzlich kamen ihr Erinnerungen aus ihrer Kindheit in den Sinn.

„Als Kind…", begann sie leise. Aber das Sprechen fiel ihr so schwer. Sie schluckte und atmete tief durch.

„Als Kind hatte ich stets das Gefühl, dass etwas fehlte. Ich habe oft mit Greta gespielt und hatte immer das Gefühl, es müsste ein drittes Mädchen gegeben haben. Meine Eltern meinten, es sei vielleicht ein Kind von Freunden oder Verwandten. Aber es war Imogen."

„Aber nein. Da machst du dir aber wirklich etwas vor. Sie muss schon als Baby entführt worden sein."

„Aber – Oliver – sie ist meine Zwillingsschwester. Unter Zwillingen besteht eine ganz besondere Bindung. Und deshalb hatte ich dieses Gefühl, dass etwas in meinem Leben fehlte. Mein Zwilling, meine zweite Hälfte."

Ob Imogen das auch gespürt hatte?

Oliver hockte vor ihrem Sessel und hielt ihre Hände.

„Was sollen wir jetzt tun? Wir müssen mit Joana und Roland sprechen. Wir müssen jetzt alles erfahren. Was ist vor fünfundzwanzig Jahren passiert?"

„Ja", brachte sie heiser hervor. Ihre Stimme ließ sie im Stich.

„Und was ist vor fünf Jahren geschehen? Wie ist sie gestorben?"

Sarah hatte alles gewusst. Alles war jetzt plötzlich ganz klar. Damaris dachte an ein Gespräch, das sie mit ihr geführt hatte:

Imogen ist ein ungewöhnlicher Name.

Nicht für mich. In der Ahnenreihe meiner Mutter kommt er vor.

Ja, so war es. Imogen wurde nach einer Ahnin ihrer Mutter benannt, so wie sie selbst nach einer Ahnin ihres Vaters benannt wurde.

Das Verbot für Sarah, nicht über Imogen zu sprechen, der Hass der Lindaus, die doch wissen mussten, wer sie war – alles ergab einen Sinn. Und die von Bergens? Kannten sie das ganze Geheimnis?

Es können noch viel schlimmere Dinge geschehen.

Was war vor fünf Jahren geschehen? Was für schlimme Dinge hatte Sarah erlebt?

Arme Sarah, mit einem solchen Geheimnis leben zu müssen. Verurteilt, es tief in ihrem Herzen zu vergraben, nicht darüber reden zu dürfen. Und dieser Schwur, der sie ebenfalls zum Schweigen verurteilte. Der Schwur, den sie mit ihrer Schwester geleistet hatte, die gar nicht ihre Schwester war.

Ach, Damaris' Kopf war ganz wirr, ihre Gedanken schwirrten durcheinander und ihre Tränen rannen noch immer die Wange hinunter.

Draußen begann es schon zu dämmern, die Nacht war fast vorüber.

„Du musst noch ein wenig schlafen", sagte Oliver sanft.

Er hob sie mühelos hoch und trug sie zum Bett.

„Und du?", fragte sie.

„Ich kann mich gerne zu dir legen", antwortete er in scherzhaftem Ton. Aber sie wusste, dass er durchaus imstande dazu war.

Sie lächelte. Mit Tränen im Gesicht.

„Der Schalk in deinen Augen ist wieder da."

„Ach ja?"

„Ja. Und ja, leg dich zu mir. Und halt mich ganz fest. Ich will jetzt nicht alleine sein", sagte sie leise.

Eine Sekunde lang sah er sie zweifelnd an. Doch dann zog er seine Schuhe aus, legte sich neben sie auf die Bettdecke und zog sie in seine Arme. Sie schlief sofort ein.

*****

„Kennen sie diese Seiten?", fragte Damaris aufgebracht. Es war kurz vor dem Frühstück. Oliver und sie selbst standen vor Joana und Roland in der Bibliothek. Damaris fuchtelte mit den letzten Seiten des Tagebuches vor ihren Gesichtern herum.

„Nein", antwortete Joana steif. „Woher soll ich das kennen?"

„Es ist das Tagebuch von Imogen!", schrie Damaris sie an.

Joana stieß einen Ton aus, als wäre sie ein gequältes Tier.

„Damaris, ruhig." Oliver drückte beruhigend ihren Arm. Aber wie konnte sie ruhig bleiben in dieser Situation?

„Ihr Tagebuch?" Alle Farbe war aus Joanas Gesicht gewichen. Roland stand unbeweglich und steif neben ihr.

„Ja. Ihr Tagebuch."

„Was steht drin?", fragte Roland mit undurchdringlicher Miene.

„Dass sie meine Schwester ist."

Damaris ließ ihre Worte wirken.

„Nein!" Joana schrie auf.

In Rolands Gesicht zuckte es nur einmal kurz, ansonsten änderte sich seine Miene nicht. Ein weniger aufmerksamer Beobachter hätte nicht das Geringste bemerkt.

„Ihre Schwester", hauchte Joana.

„Ja, meine leibliche Schwester. Meine Zwillingsschwester. Und sie wissen das doch ganz genau. Machen sie mir bloß nichts vor!"

„Damaris!", mahnte Oliver.

Sie wurde zornig. Merkte er denn nicht, in welcher Gefühlsaufwallung sie sich befand? Was kümmerte ihn, ob sie diese beiden Menschen verletzte? Was sie fühlten? Hatten sie sich um sie oder um Sarah geschert?

„Ja", antwortete Roland und Damaris wusste im ersten Moment nichts damit anzufangen.

„Was ja?"

"Ja. Wir haben es gewusst. Und deshalb wollten wir sie auch nicht hier haben."

„Haben sie es gewusst, bevor sie nach Bergen kamen?"

„Nein. Wir wussten nur, dass Clemens eine Braut hatte, die Imogen ähnlich sieht. Nicht, dass sie.. dass sie… Ach, hätten wir nur vorher ihren Namen gekannt."

„Nicht, dass sie Imogen nicht ähnlich sieht, sondern genau so aussieht? Und die von Bergens? Was haben die gewusst?"

„Bitte!" Joana brach förmlich zusammen. „Bitte, quälen sie uns nicht weiter. Es ist alles so lange her."

„Haben sie sich einmal überlegt, wie sie mich gequält haben mit ihrer abweisenden, feindseligen Art?"

„Wir wollten doch nur, dass sie wieder gehen. Dann hätte jeder seinen Frieden gehabt. Wir – sie."

„Und Sarah?"

„Sarah auch."

„Sarah hat noch niemals ihren Frieden gehabt. Sie war hier nie glücklich, seit Imogen fort gezogen ist."

„Wir sind ihre Eltern", betonte Roland.

„Ach ja?"

Mit einem Blick auf Oliver erkannte Damaris das wohlbekannte Zucken um die Mundwinkel und sie ahnte, dass ihm dieses Gespräch sogar zu gefallen begann. Womöglich mochte er zänkische Frauen.

„Roland, bring mich hier fort!", forderte Joana auf einmal mit merkwürdig fester Stimme.

Sofort fasste ihr Ehemann sie unter dem Arm und wollte sie fortführen."

„Nein!", schrie Damaris. „Nicht, bevor sie mir alles gesagt haben. Was ist vor fünfundzwanzig Jahren geschehen? Und was ist vor fünf Jahren geschehen, nachdem Imogen von hier abgereist war?"

„Gar nichts!" Es war ein verzweifelter Aufschrei. „Lassen sie uns in Ruhe. Fahren sie heim in ihr Schloss."

„In das Schloss, in dem auch Imogen geboren wurde?"

„Jaaa!", kreischte Joana. „Ja."

Roland würdigte sie keines Blickes. Er führte Joana an ihr vorbei zur Tür.

„Was ist geschehen?", rief Damaris hinter ihnen her. Aber sie bekam keine Antwort.

*****

Sie wandte sich erschöpft Oliver zu. In diesem Moment war sie vollkommen ohne Hoffnung. Sie hatte nicht die geringste Vorstellung, was sie noch tun konnte. Ihre Kräfte waren einfach am Ende.

„Werden wir es jemals erfahren?"

„Werdet ihr was jemals erfahren?"

Sarah stand in der Tür und sah sie aufmerksam an. Ihr Haar hing lang und füllig über ihre Schultern, was innerhalb dieses Hauses einer Rebellion gleichkam.

„Du hast es also heraus gefunden, nicht wahr? Es gab ein Tagebuch", stellte sie fest.

„Hast du gelauscht?"

„Ja", gab sie unumwunden zu. „Und jetzt kennst du Imogens Geheimnis."

„Immer noch nicht ganz. Ich weiß, dass sie meine Schwester war."

„Dann weißt du doch alles."

„Und du hast es die ganze Zeit gewusst. Du wolltest, dass ich es herausfinde, nicht wahr? Deshalb hast du mir ständig irgendwelche geheimnisvollen Andeutungen hingeworfen. Du konntest nicht mehr allein damit fertig werden."

Sie richtete ihren Blick auf ihre Schuhspitzen und malte damit unsichtbare Kreise auf den Fußboden.

„Aber du musstest es doch wissen – dass sie deine Schwester war. Das musstest du doch, nicht wahr?" Sie redete wie geistesabwesend.

„Was ist geschehen?", fragte Damaris beschwörend. „Bitte Sarah, erzähl es uns. Was geschah, nachdem Imogen euer Haus verlassen hatte? Und was geschah auf Bergen?"

Sarah hörte auf, mit ihren Schuhspitzen auf dem Fußboden herumzuscharren und richtete ihren Blick direkt auf Damaris' Gesicht.

„Das kann ich nicht." Sie sagte es in einem Ton, als sei es das selbstverständlichste der Welt.

„Das kannst du nicht? Was soll das heißen?"

„Dass ich es nicht kann."

„Sarah, mir reichen deine Spielchen jetzt endgültig. Entweder, du erzählst mir jetzt sofort das Ende der Geschichte oder ich fahre auf der Stelle ab und lasse dich alleine zurück."

Damaris war wirklich wütend. Sarahs Spielchen ärgerten sie maßlos und sie wollte diesen Ärger das Mädchen auch spüren lassen.

„Du würdest mich allein lassen?"

„Aber sicher."

„Ich dachte, wir sind Freundinnen. Schwestern."

„Was soll ich mit einer Schwester, die mit mir Katz und Maus spielt?"

„Das tue ich doch gar nicht." So zog einen Schmollmund.

„Doch, genau das tust du. Komm, Oliver, hilf mir beim Packen."
Damaris drehte sich demonstrativ zu ihm um.

Oliver lächelte. Die kleine Szene zwischen Sarah und ihr schien ihn doch tatsächlich zu amüsieren.

„Nein! Bleibt hier!"

„Dann rede endlich!"

Sie schüttelte hartnäckig den Kopf.

Damaris fasste sie bei den Schultern und zwang sie so, sie direkt anzusehen.

„Schau, Sarah, du kannst mir jetzt wirklich den Rest erzählen. Ich bin doch hinter das Wichtigste sowieso allein gekommen. Und wenn du mir jetzt erzählst, was geschah, nachdem Imogen abgereist war, kann dir niemand böse sein. Nicht einmal dein Versprechen Imogen gegenüber würdest du brechen. Denn du hast doch nicht versprochen, über die späteren Ereignisse zu schweigen, oder?"

Sarah dachte kurz nach, doch dann nickte sie heftig.

„Doch?"

„Ja."

„Deinen Eltern?"

„Ja."

„Dann, Sarah, musst du dich eben entscheiden, ob du uns vertrauen willst oder nicht. Ich habe getan, was ich konnte. Ich bin sogar fast vergiftet worden, weil ich zuviel herumspioniert habe."

„Vergiftet?"

Damaris schrak selbst ein wenig zusammen. Das hatte sie nicht sagen wollen, es war ihr einfach so herausgerutscht, weil sie so aufgeregt war. Aber jetzt war es zu spät.

„Ja, vergiftet", antwortete Oliver an ihrer Stelle. „Jemand hat Damaris Schlafmittel in den Wein getan und zwar sehr viel. Es war in der Nacht, als ich hier eintraf. Wäre ich nicht so hartnäckig gewesen, wäre sie vielleicht gestorben."

Sarah starrte ihn mit offenem Mund entsetzt an. In ihr kämpften die unterschiedlichsten Gefühle.

Damaris und Oliver sagten nichts mehr. Diesen Kampf musste Sarah mit sich alleine ausfechten. Und wie immer sie sich entscheiden würde, Damaris würde es akzeptieren. Sie würde das Mädchen nicht mehr drängen, nicht mehr bitten, nicht mehr beschwören. Es war ihre Entscheidung. Und wenn sie schweigen wollte, würde es eben das Ende sein. Das wichtigste wusste sie sowieso.

„Gut. Ich werde es euch erzählen. Aber sehr viel weiß ich überhaupt nicht. Kommt, setzen wir uns."

Sie setzten sich alle drei in die Sitzgruppe vor dem Kamin. Oliver und Damaris hingen gespannt an Sarahs Lippen.

„Also, Imogen wollte am gleichen Nachmittag noch abreisen. Wir stritten deswegen. Ich wollte nicht, dass sie mich alleine ließ. Nicht nach der Entdeckung."

„Aber sie ließ dich dennoch alleine?", fragte Oliver.

„Ja. Sie ließ mich allein. Ich hatte sie noch nie zuvor so erlebt. Meine große Schwester. Sie war so unerbittlich. Völlig egoistisch. Sie wollte fahren – und sie fuhr. Sie ließ die kleine, offene Kutsche anspannen und packte in der Zwischenzeit ihre Sachen. Ich sah ihr heulend zu, aber das schien sie überhaupt nicht zu berühren." Sarah fühlte auch heute noch die Einsamkeit, die Verzweifelung wie damals. Sie hätte heulen können. Aber Damaris war genau so unerbittlich wie damals Imogen. Sie wollte ihr das nicht ersparen. So redete sie weiter. „Sie schaffte es. Noch bevor unsere Eltern zurückkehrten, war sie fort."

„Und deine Eltern waren sicher sehr überrascht?"

Sarah lachte unfröhlich auf. „Überrascht ist nicht ganz das richtige Wort. Sie fragten mich aus, warum sie fort sei, aber ich sagte immer nur, sie hätte Sehnsucht nach Clemens gehabt. Aber dann... dann...."

Sie schluckte schwer und Damaris griff tröstend nach ihrer Hand und nickte ihr aufmunternd zu. Nur weiter, Sarah. Wir sind bei dir.

„Sie gingen in ihr Zimmer. Der Wein… Der Wein war zwar aufgewischt, aber in der Aufregung hatten wir eine Scherbe übersehen."

„Und Joana hat sie gefunden?"

„Ja."

Es tat Damaris weh, Sarah so leiden zu sehen. Sie wollte sie nicht quälen, aber wenn sie alles erfahren wollte, musste sie ihr dabei helfen. Und Damaris war sicher, dass es auch für Sarah das beste war, endlich ihren Schmerz aus ihrer Seele heraus zu lassen.

„Vater schlug mich. Mutter schrie mich an. Ich war ein Kind. Erst zehn Jahre alt!"

„Du hast ihnen alles erzählt!"

Sie nickte. Das Geständnis fiel ihr schwer. „Ich bin an allem Schuld. Ich hatte Imogen geschworen, nichts zu sagen."

Damaris setzte sich auf die Lehne ihres Sessels, zog ihren Kopf an ihre Brust und streichelte ihr Haar.

„Ich habe einen Schwur gebrochen", jammerte sie.

„Du warst doch noch ein Kind. Du musstest es ihnen sagen."

„Nein!" Sie schrie es. Sie war so unendlich verzweifelt.

Oliver hockte sich vor sie und nahm ihre Hände.

„Imogen hätte das nicht von dir verlangen dürfen. Wenn sie nicht selbst so durcheinander gewesen wäre, hätte sie das sicher auch niemals getan."

Sarah schniefte und er reichte ihr sein Taschentuch. Sie schnäuzte kräftig hinein.

„Oliver hat recht", bestätigte Damaris.

„Glaubt ihr?"

„Ganz sicher. Immerhin ist sie meine Zwillingsschwester und zwischen Zwillingen besteht eine besondere Bindung."

Das schien Sarah zu beruhigen.

Oliver und Damaris ließen das Mädchen einen Moment in Ruhe. Damaris war sicher, sie würde gleich von selbst weiter erzählen. Sie streichelte unaufhörlich ihr Haar. Das schien ihr zu gefallen. Sie entspannte sich spürbar in dem Arm ihrer älteren Freundin.

„Am nächsten Morgen sind meine Eltern hinterher gereist. Sie blieben ungefähr eine Woche. Als sie zurückkamen, da…. da….‟

„Da?‟

„Da war sie tot.‟

„Da war sie tot?‟

„Ja. In dieser Woche starb sie.‟

Der Wein.

Erst jetzt verstand Damaris das ganze Ausmaß ihrer Panik um den verschütteten Wein.

„Sarah‟, fragte sie vorsichtig. „Gibst du dir etwa die Schuld an Imogens Tod?‟

„Aber ich habe doch Schuld!‟

„Aber warum denn?‟

„Hätte ich den Wein nicht verschüttet, wäre nichts passiert. Rein gar nichts. Wir hätten nie davon erfahren und sie würde noch leben. Wahrscheinlich hätte sie Kinder und ich wäre Tante. Alles wäre wundervoll.‟

„Ach Sarah! Es kann ja sein, dass alles durch diese Papiere ausgelöst wurde, aber es war doch nicht deine Schuld.‟

„Doch. Ich bin Schuld an ihrem Tod.‟

„Weißt du denn, was später in Bergen geschehen ist?‟, fragte Oliver behutsam.

Sie schüttelte den Kopf. „Niemand hat mit mir darüber gesprochen.‟

„Warum glaubst du dann überhaupt, dass alles zusammenhängt?‟

„Es muss doch so sein. Nur wenige Tage nachdem…‟

Sie brach erschöpft ab. Lang zurückgehaltene Tränen rannen über ihr Gesicht.

Damaris tauschte mit Oliver einen verständnisvollen Blick über Sarahs Kopf hinweg. Sie dachten beide das gleiche. Sarah hatte recht. Nicht damit, dass sie die Schuld trug, aber alles hing irgendwie mit den Entdeckungen im elterlichen Schlafzimmer zusammen. Solche Zufälle gab es nicht.

„Sarah, wussten Sophia und Arnold davon?"

„Das weiß ich nicht. Aber ich glaube schon. Zumindest Sophia."

„Und warum glaubst du das?"

„Weiß nicht. Ich glaube es einfach. Sie wusste es sicher nicht von Anfang an. Aber irgendwann hat sie davon erfahren."

„Mmm."

Das war zwar möglich, musste aber nicht sein. Andererseits würde das einiges erklären.

Das Schlafmittel in der Milch - ob es das gleiche Mittel war, das Joana ihr in den Wein getan hatte? Ob Joana das Mittel von Sophia bekommen hatte – oder umgekehrt?

„Komm Sarah", sagte sie sanft. „Ich bringe dich in dein Zimmer. Leg dich etwas hin, du bist erschöpft."

„Ich muss Französische Vokabeln lernen."

Damaris lachte auf. „Nein, ganz sicher nicht. Niemand wird dich heute dazu zwingen."

„Nein, wohl nicht." Sie sagte es mehr zu sich selbst.

„Leg dich hin. Es ist in Ordnung. Du hast viel hinter dir."

Sarah sah angstvoll zu Damaris auf.

„Du – ihr – du wirst doch nicht fort sein, wenn ich aufwache?"

Damaris lachte. Das war nun wirklich eine ganz und gar absurde Idee. Niemals würde sie sich einfach davon schleichen.

„Natürlich nicht."

Sarah nickte matt. „Dann ist es ja gut."

Sie stand auf und sie wirkte in diesem Augenblick überhaupt nicht mehr wie ein fünfzehnjähriges Mädchen, sie wirkte so kindlich hilflos. Würde Damaris sie überhaupt jemals verlassen können? Nein, sie glaubte nicht. Sie musste sie mitnehmen, so wie

Sarah es sich ja auch wünschte. Auf dem Schloss hätte sie wenigstens noch eine Chance, ein paar schöne Jugendjahre zu erleben.

Oliver fasste das Mädchen unter den Arm und führte es aus der Bibliothek, die Treppe hinauf. Damaris lief hinterher.

Vor Sarahs Zimmer tauschten Damaris und Oliver die Rollen.

„Ich warte drüben", flüsterte Oliver Damaris ins Ohr und wies mit dem Finger auf ihre eigene Tür.

Sie nickte und drückte die Klinke zu Sarahs Zimmer herunter.

Drinnen half sie dem Mädchen aus dem Kleid, zog ihr die Strümpfe aus, legte sie aufs Bett und deckte sie zu. Sarah ließ alles willig mit sich geschehen, wie ein kleines Kind.

Damaris küsste sie auf die Stirn, wie eine Schwester und Sarah lächelte selig. Dann zog Damaris einen Stuhl an ihr Bett und blieb solange bei ihr sitzen, bis sie eingeschlafen war.

Erst dann schlich sie auf Zehenspitzen aus dem Zimmer und ging wieder in ihr eigenes, wo Oliver am Fenster saß und in dem Buch las, dass sie heimlich aus der Bibliothek geliehen hatte.

Sie kuschelte sich in einen der Kaminsessel und schloss die Augen.

*****

Unvermittelt wurde polternd die Tür aufgerissen und sie wurde unsanft aus ihrem Schlummer gerissen. Noch bevor sie richtig zu sich gekommen war, stand Roland mitten im Raum.

Sie hatte eine scharfe Zurechtweisung auf den Lippen, aber als sie sein bleiches, ernstes Gesicht sah, schluckte sie die Worte herunter.

Oliver klappte das Buch zu, ohne ein Lesezeichen hineinzulegen.

„Um Himmels Willen, was ist geschehen?"

„Sie ist fort", brachte Roland zwischen zusammengepressten Zähnen hervor.

„Wer? Sarah?"

„Ach was. Wieso denn Sarah. Joana ist fort."

„Was soll das heißen: Fort?"

„Na eben fort. Verwunden. Ist doch deutlich oder?"

Oliver stand auf und ging zu Roland, der noch immer bewegungslos mitten im Raum stand, hinter sich die offen gelassene Tür. Nun beruhigen sie sich erst mal. Kommen sie, setzen sie sich her und erzählen sie."

Roland ließ es willenlos geschehen, dass Oliver ihn zum Tisch führte und setzte sich auf den Stuhl, auf dem eben noch Oliver gesessen hatte. Damaris sah nur schweigend zu.

Roland saß da, die Hände im Schoß gefaltet und sah von Oliver zu Damaris und wieder zu Oliver. Er fühlte sich nicht wohl in seiner Haut, das war klar.

„Joana ist nicht im Haus. Ich habe sie in unser Zimmer gebracht, sie wollte sich hinlegen. Ach, es war einfach alles zu viel für sie."

Er schüttelte verzweifelt den Kopf, wie ein Mann, der einfach nicht mehr wusste, wie sein Leben weitergehen sollte.

„Ich selbst ging wieder in die Bibliothek, genehmigte mir einen Whisky zur Beruhigung und las ein wenig. Als ich gerade wieder nach ihr sehen wollte, war sie fort."

„Sie wird irgendwo im Haus sein", beruhigte ihn Oliver.

Roland schüttelte heftig den Kopf.

„Nein, nein. Wo sollte sie sein? In unserem Schlafzimmer und Wohnzimmer war sie nicht und aus der Bibliothek komme ich ja gerade."

„Vielleicht macht sie einen Spaziergang."

Es war das erste Mal, dass Damaris etwas sagte. Roland sah sie böse an, als wäre es eine Unverschämtheit, dass sie sich in das Gespräch einmischte."

„Machen sie sich nicht lustig über mich. Die Sache ist wirklich ernst. Meine Frau macht niemals Spaziergänge. Und im Haus hält sie sich nur in bestimmten Räumen auf."

„Was ist mit dem kleinen Salon unten?"

„Dort habe ich auch nachgesehen. Sie ist nicht dort. Wir benutzen ihn auch lediglich als kleinen Empfangsraum."

„Sie könnte Hunger bekommen haben und ist in die Küche gegangen."

Er schüttelte entschieden den Kopf. „Nein, nein. Da kennen sie Joana schlecht. Sie ist eine sehr disziplinierte Frau. Außerhalb der Mahlzeiten nimmt sie allenfalls etwas Obst zu sich. Und das steht in unserem kleinen Wohnzimmer bereit.

Wie grauenhaft, dachte Damaris. War in diesem Leben gar kein Platz für Spontanität?

„Bleibt noch Sarah. Vielleicht ist sie bei ihr?"

„Sarah? Wie kommen sie nur auf diese absurde Idee."

Damaris sah Oliver etwas ratlos an. Wieso sollte das wohl eine absurde Idee sein? Schließlich war sie Joanas Tochter. Trotzdem war sogar Damaris klar, dass Joana kein Gespräch mit Sarah suchen würde.

„Sie lieben Sarah nicht sehr, oder?", fragte sie leise.

„Was wissen sie schon...", antwortete er gedämpft. „Wir haben all unsere Liebe Imogen gegeben. Sie war die Erfüllung unserer Träume."

„Und für Sarah war nichts mehr übrig?"

Plötzlich richtete er sich gerade auf und blitzte Damaris böse an. „Meine Frau ist verschwunden. Ich habe jetzt andere Sorgen. Ich habe Angst, dass sie sich etwas antut."

Damaris ging nicht weiter darauf ein. Sie verstand schon, dass für diese Fragen jetzt nicht der richtige Zeitpunkt war. Es war einfach mit ihr durchgegangen, weil ihr Interesse hauptsächlich Imogen und Sarah galt.

„Könnte sie sich denn etwas antun?", fragte Oliver und riss sie damit aus ihren Gedanken.

„Ich glaube schon. Sie ist sehr labil."

„Sie ist labil?", fragte Damaris ungläubig.

Den Eindruck hatte sie von Joana nicht gerade. Sarahs Mutter hatte auf sie immer wie eine ausgesprochen harte, unnachgiebige Frau gewirkt, die nicht einmal für ihre eigene Tochter Liebe fühlte.

Er nickte. „Ja, auch wenn sie das nicht glauben, Fräulein. Seit Imogens Tod ist sie nervlich am Ende. Sie nimmt schon lange Medikamente und die werden leider immer stärker. Natürlich gibt es immer wieder Zeiten, in denen es ihr besser geht, aber dann geht es wieder bergab. Seit Joana sie gesehen hat, sie mit ihrer unglaublichen Ähnlichkeit, kommt sie nicht mehr zur Ruhe."

„Sie nimmt Medikamente?"

„Ja."

„Was für Medikamente?"

„Vor fünf Jahren begann es mit ziemlich starken Beruhigungsmitteln, um über Imogens Tod hinweg zu kommen. Nach einer Weile ging es ihr etwas besser und sie bekam nur noch leichte Mittel, Tees und Kräuter. Aber auf Dauer reichte das nicht. Heute nimmt sie starke Schlafmittel, weil sie sonst keine Nacht schläft. Darum habe ich solche Angst. Wenn sie davon zuviel nimmt…Ich muss nachsehen. Ich weiß, wie viel noch da sein muss."

Er sprang wie gestochen auf und rannte aus dem Raum.

„Schlafmittel!", murmelte Damaris vor sich hin.

„Mmm", machte Oliver. „Denken wir das gleiche?"

„Ich glaube schon."

„Der Wein", überlegte Oliver.

„Und die Milch?"

„Auf Bergen?" Er machte eine unbestimmte Handbewegung.

„Möglich. Schließlich waren die Lindaus kurz zuvor dort zu Gast gewesen und wer weiß, wie weit Sophia in diese Tragödie eingeweiht war."

In dem Moment stürmte Roland wieder herein. Er schien noch verwirrter zu sein als zuvor. In der Hand hielt er eine kleine Schachtel.

„Sie ist leer", brachte er mühsam hervor.

In seinen Augen stand nackte Panik.

„Was heißt das?"

„Leer. Es waren mindestens noch zwanzig Tabletten drin. Oh Gott, wenn sie die alle geschluckt hat. Sie wird sterben. Wir müssen sie finden!"

Jetzt wird sie sterben, so wie ich es eigentlich sollte, dachte Damaris unwillkürlich. Aber Roland war völlig am Ende, sie konnte ihm jetzt keine Vorwürfe machen.

„Wir suchen sie", bestimmte Oliver.

„Damaris, geh du zu Sarah."

„Aber ich möchte sie auch suchen."

„Nein, jemand muss hier bleiben. Wir können auch Sarah nicht allein lassen. Ein paar Leute vom Personal können suchen helfen. Kommen sie, schnell. Schnell! Lassen sie ein paar Pferde satteln."

Roland stürmte aus dem Zimmer und schrie noch auf der Treppe nach dem Personal. Eine hektische Betriebsamkeit entfaltete sich im Haus. Stallburschen sattelten Pferde, Oliver teilte die Leute ein. Es war erstaunlich, wie rasch all diese Aktivitäten einsetzten.

„Oh Oliver, es ist so entsetzlich", jammerte Damaris, als er sich verabschiedete. „Und alles ist meine Schuld. Wenn ich nicht hergekommen wäre. Wenn ich nicht wie besessen hinter diesem Geheimnis her gewesen wäre."

„Bitte, Damaris. Das bringt jetzt nichts."

Er fasste sie bei den Schultern und zog sie an sich. „Und es ist auch nicht deine Schuld. Fang jetzt nicht so an wie Sarah."

Damaris schüttelte den Kopf.

„Es wird nicht lange dauern, bis wir zurück sind. Sicher ist sie nicht weit weg."

Er küsste sie auf die Stirn, bevor er sich ruckartig von ihr löste und mit großen Schritten davon eilte. Die Tür fiel krachend ins Schloss.

*****

Damaris stand da und sah einfach nur auf das dunkle Holz, unfähig, einen klaren Gedanken zu fassen. Was war nicht alles geschehen?

Und irgendwie war sie doch Schuld an diesen letzten Ereignissen. Das konnte man drehen und wenden wie man wollte. Oder nicht? War es nur eine Verflechtung unglücklicher Umstände? Hatte alles so kommen müssen? Hatte Joana und Roland einfach die Vergangenheit eingeholt? Hatte das Schicksal sie, Damaris, auf diesen Weg geführt, von dem es kein Zurück gegeben hatte? Oh, dieses verfluchte Geheimnis!

Oh, Imogen!

Draußen hörte sie Pferde davon galoppieren und sie wusste, dass sich die Männer auf den Weg gemacht hatten, Joana zu suchen.

Ach Imogen, hättest du damals diese Papiere nicht gefunden, wäre nichts geschehen. Ich wäre niemals auf dem Ball auf Gut Bergen gewesen, denn Clemens wäre ja mit dir verheiratet gewesen. Und ich wäre niemals hierher gekommen. Das Geheimnis wäre auf ewig unentdeckt geblieben. Euer aller Leben wäre glücklicher verlaufen und auch meines wäre niemals so durcheinander gewirbelt worden.

Warum fühlte sich dann die Vorstellung, dass dieses Geheimnis nie aufgedeckt worden wäre, so falsch an?

Imogen hätte auch nie von ihrer wahren Herkunft erfahren.

Damaris hätte nie erfahren, dass sie eine Schwester gehabt hatte. Warum hatten ihr eigentlich ihre Eltern nie von ihr erzählt?

Sie hätte niemals Oliver kennen gelernt.

Nein, das einzige, das falsch war, hatten Joana und Roland getan. Imogen gehörte nicht hierher. Sie hatten sie entführt.

Sie, Damaris, dufte sich jetzt nicht in dumme, ungerechtfertigte Schuldgefühle hineinsteigern wie Sarah es tat.

Und es war müßig und so überflüssig, sich Gedanken darum zu machen, was wäre wenn…

Sie musste in der Gegenwart leben. Wieso zum Teufel hatte Clemens sie nur nach Bergen geholt. Wieso zum Teufel machte er sie mit Joana und Roland bekannt? War er übergeschnappt gewesen?

Du bist seine zweite Imogen.

Ich bin nicht Imogen. Ich bin Damaris.

Nein, für Clemens war sie das wahrscheinlich nie gewesen. Sie war wirklich nur der Ersatz für seine erste Frau. Ach Clemens, warum konntest du dich nicht in eine Frau verlieben, die ganz anders war als Imogen? Die blonde Haare hatte und groß war, mit schmal gezupften Augenbrauen? Aber das konntest du wohl nicht?

Damaris hielt stumme Zwiesprache mit all den Gespenstern, die mit ihr in ihrem Schlafzimmer versammelt waren.

Clemens, Imogen, Sarah, Joana….

Ach, wie viele Zufälle hatten sie zu dieser Tragödie geführt.

Ihre Gedanken drehten sich im Kreis.

Sie trat ans Fenster und sah noch immer die Staubwolke, die die davon preschenden Reiter aufgewirbelt hatten. Von den Reitern selbst war schon nichts mehr zu sehen. Hoffentlich fanden sie Joana. Damaris hatte schon ein wenig Angst um sie. Sie mochte die Frau nicht, aber ein solches Schicksal wünschte sie ihr nicht.

Sie ging leise aus dem Zimmer und sah zu Sarah hinein. Das Mädchen lag auf dem Bett und schlief fest. Umso besser. Sie brauchte nichts von der ganzen Aufregung mitzubekommen. Vielleicht klärte sich alles von selbst und völlig harmlos auf. Vielleicht wollte Joana nur ein wenig allein sein nach all der Aufregung. Vielleicht war viel weniger Schlafmittel in der Packung als Roland geglaubt hatte. Vielleicht wusste er gar nichts von dem Anschlag auf Damaris und damit auch nicht, dass einige Tabletten in ihrem Wein gewesen waren. Alles war möglich.

In dem Fall war die Packung natürlich leerer, als er erwartet hatte. Damaris schlenderte in ihr Zimmer zurück und schloss die Tür hinter sich. Sie war ein wenig nervös. Vielleicht sollte sie selbst auch endlich mal mit dem Buch beginnen, was sie sich aus der Bibliothek geholt hatte.

Sie nahm es von dem Tischchen und ging zurück zu ihrem gemütlichen Platz am Kamin.

Doch noch bevor sie sich setzen konnte, kam ihr ein Gedanke: Imogens Zimmer.

Wieso hatte niemand an Imogens Zimmer gedacht? Wenn Joana sich wirklich etwas antun wollte, dann kam nur dieser Ort dafür infrage. Dort, wo sie Imogen am nächsten war.

Wieso zum Teufel hatte niemand, nicht einmal Roland, an Imogens Zimmer gedacht?

*****

In Panik rannte Damaris aus ihrem Zimmer und stürmte zu dem von Imogen. Doch sie rannte nur gegen eine verschlossene Tür.

Sie raste zurück – ihre Röcke bis übers Knie hoch gerafft - und zog ihren eigenen Schlüssel ab. Dann flog ich förmlich über den Gang zurück und versuchte fieberhaft, den Schlüssel in das Schloss zu schieben. Doch es gelang ihr nicht. Sie versuchte, sich zu beruhigen, ihre zitternden Hände ruhig zu halten, stocherte wieder und wieder in dem Schloss herum, aber es funktionierte einfach nicht. Und das lag nicht allein an ihrer Nervosität.

Es ging einfach nicht.

Und das konnte nur eins bedeuten: Von der Innenseite steckte ein anderer Schlüssel. Und zwar quer.

Mit fliegenden Röcken rannte sie die Treppe hinunter bis in die Küche, riss die Tür auf und stand einer dicken Frau mit weißer Schürze und einer großen Haube, die das Haar vollständig bedeckte, gegenüber.

Die Köchin erschrak, aber nicht so sehr, wie Damaris es von anderen gewohnt war. „Fräulein Imogen", brachte sie beinahe ehrfürchtig hervor.

Doch nach großen Erklärungen stand Damaris jetzt nicht der Sinn.

„So ein Unsinn! Imogen ist lange tot! Mein Name ist Damaris von Seyrich", erwiderte sie schärfer als beabsichtigt.

„Oh ja, natürlich. Die Wirtsleute vom Stolzen Schwan haben mir von ihnen erzählt. Ich konnte es kaum glauben, aber sie sehen wirklich genauso aus…"

„Ja, ich weiß. Verzeihen sie, aber ich habe jetzt keine Zeit für Erklärungen. Wir müssen Imogens Zimmer aufbrechen."

„Ihr Zimmer aufbrechen? Aber es ist uns allen streng verbo…."

„Ich weiß, ich weiß. Aber ich habe den Verdacht, dass Joana in dem Raum ist. Sie wissen doch, dass die Männer sie suchen?"

„Ja. Ja. Und sie denken, sie ist gar nicht…"

„Ich habe Angst, sie hat sich etwas angetan."

Ich musste die Frau unbedingt mal aussprechen lassen, dachte Damaris.

Die Köchin schlug sich mit der flachen Hand auf den Mund.

„Oh Jesus, Maria!", entfuhr es ihr.

„Schnell, jede Minute zählt", drängte Damaris.

„Ja gewiss." Sie ging zum Küchenfenster, öffnete es und lehnte den Kopf heraus.

„Alfred!", rief sie aus Leibeskräften. „Aaaalfreeeed!"

Bald erschien ein großer, bulliger Mann vor dem Fenster. Er wirkte etwas dümmlich, aber kräftig. Die Köchin erklärte ihm kurz, worum es ging, bevor sie die Seitentür öffnete und er in die Küche trampelte. Zu dritt gingen wir nun wieder die beiden Stockwerke hinauf.

Die Köchin und Damaris standen etwas abseits, als Alfred Anlauf nahm und mit voller Wucht gegen die schwere Tür prallte. Fast glaubte Damaris schon, so bekäme man sie nicht auf. Aber die Tür gab sofort nach.

War wohl doch nicht so massiv, wie sie aussah, dachte Damaris ein wenig ironisch. Aber sie war ja froh, dass der Raum jetzt offen war. Sie stieg über die lang auf dem Fußboden liegende Tür hinweg und konnte sich im Zimmer umsehen. Die Köchin hielt sich eng an ihrer Seite.

Hinter dem Bett entdeckten sie schließlich Joana Lindau.

Ihr Haar war noch immer in ihrer gewohnten Frisur aufgesteckt, aber es sah nicht mehr so streng aus, denn einzelne Strähnen hatten sich daraus gelöst. Das blaue Popelinekleid war ein wenig hoch gerutscht und zeigte die halbe Wade. Ihre Haltung war etwas unnatürlich. Aber ihr Antlitz war weicher und entspannt.

Wieso liegt sie hier auf der Erde, dachte Damaris.

Das Laken auf dem Bett war zerknautscht. Es hatte eindeutig jemand dort gelegen. Sie war sicher aus dem Bett gefallen und hatte nicht mehr die Kraft gehabt, wieder hineinzusteigen. So war sie einfach liegen geblieben.

„Ist sie tot?", fragte die Köchin.

„Ich hoffe nicht."

Damaris hockte neben Joana auf dem Fußboden und tastete nach ihrem Puls, fand ihn am Handgelenk nicht, tastete nach der Halsschlagader. Sie legte ihr Ohr auf ihre Brust, wo sie das Herz vermutete. Das leichte Pochen war kaum zu spüren.

„Sie lebt noch", flüsterte sie.

„Kann ich wieder gehen?", fragte eine kräftige Stimme hinter ihnen.

Im Türrahmen stand immer noch Alfred.

„Holen sie einen Arzt", befahl Damaris.

Er nickte etwas dümmlich und verschwand. Damaris hoffte, dass er ihren Auftrag verstanden hatte und dass er wusste, wo er einen Arzt finden konnte. Aber sicher war sie nicht.

„Wir müssen sie erst mal auf die Beine bringen", sagte Damaris zu der Köchin. „Helfen sie mir."

Die Köchin und sie selbst fassten Joana je unter einen Arm und versuchten, sie auf die Beine zu stellen. Sie war schwerer, als man vermutet hätte. Fieberhaft versuchte Damaris, sich zu erinnern, wie Oliver sie in jener Nacht zurück ins Leben geholt hatte.

Die beiden Frauen setzten Joana aufs Bett. Ihr Körper war schwer und fiel nach vorn. Die Köchin stützte ihren Rücken. Damaris schlug Joana ein paar Mal ins Gesicht.

„Was tun sie denn da?", empörte sich die Köchin.

„Wir müssen sie wach bekommen!", schrie Damaris hysterisch.

„Sie hat zu viele Schlaftabletten genommen. Sie stirbt, wenn wir sie nicht wach bekommen."

„Oh mein Gott! Oh mein Gott!", schrie die Köchin außer sich. Jetzt verstand sie, was hier geschehen war. Sie ohrfeigte Joana gleich noch einmal. Aber die zeigte keine Reaktion.

Was hatte Oliver getan, dachte Damaris. Doch, sie hatte mitbekommen, dass sie jemand schlug. Sie erinnerte sich, dass es sie geärgert hatte.

„Wir müssen sie im Zimmer herum führen! Sie muss laufen!", befahl Damaris.

Jede legte sich einen Arm von Joana um den Hals und so schleiften sie die leblose Frau im Zimmer herum. Aber die zeigte nicht die geringste Reaktion.

Damaris kramte in ihrer Erinnerung. Was hatte ihr geholfen?

„Sie muss sich übergeben!", schrie sie hysterisch. „Sie muss brechen. Sie muss dieses Gift aus dem Körper bekommen."

„Wie? Wie schaffen wir das?"

Denk nach, Damaris. Denk nach.

„Setzen wir Joana auf den Stuhl. Und halten sie sie fest, damit sie nicht umkippt."

Die Köchin gehorchte. Damaris drückte Joanas Mund auseinander und schob ihr ihren Finger in den Rachen. Es war ein bisschen eklig, aber darüber konnte sie jetzt wirklich nicht nachdenken.

Joana musste sich übergeben.

Es ging um Leben und Tod.

Die Köchin stützte Joana mit ihrem Körper. Mit einer Hand tastete sie nach ihrem Hals. Ihre Augen weiteten sich angstvoll.

Sie presste ihr Ohr an Joanas Brust, so wie Damaris es vor wenigen Momenten getan hatte.

Ihr Blick veränderte sich. Es war nicht mehr ängstlich, sondern traurig und resigniert. „Lassen sie es", sagte sie ganz ruhig.

„Was?!" Damaris war verwirrt.

„Lassen sie es."

„Warum!", schrie sie verzweifelt. Aber sie wollte die Antwort nicht hören.

„Sie ist tot."

„Nein. Sie ist nicht tot!"

„Doch. Sie ist tot. Wir können sie nicht mehr retten."

Damaris wankte ein paar Schritte zurück und stolperte rückwärts auf das Bett. Ihre Hände lagen schlaff in ihrem Schoß.

„Sie kann doch nicht tot sein", schluchzte Damaris.

„Doch. Sie ist es. Seit ihrem Tod hatte sie nie wieder Frieden gefunden. Hoffentlich findet sie ihn jetzt. Hoffentlich ist sie jetzt bei ihr."

Ohne den Namen auszusprechen, wusste Damaris, von wem die Köchin sprach. Von Imogen.

„Kommen sie, helfen sie mir, Frau Lindau auf das Bett zu legen."

Die Köchin übernahm ganz selbstverständlich das Kommando.

Damaris starrte sie verständnislos an. Wie konnte sie nur so ruhig sein? So gefühllos? Aber sie erkannte in ihren Augen, dass sie keineswegs gefühllos war.

Joanas Körper hing zusammengesunken auf dem Stuhl, gestützt von der Köchin, sonst würde er zu Boden sinken. Der Tod hatte mehr Achtung verdient.

Damaris erhob sich schwerfällig und sie fassten wieder Joana unter die Arme und trugen sie zum Bett, in dem einst Imogen geschlafen hatte.

Schweigend strichen sie ihr Kleid glatt, ordneten halbwegs ihre Haare und falteten ihre Hände. Ihre Augen waren bereits geschlossen.

Damaris strich sich matt über die Stirn, diese Aufgabe hatte ihr hart zugesetzt. Und überdies fühlte sie Schuld.

Schuld am Tod von Joana. Wäre sie nicht aufgetaucht…

„Was ist denn hier los?"

Keine der Frauen hatte Sarah bemerkt, die in der offenen Tür erschienen war. Wie oft war das eigentlich in den letzten Tagen passiert?

„Was ist mit Mutter?"

„Sie – sie – sie ist tot."

„Tot?"

Sarah stürzte auf das Bett und vergrub ihr Gesicht in den Kissen neben ihre tote Mutter.

„Sarah!" Damaris streichelte über ihr langes, offenes Haar. Das Mädchen schluchzte laut in die Kissen.

„Sarah, lass uns hinausgehen."

Sie reagierte gar nicht auf die Worte. Ihr Körper bebte von ihrem Schluchzen. Mit sanfter Gewalt versuchte Damaris sie aufzurichten.

„Sarah, komm, lass uns gehen. Wir können nichts mehr tun."

Endlich ließ Sarah sich von Damaris in die Arme nehmen, ihr Kopf sank an ihre Schulter.

„Lass uns gehen", wiederholte Damaris und versuchte zusammen mit Sarah aufzustehen.

Zu dritt verließen sie diesen traurigen Raum. Vor Imogens Portrait blieben sie ganz automatisch stehen und sahen zu ihr hinauf. Damaris bemerkte, wie der Blick der Köchin zwischen ihr und dem Bild hin und her jagte und sie wusste, was sie empfand.

*****

Die Männer kamen erst sehr spät zurück.

Alfred hatte seinen Auftrag erfüllt, der Arzt war inzwischen da gewesen und hatte den Tod von Joana Lindau bescheinigt.

Sarah war erschöpft in Damaris' Bett eingeschlafen.

Damaris selbst ging dem Suchtrupp entgegen. Oliver kam sofort auf sie zu und schüttelte resigniert den Kopf.

„Nichts", flüsterte er ihr zu.

„Sie war in Imogens Zimmer", erwiderte sie leise.

„Was?" schrie Oliver entgeistert und sofort wurde Roland aufmerksam.

„Was ist los?", fragte er und sowohl aus seinem Blick als auch aus seiner Stimme sprach die vollkommene Verzweifelung, die er empfand. Damaris hatte Angst, ihm die Wahrheit zu sagen.

„Ja. Die Köchin und ich haben Joana gefunden. In Imogens Zimmer."

„In Imogens Zimmer. Um Gottes Willen, warum haben wir da nicht dran gedacht? Geht es ihr gut?"

Damaris sah auf ihre Schuhspitzen, um seinem Blick auszuweichen.

„Damaris!" Es war das erste Mal, dass Roland ihren Vornamen benutzte und das alleine schon zeigte, wie gepeinigt dieser Mann war. Und sie musste ihn noch mehr quälen.

„Die Köchin und ich haben alles versucht. Aber wir konnten sie nicht retten."

„Neiiiin!" Er schlug sich die Hände vor das Gesicht und sank kraftlos auf die Knie in den Staub des Hofes.

Damaris hockte sich neben ihn und auch Oliver kniete sich auf die Erde.

„Wir haben wirklich getan, was wir konnten. Alles. Die Köchin und ich haben sie durch das Zimmer geschleift, wir haben versucht, sie wach zu bekommen. Es war einfach zu spät."

„Das kann doch nicht sein!"

Er begann zu heulen - ein zusammengebrochener, innerhalb von wenigen Stunden gealterter Mann. Oliver hielt ihn fest, damit er nicht völlig in den Staub fiel.

Damaris wurde beinahe übel, als sie diesen Mann hier auf der Erde sitzen sah. Diesen stolzen, harten Mann, der keine Gefühle zu haben schien.

„Ich will zu ihr", sagte er plötzlich und richtete sich mühsam auf. Oliver fasste ihn unter den Arm und half ihm die Treppe hinauf. Damaris trottete hinterher.

Vor dem Zimmer blieb er abrupt stehen. „Was ist denn hier passiert?", fragte er mit einem Blick auf die heraus gebrochene Tür.

„Wir mussten die Tür aufbrechen. Sie hatte den Schlüssel quer ins Schloss gesteckt, so dass wir sie mit einem anderen Schlüssel nicht öffnen konnten."

Er sah sie mit bewegungslosem Gesicht an.

„Wir wollten ihr doch helfen. Ich hatte diese Ahnung…"

Mit einer heftigen Handbewegung brachte er sie zum Schweigen. Er schüttelte Olivers Arm ab. „Ich möchte mit ihr allein sein. Ausgerechnet ihr beide sollt meinen Schmerz nicht teilen."

Oliver sagte nichts, aber sein Gesicht versteinerte sich.

Was war das für ein Mann? So gebrochen und immer noch so hart.

Roland ging hinein und drehte sich nicht noch einmal um. Sie sahen ihn auf das Bett zugehen und sich neben seine tote Frau setzen. Sie wandten sich diskret aber, aber hinter sich hörten sie ihn schluchzen.

*****

„Was ist mit Sarah?", fragte Oliver.

„Sie schläft in meinem Zimmer."

„Weiß sie Bescheid?"

Damaris nickte.

„Warum hat nur keiner an Imogens Zimmer gedacht", fragte Oliver.

„Das habe ich mich auch schon gefragt, aber es ist geschehen. Vielleicht lag es daran, dass dieser Raum ein Tabu war. Oder dass alle so unter Schock standen. Wer weiß das schon. Vielleicht ist es für Joana sogar besser. Ich hoffe, sie hat jetzt ihren Frieden."

Oliver zog Damaris in seine Arme und küsste sie auf die Stirn.

„Ach Oliver, ich fühle mich so elend. Alles ist meine Schuld."

Er hielt sie etwas von sich ab, so dass er ihr direkt in die Augen sehen konnte. „Aber was redest du denn da für einen Unsinn. Wieso sollte es deine Schuld sein?"

„Wenn ich nie hergekommen wäre…"

„Aber Damaris. Diese ganzen furchtbaren Zusammenhänge kanntest du doch gar nicht. Wenn man jemandem die Schuld daran geben will, dann Clemens oder Sophia. Sie hätten dich nicht mit den Lindaus bekannt machen dürfen. Aber trotzdem trifft auch sie nicht die Schuld an Joanas Tod. Niemanden trifft Schuld. Und dieses Geheimnis um Imogen – nun, daran tragen Joana und Roland selbst die Verantwortung."

„Ach Oliver."

Sie drückte sich wieder an seine Schulter. Es ging ihr sehr schlecht, sie hatte Magenschmerzen und wusste in diesem Augenblick nicht, wie sie mit all diesen Erlebnissen jemals fertig werden sollte. Es war einfach zu viel.

„Komm, gehen wir auch in dein Zimmer und ruhen uns etwas aus."

Damaris nickte.

Als sie und Oliver in das Zimmer kamen, war Sarah aufgewacht und stand am Fenster.

„Vater ist zurück!", stellte sie fest.

„Du hast uns gesehen?", fragte Oliver.

„Ja. Mutters Tod hat ihn sehr aufgeregt, nicht wahr?"

„Wie uns alle."

„Ja. Wie uns alle."

„Wie geht es dir?", fragte Damaris und legte ihren Arm um ihre Schultern. Sarah ließ ihren Kopf an Damaris' Schulter sinken.

„Ganz gut."

Plötzlich richtete sie sich voll auf und sah von Oliver zu ihrer schwesterlichen Freundin.

„Ihr lasst mich doch jetzt nicht hier? Allein mit ihm?"

„Aber Sarah, er ist dein Vater."

„Er wird mich nicht hier haben wollen. Er hat mich nie geliebt."

Das ließ sich nicht leugnen. Damaris zweifelte sowieso schon lange daran, dass überhaupt einer von beiden Sarah geliebt hatte. Sogar in Imogens Tagebuch war ja davon zu lesen gewesen.

„Wir lassen dich nicht hier", versprach Damaris und hoffte, dieses Versprechen halten zu können.

*****

Einige Stunden später klopfte es an die Tür.

„Die Tür ist offen!", rief Damaris und völlig unerwartet trat Roland ein.

„Herr Lindau!", grüßte sie verblüfft.

„Kann ich sie sprechen? Sie und Herrn Thiele?"

„Ja natürlich", erwiderte Damaris, obwohl dieser Wunsch sie sehr überraschte.

Rolands Blick war wieder so hart, wie seit jeher. Nichts deutete darauf hin, dass er erst vor wenigen Stunden seine Frau verloren hatte. Er richtete sich an seine Tochter. „Sarah, verlass den Raum", befahl er.

Wie ein gehetztes Tier, ängstlich und hoffnungslos, ging Sarahs Blick zwischen Oliver und Damaris hin und her. Doch ihre ältere Freundin nickte ihr lächelnd zu. Hab keine Angst, es wird schon alles gut werden.

„Ist schon gut, Sarah. Geh solange in dein Zimmer. Wir kommen nachher zu dir."

„Bestimmt?"

Wie ängstlich sie war.

„Ich verspreche es dir."

Noch immer zögernd erhob sie sich und ging.

Oliver schob Roland einen Stuhl hin und der setzte sich.

„Also gut, bringen wir es hinter uns", begann Roland. „Jetzt, da Joana tot ist, hat alles sowieso keine Bedeutung mehr und so vieles haben sie ja schon durch ihre Schnüffelei herausgefunden."

„Was heißt hier Schnüffelei!", entfuhr es Damaris wütend. Er hob die Augenbrauen und brachte sie nur mit dieser Geste zum Schweigen. Wie hochmütig dieser Mann war.

„Also, was haben sie uns zu sagen?", fragte Oliver.

„Tja, ich weiß nicht recht, wo ich beginnen soll. Es gibt so viel zu erzählen. Aber vielleicht haben sie tatsächlich ein Recht auf die Wahrheit."

„Das glaube ich allerdings", erwiderte Damaris fest. „Fangen sie bitte vor fünfundzwanzig Jahren an."

Er nickte. Sie hatte das Gefühl, als sei nur sein Körper hier im Zimmer. Seine Gedanken und seine Seele weilten in einer anderen Zeit. In welcher mochten sie sein? In der Vergangenheit oder in der Zukunft?

Bedächtig, aber fest begann er zu sprechen.

„Vor fünfundzwanzig Jahren waren wir bereits seit vier Jahren verheiratet. Wir liebten uns sehr, nur unser sehnlichster Wunsch nach einem Kind hatte sich noch nicht erfüllt. Ich konnte damit leben, denn ich liebte Joana auch ohne Kind. Aber sie war sehr unglücklich. Ich versuchte, sie zu trösten, doch sie fühlte sich als Versagerin. Sie hatte zwei Fehlgeburten erlitten und war dann nicht mehr schwanger geworden.

„So ein Unsinn", redete Damaris dazwischen.

„Ja, das mögen sie natürlich so sehen und ich selbst habe ihr die Kinderlosigkeit auch niemals vorgeworfen, aber für sie war es unerträglich.

Dann bekamen wir einen Brief von einer Freundin, die Joana seit ihrer Kindheit kannte. Diese Freundin war Hebamme und weilte gerade auf Schloss Hohenfeld, wo Zwillinge zur Welt gekommen waren. Oh, sie schwärmte regelrecht von den süßen kleinen Mädchen. Damaris und Imogen.

Wir reisten nach Hohenfeld und schickten einen Boten ins Schloss. Er sollte die Frau zu einem Treffpunkt nahe dem Dorf bitten. Wir trafen uns also und… und versuchten sie zu kaufen. Die Hebamme sollte eines der Kinder entführen und zu uns bringen. Es ist ja auch eine himmelschreiende Ungerechtigkeit, dass irgendwo zwei Kinder auf einmal geboren wurden, während wir…"

„Sie glauben doch wohl nicht, was sie da sagen! Sie haben doch nicht das Recht, ein Kind zu entführen, Eltern ihr Kind zu rauben, Zwillinge zu trennen. Mein Gott, sagen sie mir, dass sie nicht wirklich glauben, dass das ihr Recht war."

Oliver kam zu ihr und legte seine Hand beruhigend auf ihren Arm. Aber sie wollte sich nicht beruhigen. Sie glaubte kaum, was sie da hörte.

„Nun ja, so empfanden wir es damals", gab Roland zu.

„Die Hebamme wollte sich anfangs nicht darauf einlassen. Aber wir boten ihr viel Geld. Sehr viel Geld. Und so willigte sie schließlich ein."

„Und was für eine Hebamme ist das, die Kinder entführt!", schrie Damaris aufgebracht.

„Damaris. Bitte, ich verstehe dich. Aber es bringt uns im Augenblick nicht weiter, wenn du hysterisch wirst." Oliver saß auf der Sessellehne und tätschelte ihren Arm.

„Und wie soll ich ruhig bleiben bei einer solchen Enthüllung?"

„Zwing dich dazu. Du wolltest doch alles erfahren."

In dem Augenblick war sie auch wütend auf Oliver. Er redete mit ihr wie mit einem Kind, das überreagiert, weil es gemaßregelt wurde.

„Verbrechen oder nicht – die Hebamme hatte sich nun einmal darauf eingelassen. Wir zahlten ihr wirklich sehr viel Geld für diese Entführung."

Damaris sprang auf.

„Jeder Mensch hat seinen Preis", redete Roland unverdrossen weiter. Oliver zog sie am Arm, so dass sie sich wieder setzte.

„So ist es brav", flüsterte er ihr zu.

Sie hätte ihn am liebsten angefaucht. Jetzt redete er wirklich mit mir wie mit einem Kleinkind.

„Sie entführten also das Baby. Und meine Eltern? Was sagte sie zu meinen Eltern?"

„Oh, natürlich wurde die Sache ganz offiziell als Entführungsfall geahndet. Die Polizei wurde eingeschaltet und suchte nach dem Kind. In der ganzen Gegend wurde danach gesucht. Das Personal wurde befragt. Auch unsere Freundin, doch wer würde schon ernsthaft eine Hebamme verdächtigen. Und bis in unsere Gegend wurde überhaupt nicht gesucht. Die Sache verlief im Sande. Erfolglos."

Damaris dachte an all die Jahre, in denen sie das Gefühl hatte, dass ein Kind fehlte. Dass sie zu dritt sein müssten. Greta, sie und... Es war Imogen gewesen, auch wenn sie nie wirklich bei ihnen gewesen war, so hatte sie als ihre Zwillingsschwester doch ihre Nähe gefühlt.

„Haben ihre Eltern nie davon erzählt?"

„Nein. Keine Geschichten, keine Erinnerungen."

„Die Hebamme erzählte uns, dass das Kind Imogen genannt wurde. Wir beschlossen, den Namen zu übernehmen. Vielleicht aus Sentimentalität – wir wollten dem Baby nicht auch noch seinen Namen nehmen. Es war dumm. War das der Fehler? Brachte der Name sie auf die Geschichte?"

Damaris schüttelte den Kopf. „Es war nur ein weiterer Anhaltspunkt. Er kommt in der Ahnenreihe meiner Mutter vor. Aber als mir das bewusst wurde, war ich sowieso schon tief in die Sache verstrickt. Ich hätte auf jeden Fall nach dem Geheimnis gesucht."

„Davon bin ich überzeugt."

„Erzählen sie weiter", forderte Oliver ihn auf. „Sie bekamen dann ja doch noch ein Kind."

„Ja. Zehn Jahre später. Sarah. Es war eine schwierige Schwanger-schaft. Joana musste viel ruhen, um nicht wieder eine Fehlgeburt zu erleiden. Sie fügte sich in ihr Schicksal, weil sie das Leben des Babys nicht bewusst aufs Spiel setzen wollte. Dazu war sie ein-fach zu fromm. Aber es fiel ihr nicht leicht, viel lieber wäre sie mit Imogen ausgeritten oder hätte im Garten Federball gespielt. Zu dem Zeitpunkt wollte Joana kein weiteres Baby mehr. Es war ihr völlig egal. Sarah kam einfach zu spät."

„Was soll das denn bedeuten!", rief Damaris empört.

„All unsere Liebe gehörte Imogen. Sie war so schön, so lieb. Sie war alles, war wir uns wünschten. Sie können mir glauben, Imo-gen hat es an nichts gefehlt. Sie hatte es gut bei uns."

Damaris nickte. Das glaubte sie sogar.

„Für Sarah war einfach kein Gefühl mehr übrig."

„Aber was reden sie denn da. Eltern können viele Kinder haben und alle gleichermaßen lieben."

„Ja, wenn Sarah viel früher geboren worden wäre. Vielleicht ein, zwei oder drei Jahre nach Imogen. Oder wenn wir von Anfang an selbst Kinder bekommen hätten. Oh ja, wir hätten alle geliebt. Aber so. Es waren so besondere Umstände. Wir haben Imogen schließlich geraubt, sie unter hohem Einsatz zu uns geholt. Und zehn Jahre, das ist eine lange, lange Zeit. Nein, Sarah kam zu spät, der Zeitpunkt war nicht mehr günstig."

„Mancher hätten es als Wunder angesehen, noch ein eigenes Kind zu bekommen nach so vielen Jahren."

„Mancher hätte das vermutlich getan. Aber wir konnten es nicht."

Damaris verstand die Welt nicht.

Sie konnte nicht verstehen, was dieser Mann ihr erzählte. Da wa-ren zwei Menschen, die sich sehnlichst ein Kind wünschten. Sie raubten es anderen Menschen. Und als die Frau später doch noch schwanger wurde - nach vierzehn Ehejahren ein Gottesgeschenk – da wollten sie es nicht mehr. Würde je jemand nachvollziehen können, was in der verdrehten Psyche dieser beiden Menschen vorging? War ihre Schwester wirklich glücklich gewesen in diesem Haus? Oder hatte sie geahnt, wie gestört ihre Eltern waren? Denn das mussten sie doch sein.

„Viele Jahre später heiratete Imogen dann Clemens von Bergen. Aber das wissen sie ja. Oh, wir waren so glücklich und so stolz. Sie war eine wunderschöne Braut. Und es war ja auch eine akzeptable Partie. Sogar für eine von Seyrich."

Er betonte die letzten Worte bedeutungsvoll und bedachte Damaris mit einem zweideutigen Blick. Sie ahnte, dass er auf ihre eigene Beziehung zu Clemens anspielte.

„Und dann kam der Tag – dieser verhängnisvolle Tag – an dem sie die Papiere gefunden hatte. Ich hatte immer zu Joana gesagt, wir müssen sie verbrennen. Aber sie meinte, so etwas verbrennt man nicht. Oh, es war ein schwarzer Tag. Wir kamen nach Hause und fanden diese Scherbe in unserem Wohnzimmer. Es war unseren Kindern streng verboten, unsere beiden Räume zu betreten. Wir rannten sofort zu Sarah, aber sie wollte nichts sagen.

Wir mussten die ganze Geschichte förmlich aus ihr heraus prügeln. Wir waren vollkommen aufgelöst. Joana ging es so schlecht, dass sie sich gleich hinlegen musste. Am nächsten Tag reisten wir Imogen nach Bergen nach.

Meine Frau stürmte sofort zu ihr, aber Imogen wollte nicht mit ihr reden. Sie ging ihr aus dem Weg.

Erst zwei Tage später kam es zu diesem hässlichen Streit. Ich habe beide nie zuvor so wütend gesehen. Sie standen oben an der Treppe und schrieen sich an. Imogen beschimpfte Joana als gemeine Lügnerin und Heuchlerin. Und dann sagte sie: Du bist überhaupt nicht meine Mutter. Mach, dass du fort kommst. Daraufhin schlug Joana ihre Tochter. Es war das erste Mal, dass sie gegen Imogen die Hand erhob. Sie schlug ihr sehr kräftig ins Gesicht. Imogen verlor das Gleichgewicht. Sie stürzte."

Ein Schrei unterbrach ihn und Damaris brauchte ein paar Sekunden, ehe sie begriff, dass dieser Aufschrei aus ihrem eigenen Mund gekommen war.

„Sie stürzte die Treppe hinunter. Das war der Unfall, nicht wahr? Dabei starb sie. Joana hat sie getötet."

Er nickte schwer. „Ja, dabei starb sie. Aber Joana hat sie nicht getötet. Es war ein Unfall. Meine Frau hat diesen Tod nie überwunden. Seit damals leidet sie an schweren Depressionen. Sie muss bis heute Medikamente nehmen."

„Wusste Clemens davon?"

„Ich weiß es nicht." Er schüttelte den Kopf. „Es ist natürlich möglich, dass er nach dem Unfall von seiner Mutter davon erfahren hat. Aber ich glaube es nicht. Wahrscheinlich ist er wirklich völlig ahnungslos. Sophia wusste allerdings seit dem Unfall von Imogens Herkunft. Joana hat sie damals ins Vertrauen gezogen. Aber Sophia weiß nicht, aus welcher Familie Imogen stammte. Sie wusste nicht, dass die gegenwärtige Braut ihres Sohnes Imogens Zwillingsschwester war. Das hat sie erst während unseres Besuches auf Bergen erfahren. Nachdem wir wiederum erfahren hatten, dass sie eine von Seyrich sind."

Roland machte eine Pause, das Reden überanstrengte ihn.

Damaris war erschüttert. Welche Verstrickungen und Lügen und Halbwahrheiten hatten zu diesem Drama geführt.

„Wer hat mir das Schlafmittel in den Wein getan?", fragte Damaris endlich in die Stille hinein.

„Das war Joana. Schon am Abend zuvor hatten wir Pulver hinein getan. Aber als sie am nächsten Morgen so putzmunter beim Frühstück erschienen, dachten wir, die Dosis hätte nicht gereicht. Wir wollten sie nicht töten. Wir wollten sie nur – etwas ruhig stellen. Sie wurden eindeutig zu neugierig.

Die Kaltblütigkeit, mit der er davon erzählte, schockierte Damaris. In ihrem Kopf arbeitete es wild. Am Abend zuvor? Was war an diesem Abend geschehen? Wieso hatte sie nicht auf das Schlafmittel reagiert?

Dann fiel es ihr ein. Sie hatte den Wein überhaupt nicht getrunken. Es war jener Abend gewesen, an dem Sarah so übertrieben reagiert hatte, weil sie den Wein verschüttet hatte. So war sie nicht nur von dem Schlafmittel verschont geblieben, sondern obendrein hellhöriger geworden.

„Ich hatte nichts von dem Wein getrunken, weil ich ihn verschüttet hatte", sagte sie.

„Ach so. Und wir dachten, die Dosis war zu gering und haben sie am nächsten Tag erhöht. Der Becher war leer, so dachten wir natürlich, sie hätten ihn getrunken."

„Das hat mich fast umgebracht!", kreischte Damaris außer sich. „Wäre Oliver nicht zufällig gekommen, wäre ich vielleicht nicht wieder aufgewacht."

„Das wollten wir nicht. Wir wollten sie nie töten."

„Na dann ist es ja nicht so schlimm, oder was?"

„Finden sie nicht, dass sie ganz schön kaltblütig sind?", mischte sich jetzt Oliver ein. „Sie sagen einfach, das wollten wir nicht, als würden sie sich für einen vergessenen Termin entschuldigen. Aber um so etwas geht es nicht. Sie hätten Damaris töten können."

„Ich weiß. Aber was soll ich denn tun? Ich kann nichts mehr daran ändern."

Oliver und Damaris seufzten beide. Sie gab es auf, diese Menschen würde sie nie verstehen. Waren sie so grausam, so gleichgültig? Oder waren sie einfach verrückt?

„Auf Gut Bergen habe ich auch schon ein Schlafmittel bekommen."

„Ja. Joana hatte es Sophia gegeben. Für alle Fälle. Sie waren schon damals ziemlich aufmerksam geworden."

„Wie sollte ich nicht. Ich bin sehr ungewöhnlich behandelt worden. Alle Menschen erschreckten vor mir und wichen zurück, als hätten sie einen Geist gesehen."

„Ja. Jetzt verstehen sie es."

„Die Fremden schon. Aber vieles immer noch nicht. Sie und Joana kann ich nicht verstehen."

„Nein, das glaube ich."

„Und Clemens verstehe ich auch nicht."

„Sie waren seine zweite Imogen. Er war besessen von ihnen."

Und dann kamen sie. Seine zweite Imogen.

Ich bin nicht Imogen.

„Wie konnte Sophia das zulassen?"

„Clemens ist ein erwachsener Mann. Sie konnte nichts ändern."

„Warum hat Sophia sie eingeladen? Sie hätte doch wissen müssen, dass Damaris Anblick alte Wunden aufreißt", wandte Oliver ein.

Roland hob die Schultern. „Wäre besser gewesen, wenn nicht. Aber sie ahnte damals noch nichts von diesen unglücklichen Zusammenhängen. Sie hielt es wirklich nur für eine frappierende Ähnlichkeit."

Das war dumm, dachte Damaris. Joana hatte sich ihr doch vor fünf Jahren anvertraut. Wenn sie gewusst hatte, dass Imogen eine Zwillingsschwester hatte, hätte sie bei der Ähnlichkeit auf die Idee kommen können. Tat sie das wirklich nicht?

Roland stand auf.

„Wollen sie gehen?", fragte Damaris unsicher.

„Warum nicht? Ich habe alles erzählt."

Sie nickte und auch Oliver machte keine Anstalten, ihn zurück zu halten.

Mit hängenden Schultern schlurfte er zur Tür. Dort drehte er sich noch einmal um.

„Wenn sie Sarah mitnehmen möchten - meinen Segen haben sie."

Damaris war verblüfft. Er wusste es also – oder hatte es zumindest geahnt. Und es war ihm gleichgültig.

„Sarah möchte es", gab sie zu.

Er nickte und ging ohne weiteres Wort aus dem Zimmer.

„Es ist ihm völlig egal, ob Sarah mit uns geht oder nicht. Ich kann diesen Mann nicht verstehen, Oliver."

„Du hast ihn doch gehört. Sarah wurde zu spät geboren. Sie haben alle Liebe auf Imogen konzentriert. Die beiden Menschen, die Roland liebte, sind tot. Joana und Imogen. Sarah würde ihn nur an seinen Verlust erinnern, aber ihn nicht darüber hinweg trösten."

„Aber so etwas tun doch normale Eltern nicht."

„Hältst du Joana und Roland etwa für normale Eltern?"

Sie schüttelte den Kopf. Nein, das konnte man wirklich nicht sagen.

Sie lehnte ihren Kopf müde gegen Olivers Brust und er schlang seine Arme um sie. Seine Nähe tat ihr gut und sie wollte einfach nur hier sitzen und seine Nähe genießen.

Sie saßen noch immer unbeweglich da, als Sarah wieder ins Zimmer stürzte.

Kapitel 12:
Wieder Zu Hause
28. Mai

Damaris stand vor dem Portrait ihrer namensgleichen Ahnin, wie sie es früher so oft getan hatte. Sie war wieder auf Schloss Hohenfeld. Wie lange war sie fort gewesen? Drei Wochen? Es kam ihr vor wie ein Leben.

Der Abschied von Oliver war ihr sehr schwer gefallen, fast wäre es ihr lieber gewesen, mit ihm zusammen bei den Lindaus zu leben, als alleine nach Hause zu fahren.

Aber das war natürlich dumm. Sie wusste es. Es war ja kein endgültiger Abschied. Er hatte ihr versprochen, so bald wie möglich zum Schloss zu kommen. Aber zuerst musste er unbedingt zu sich nach Hause fahren, um zu sehen, was es im Büro neues gab.

Morgen war sie schon wieder zwei Wochen auf dem Schloss und hatte noch nichts von ihm gehört.

Sarah war mit ihr zusammen nach Hohenfeld gereist.

Sie war überglücklich gewesen, als sie hörte, dass sie wirklich und tatsächlich mit Damaris fort gehen durfte.

Die Beerdigung von Joana fand drei Tage nach ihrem Tod in aller Stille statt. Direkt danach hatten Damaris, Oliver und Sarah das Haus verlassen.

Roland hatte in den letzten Tagen kaum ein Wort mit seiner Tochter gesprochen. Sarah bedrückte dieses Verhalten ebenso sehr wie der Tod ihrer Mutter und so war es kaum verwunderlich, dass sie geradezu aufblühte, als sie gemeinsam mit ihrer älteren Freundin das Haus endlich verließ. Hier im Schloss, bei Imogens leiblichen Eltern, hatte sie liebevolle Aufnahme gefunden, obwohl die Helene und Lenard von Seyrich und natürlich sehr überrascht waren, dass Damaris nicht nur eine Besucherin, sondern eine neue Mitbewohnerin mitbrachte. Sie hatte ihre Eltern vorher nicht mehr informiert.

Helene und Lenard waren sehr froh gewesen, als ihre Tochter endlich zurückkehrte. Sie waren schon seit Tagen zurück auf dem Schloss und hatten ihren Brief gelesen. Sie waren traurig, überrascht und verwirrt zugleich über die geplatzte Hochzeit und konnten sich keinen rechten Reim darauf machen.

Nachdem Damaris ihnen von ihrem Besuch auf Bergen berichtet hatte, konnten sie jedoch gut verstehen, dass sie Clemens nicht mehr heiraten wollte. Damaris berichtete ihnen auch von Oliver. Daraufhin ergriff Helene ihre Hände und wünschte ihr von Herzen alles Glück der Erde. Die Mutter erkannte ihre Gefühle sofort, auch wenn Damaris sie zu verbergen versuchte.

Damaris hoffte sehr, dass Oliver sein Versprechen halten würde. Aber inzwischen war sie etwas unsicher.

Doch weitaus schwieriger war es, ihren Eltern von Imogen zu erzählen.

Helene brach völlig zusammen und musste zwei Tage lang das Bett hüten. Der Arzt wurde gerufen und untersuchte sie. Aber die Schwäche war nicht körperlich. Einzig ihr psychischer Zustand gab Anlass zur Sorge. Jetzt, fast zwei Wochen später erholte sie sich ganz langsam. Es war ja auch nur natürlich, dass es für beide, ihre Mutter und ihren Vater ein fürchterlicher Schock gewesen war, dass ihre Tochter nach der Geburt von der Hebamme, der sie vertraut hatten, an ein kinderloses Ehepaar verkauft worden war.

Sie hatten Damaris nie von Imogen erzählt, um ihr die Trauer und das Leid zu ersparen, das sie selbst erlebt hatten und dessen Wunde niemals völlig verheilen würde.

Nun war sogar diese dünne Narbe wieder aufgebrochen.

Damaris erzählte ihnen von dem Portrait und nahm sich vor, es bald nach Hohenfeld zu holen. Sie war sich nicht sicher, ob sie selbst und besonders ihre Eltern es verkraften würden, es täglich in der Ahnengalerie zu sehen. Vielleicht sollten sie es irgendwo im Verborgenen aufhängen. Aber sie wollte es hier haben. Auf diese Art würde Imogen nach so langer Zeit nach Hause zurückkehren.

Damaris war sicher, dass ihre Eltern in Sarah sehr bald ihre zweite Tochter sehen würden. Es war eine Ironie des Schicksals, dass ausgerechnet Sarah, die Tochter der Leute, die einst ihr Kind entführt hatten, jetzt bei ihren Eltern ein neues Zuhause fand.

Sarah blühte langsam auf und Damaris glaubte, sie würde eine hübsche, selbstbewusste junge Frau werden. Etwas, wozu sie bei den Lindaus niemals die Chance gehabt hätte.

Roland war alleine im Haus geblieben. Dort lebte er mit seinen Erinnerungen an Joana und Imogen. Gefangen in der Vergangenheit.

„Ach Damaris", sagte sie zu dem Bild ihrer Ahnin, „hast du auch so verrückte Dinge erlebt, von denen in keinem Geschichtsbuch die Rede ist? Was hast du für Geheimnisse mit in dein Grab genommen?"

Doch das Bild antwortete nicht.

Damaris hörte Schritte auf dem blanken Parkettfußboden und fuhr herum.

„Oliver!", rief sie aus. Tatsächlich – er war da und kam langsam näher. Sie rannte ihm entgegen und flog in seine Arme.

„Damaris!"

„Oliver!"

Er zwinkerte ihr zu.

„Ich habe dich vermisst", sagte sie leise.

„Aber ich habe dir doch versprochen, dich bald zu besuchen. Du hattest doch keine Zweifel?"

„N… Nein."

„Doch. Hattest du. Gib es zu."

„Na gut. Ein wenig."

„Aber Damaris!", tadelte er sanft. „Du musst mir etwas versprechen."

„Was?"

„Dass du nie wieder an mir zweifelst. Ich liebe dich. Und ich möchte, dass du meine Frau wirst."

Sie schrie auf vor Glück. Er wollte sie wirklich heiraten.

„Ist das wahr? Ist das wirklich wahr?"

„Aber natürlich. Wusstest du das nicht?"

„Ich habe es mir gewünscht. So sehr gewünscht. Ach Oliver, ich glaube, ich liebte dich schon auf Bergen."

„Bei mir weiß ich es sogar genau. Ich liebte dich sofort. Als du so verloren und verwirrt auf diesem Fest standest, das doch deine eigene Geburtstagsfeier war. Aber damals warst du Clemens' Braut."

„Es ist so viel geschehen. So viel."

„Ich helfe dir, es zu vergessen."

Sie schüttelte sanft den Kopf. „Nein, nicht vergessen. Nur trotzdem glücklich zu sein."

„Oh, wir werden sehr glücklich sein. Aber du hast mir noch immer nicht versprochen, dass du nie mehr an mir zweifelst."

„Ja, ja, das verspreche ich. Oh, wir werden ein wundervolles Leben haben."

„Und ein Dutzend Kinder."

„Ein Dutzend?", fragte sie ein wenig entsetzt und rümpfte die Nase.

Er zwinkerte ihr schelmisch zu. „Na ja, vielleicht reicht auch ein halbes Dutzend."

Er drückte sie fest an sich und sie küssten sich selbstvergessen.

Als er sie wieder losließ, stand sie einfach da und strahlte ihn an vor lauter Glück. Sie hatte das Gefühl, ihre Ahnin sah lächelnd auf sie herab und beneidete sie um ihre Liebe.

„Oliver, er ist wieder da", sagte sie schließlich lächelnd.

„Wer ist wieder da?"

„Der Schalk in deinen Augen."

Nachwort
Sechs Jahre später
Mai 1874

„Sarah ist eine wunderschöne Braut, nicht wahr?", sagte Helene strahlend. Sie war ebenso stolz auf Sarah, wie sie es vor beinahe sechs Jahren auf Damaris gewesen war.

„Oh ja. Ich freue mich sehr für sie. Sie hat es verdient, glücklich zu werden."

„Das hat sie wirklich. Sie ist ein liebes Mädchen."

„Sie hat dir und Vater viel zu verdanken."

„In erster Linie wohl dir, mein Kind."

Damaris lächelte sie an. Sie sagte immer noch ‚Kind' zu ihr. Dabei war sie inzwischen einunddreißig Jahre alt und selbst Mutter.

Oliver und sie hatten noch im gleichen Jahr geheiratet, in der all diese furchtbaren Dinge geschehen waren. Meistens lebten sie in Olivers Stadthaus, weil es näher an seiner Kanzlei lag. Sehr oft besuchten sie aber Damaris' Eltern auf dem Schloss. Irgendwann würde es ihnen gehören und dann würden sie vielleicht auch dort leben.

Mit Olivers Mutter verstand Damaris sich sehr gut. Sie mischte sich nie in ihr privates Leben ein, liebte ihre Enkelkinder und war freundlich und so lebensbejahend wie ihr Sohn.

Greta und ihr Pferdeknecht lebten ebenfalls in dem Stadthaus. Nachdem Oliver und Damaris geheiratet hatten, hatte sie Greta gefragt, ob sie wieder zu ihr kommen wollte. Greta, die sich auf Bergen einfach nicht einleben konnte, nahm das Angebot gerne an und brachte ihren Pferdeknecht mit.

Imogen war zumindest symbolisch zurückgekehrt. Oliver und Damaris hatten es durchgesetzt, das Portrait von ihr, das in ihrem Zimmer hing, nach Hohenfeld zu holen. Roland hatte nur wenig Widerstand geleistet. Er hatte sich vollkommen zurückgezogen und lebte nur in seinen Erinnerungen. Er starb zwei Jahre nach Joanas Tod einsam an gebrochenem Herzen.

Helene und Roland hatten einen Schock erlitten, als sie Imogens Portrait sahen. Wie Damaris schon geahnt hatte, fühlten sie sich nicht imstande, es in der Ahnengalerie aufzuhängen und es täglich zu sehen. So hing es in einem kleinen Wohnzimmer, das nur selten benutzt wurde.

Sicherlich würden spätere Generationen die Kraft haben, das Portrait in der Ahnengalerie im Treppenhaus aufzunehmen. Ihre eigenen Kinder zum Beispiel fühlten nicht mehr dieses Drama, den Schmerz um die verlorene Tochter und Schwester.

Sarah war nach Damaris' und Olivers Hochzeit auf dem Schloss geblieben. Sie hatte sich zu einer hübschen jungen Frau entwickelt. Jetzt, da sie nicht mehr diese furchtbaren Frisuren und Kleider tragen musste, die überhaupt nicht zu ihr passten, kam ihre natürlich Schönheit zum Vorschein.

Im letzten Jahr hatte sie während ihres Besuches bei Damaris in der Stadt einen jungen Anwalt kennen gelernt, den Oliver in seiner Kanzlei angestellt hatte. Sein bisheriger Partner, der alte Meiners war in den Ruhestand gegangen.

Sarah und er verliebten sich ineinander und heute, fast ein Jahr später und sechs Jahre nach diesem schicksalhaften Ball auf Bergen, an einem wunderschönen Maitag des Jahres 1874, feierten sie ihre Hochzeit.

Damaris' kleiner Sohn Bastian, der im Februar vier Jahre alt geworden war, sah aus wie ein kleiner Herr. Und die zweijährige Isabell tapste auf ihren stämmigen Beinchen durch den festlich geschmückten Saal.

Bastian war nach Olivers Urgroßvater Sebastian genannt worden und Isabella war Helenes Großmutter, Damaris Urgroßmutter. Sie lebte von 1760 bis 1832 und war die Tochter der ersten Imogen. Der Ahnin, nach der Damaris' Schwester benannt worden war. Damaris hatte durchaus überlegt, ihre Tochter Imogen zu nennen.

Aber sie wollte nicht durch ihre Tochter immer wieder an das Schicksal ihrer Schwester erinnert werden.

Isabells Portrait hing ebenfalls in der Halle. Später könnte also auch ihre Tochter mit ihrer namensgleichen Ahnin Zwiesprache halten. Ob sie natürlich diese Vorliebe ihrer Mutter übernehmen würde, blieb abzuwarten. Damaris fand, dass Isabell ein wunderschöner Name war, der gut zu ihrer süßen Tochter passte.

Die Kleine strahlte ihren großen Bruder hingebungsvoll an. Er war so etwas wie ihr Vorbild. Sie wollte alles können, was er konnte und auch alles tun, was er tat. Was nicht immer so angenehm war, denn vierjährige Jungen machten nicht nur vernünftige Dinge.

Ach, Damaris liebte sie beide so sehr. Sie sah ihnen glücklich zu. In fünf Monaten würden sie ein weiteres Geschwisterchen bekommen, auf das sich die ganze Familie schon riesig freute.

„Sind sie nicht rührend, unsere beiden?", meinte Oliver, als sie mit den anderen Gästen im Kreis standen und auf den Ehrentanz des Brautpaares warteten.

„Ja, das sind sie wirklich."

„Wir haben ein tolles Leben."

„Ja, das haben wir. Und es fing alles so kompliziert an", sinnierte Damaris.

„Mit einem unlösbaren Geheimnis und einer Frau, die es gegen alle Widerstände unbedingt lösen wollte."

Damaris lachte, als sie an ihren Eifer von damals dachte, der sie in so große Gefahr gebracht hatte. Doch mit der Vergangenheit hatten sie Frieden geschlossen. Sie war nicht verbittert, denn immerhin hatte die gleiche Vergangenheit sie mit Oliver zusammen geführt. Nur ein feiner Schmerz über den Verlust von Imogen blieb, eine Traurigkeit, dass sie sich niemals kennen gelernt hatten, nie zusammen spielen durften. Aber vielleicht sah Imogen ihnen aus jener anderen Welt zu. Damaris war sich sicher, dass ihre Schwester ihr den Weg zu dem Geheimnis gewiesen hatte.

Diese Spur von Traurigkeit würde immer bleiben, das wusste sie. Aber sie würde sich nicht von ihr das Leben bestimmen lassen wie die Lindaus es getan hatten. Sie würde damit leben müssen sowie fast jeder Mensch in seinem Leben etwas Trauriges oder Schlimmes erlebt hatte, mit dem er leben musste.

„Und schau dir Sarah an. Wie hübsch sie aussieht. Sie ist so aufblüht bei deinen Eltern", meinte Oliver.

„Sie haben sie sehr gern. Und sie wird in ihrer Ehe bestimmt ebenso glücklich werden wie wir", orakelte Damaris.

„Meinst du, das schafft überhaupt jemand? Ich dachte, wir wären diesbezüglich einfach unschlagbar."

„Na gut. Dann sind sie aber zumindest das zweitglücklichste Paar auf Erden."

„Ja, das wünsche ich ihnen von Herzen", sagte Oliver inbrünstig und drückte Damaris fest an sich.

Das Brautpaar begann mit seinem Ehrentanz.

Von Rotraud Falke-Held bei BoD erschienene Bücher für Jugendliche und Erwachsene:

Die Hexenschülerin

Die Geschichte beginnt in den 1980er Jahren. Bei der Renovierung der Burg Dringenberg machen Carolin und Nick einen ungewöhnlichen Fund. Im Rittersaal sind alte Aufzeichnungen aus der Gründungszeit des Ortes versteckt. Geschrieben wurden sie von dem Mädchen Clara, die 1322 als Zwölfjährige mit ihrer Familie in den neuen Ort zog.

Clara hat eine gefährliche Gabe – sie ist hellsichtig. Aus Angst, als Hexe angesehen zu werden, versucht Clara ihre Gabe geheim zu halten. In dem neuen Dorf zieht die mysteriöse Odilia sie in ihren Bann. Sie bestärkt Clara darin, ihren eigenen Weg zu gehen. Doch der ist gefährlich. Odilia gerät bald in den Verdacht, eine Hexe zu sein. Und auch Clara als ihre Schülerin befindet sich in großer Gefahr....

Band 1:

Die Zeit des Neubeginns
Eine spannende Zeitreise ins Mittelalter
für Jugendliche ab 10 Jahren
und für Erwachsene
ISBN: 978-3-73224629-8
Das Buch hat 256 Seiten

Band 2:

Die Zeit der Wanderschaft

Eine spannende Zeitreise ins Mittelalter
für Jugendliche ab 12 Jahren
und für Erwachsene
ISBN: 978-3-7347-7470-6
Das Buch hat 292 Seiten

Band 3:

Die Zeit der Rückkehr

Eine spannende Zeitreise ins Mittelalter
für Jugendliche ab 12 Jahren
und für Erwachsene
ISBN: 978-3-7412-9578-2
Das Buch hat 292 Seiten

Das verlorene Land

Eine spannende Geschichte für Kinder
und Jugendliche ab 10 Jahren
ISBN: 978-3-73224629-8
Das Buch hat 248 Seiten

Die friedlichen Völker des Rubinsterns und des Zaubermondes werden
von dem diabolischen Herrscher Cyprian überfallen und unterjocht.
Doch der Wunsch nach Freiheit weckt auch den Kampfgeist. Eine kleine
Gruppe Jugendlicher macht sich auf den Weg zum Garten der Freiheit,
um Hilfe für ihre Völker zu finden. Doch der Weg ist gefährlich und
Cyprian lässt sie verfolgen, denn auf ihm lastet ein Fluch.